帰りたい

カミーラ・シャムジー
金原瑞人・安納令奈 訳

Kamila Shamsie

HOME FIRE

白水社

帰りたい

目次

装画　Rodney Moore, RRM Works
装幀　天野昌樹

ジリアン・スローヴォへ

われわれの愛する者たちは……国家の敵だ。

――ソフォクレス『アンティゴネー』

イスマ

ISMA

1

　このままだと、予約した飛行機に乗り遅れるだろうとイスマは思った。航空券はたぶん、払い戻してもらえない。出発時刻の三時間も前にヒースロー空港に着いて、取調室に連れて行かれた客のことまで航空会社は責任をとってくれない。取り調べられるのは、わかっていた。しかし、その前に何時間も待たされ、スーツケースの中まで調べられるような屈辱的な目にあうとは思ってもいなかった。荷物には、何かを言われたり、聞かれたりしそうなものを入れないように気をつけた――コーランも、家族写真も、研究分野に関する本も置いてきた。それなのに、空港職員の女性はイスマの衣類をひとつひとつ手にとり、生地をいちいち親指と四本の指ではさみ、隠しポケットを探すというより、生地の質を品定めするような手つきで調べている。最後に、ブランドもののダウンジャケットに手をのばした。イスマがこの部屋に入ったときに、椅子の背もたれにかけていたものだ。職員はそれも、左右の手で肩の部分をつかんで持ち上げた。

「これ、あなたのじゃありませんね」と言われ、イスマは思った。サイズが大きすぎるってことじゃない。こんないい服、あなたみたいな人にしてはおしゃれすぎるという意味にきまっている。

「前にクリーニング屋で働いていました。この服を預けた女性のお客さんが、しみが落ちないならいらないと言って置いていったのです」イスマはポケットの油じみを指さした。

「店長はあなたがその服をもらったこと、知っていました?」

「わたしが店長でした」

「イギリスでクリーニング屋の店長をしていた。それが、今度はアメリカに行って、マサチューセッツ州のアムハーストで社会学の博士課程をとる?」

「そうです」

「なんでまた?」

「大学を卒業したあとすぐ親が亡くなって、きょうだいとわたしだけになりました。下の二人はまだ十二歳でした。双子です。ですから、わたしは最初に見つけた仕事につきました。今、ようやく、二人とも手が離れて。それで、もとの生活に戻れるようになったんです」

「もとの生活に戻る……マサチューセッツ州、アムハーストで」

「研究生活に戻ります。LSEで——ロンドン大学政治経済学院でお世話になった指導教官が今、アムハーストにいて、大学の先生をしています。ヒラー・シャーという人です。問い合わせてくださって構いません。向こうに着いたら先生の家に泊めてもらって、部屋を探します」

「アムハーストで?」

「いいえ、まだわかりません。すみません、先生の家とわたしの部屋、どっちのことですか?先生はノーサンプトンに住んでいます。アムハーストの近くです。どのあたりが一番便利か、見てまわるつもりです。ですから、アムハーストかもしれないし、別の場所かもしれない。物件のリストもスマートフォンに入っています。さっき預けたスマホに」イスマはそこで黙った。この職員がしているのと同じことを、さきほど出国審査の係員にもされた。質問に正直に答えているのに返事がない。すると、もっと何か話さなければいけないように思えてくる。それでつい、さらに話すと、ますますやましいところがあるように聞こえてしまう。

女性職員は引っかき回した服や靴の上にダウンジャケットを放り、イスマに少し待つように言った。

それからもう、だいぶたつ。乗るはずだった便の搭乗手続きがそろそろ始まる。イスマはスーツケースのほうを見た。女性職員が部屋を出たあといったん荷物を詰め直したものの、勝手なことをしたら罪にならないか、ずっと心配だった。また服を全部出してぐちゃぐちゃに戻したほうがいい？　そんなことをしたらもっとひどい目にあう？　イスマは立ち上がるとスーツケースのジッパーをあけてふたをめくり、中身が見えるようにした。

男が部屋に入ってきた。イスマのパスポートとノートパソコン、スマホを持っている。いい知らせかもと思いかけたら、男は席に座った。イスマも座るよう身ぶりで示すと、二人の間にボイスレコーダーを置いた。

「あなたは自分を、イギリス人だと思いますか？」男はたずねた。

「わたしはイギリス人ですが」

「いいえ。あなたは、自分をイギリス人だと思っていますか？」

「ここで生まれ育ちました」。イスマが言いたかったのは、自分の国だと思える国は、イギリス以外にないということだ。今の答え方ではあいまいだ。

取り調べは二時間近く続いた。男はいろいろなことについて、イスマの考えを聞いてきた。シーア派、同性愛、エリザベス女王、民主主義、BBCの料理コンテスト番組『ブリティッシュ・ベイクオフ』[*1]、イラク侵攻、イスラエル問題、自爆テロ犯、出会い系サイト。イギリス人としての自覚を問う質問では、イスマは最初からつまずいた。しかしそのうち、妹のアニーカとあらかじめ練習した通りに答えられるようになっていた。妹は取り調べをする職員を演じ、イスマは妹のことを政治についていいかげんなことばかり言うクリーニング客だと思って対応した。そういう客に本気でたてついて、仕事をふいにしたくはない。とはいえ、嘘までつくことはない。「シーア派とスンニ派の対立について世間で話の中心になるのはいつも、政治的勢力の不均衡みたいなことです。たとえば、イラクとかシリアで起きているような。わたしはイギリス人ですから、ムスリム（イスラム教徒のこと）の宗派の区別などよくわからないのです」「他民族の領地を占領してもたいがい、問題は増えますがあまり解決にはなりません」――これは、イラクとイスラエル、どちらについて聞かれても使える。「一般市民を巻き添えにして命を奪うなんて、あるまじきことです。自爆テロ、空爆、ドローン攻撃――手段がどうあれ、すべて同じです」答えたあと、次の質問までしばらく沈黙が続く。男はイスマのパソコンのキーをたたき、閲覧履歴をつぶさに見ている。イスマが人気テレビドラマの俳優が独身かどうかに興味があったこと、ヒジャーブ[*2]で頭を覆っ

＊1　「イギリス伝統の」菓子やパン作りの腕をアマチュアが競う番組。二〇一五年に三十歳のムスリムの女性が優勝し、反移民派から番組への非難が殺到した。

＊2　ムスリムの女性が主に毛髪を人目にさらさないように頭に巻く薄い布。

ているのにくせ毛を抑える高価なヘアケア商品を買っていること、「アメリカ人と世間話をするには」というキーワードで検索したことが、男に知られた。

「だから、全部に優等生的な答え方することないって」練習のとき、アニーカはそう言った。今度十九歳になる妹は法学部の学生らしく、自分の権利についてはなんでも知っているのに、社会における自分の立場の弱さについてはひとつもわかっていない。「たとえば、女王をどう思うか聞かれたら、こう言っちゃえば？『アジア人として、女王のお召しものの色のセンスにはうっとりしてしまいます』って。要は、こういう手続き全部がうんざりだって態度を、せめてひとかけらでもにおわせるの」イスマはそうは言わず、男にこう答える。「ご公務に真摯に取り組む女王陛下のお姿は、ご立派だと心から思います」とはいえ、妹のひねくれた答えが頭の中で聞こえると、心がなごむ。アニーカは想定していたのに、イスマは想定していなかった『ブリティッシュ・ベイクオフ』のような質問を職員がすると、妹の勝ち誇った「ほうら！」が聞こえてきた。もし、この便に間に合わず、そのあとのどの便にも乗れないなら、家に帰り、アニーカと暮らそう。どのみちそうすべきなのだとイスマは渋々認めていた。妹がどの程度同じように思っているかは、よくわからない。お姉ちゃんはアメリカ行きの予定を変えちゃだめ、としきりに言っていたが、それはイスマのためを思ってなのか、自分だけイギリスに残りたいからなのかは、本人もわかっていなさそうだった。イスマの頭の中で小さな炎が揺らめく。弟のパーヴェイズのことが浮かんできそうになり、それを無理やり押しもどす。あの子のことはもう、考えてはいけない。

やがてドアが開き、さきほどの女性職員が部屋に入ってきた。きっとこの人が家族のことを聞いてくる。一番答えづらい質問だ。これについては、アニーカとも念入りにリハーサルした。

「お待たせしました」女はそう言ったが、しらじらしい。「アメリカが朝になるのを待って、それから、あなたの学生ビザについて細かいことをちょっと確認したかったんです。すべて確認がとれました。どうぞ」女は恩着せがましく、長方形のかたい紙をイスマに手渡した。搭乗券だ。その便には、もう乗れない。

イスマは椅子から立ち上がりかけ、ふらついた。足がしびれていた。机の向こうの男をうっかり蹴ってしまいそうで、足を動かせずにいた。スーツケースを転がして部屋の外に出るとき、女性職員に礼を言った。中の下着はこの女の親指の指紋だらけだ。いやみのひとつも言いたかったが、それはおくびにも出さなかった。

＊

肌が少しでも出ていると、寒さが嚙みついてくる。いくら着こんでいても、その上から歯が刺さる。イスマは大きく口を開け、頭をそらした。唇の感覚を奪い、歯にしみる冷たい空気を何度も吸いこむ。あたりは凍った雪に覆われ、空港ターミナルのライトに照らされ、きらめいている。スーツケースは、ヒラー・シャー先生が見てくれている。先生はマサチューセッツ州の片隅から二時間車を飛ばして、ローガン国際空港まで迎えに来てくれた。イスマは駐車場の端にある雪をかき寄せた山に近づいて手袋を取り、それに指先を押しつけた。板のようだった表面が溶け、指先が柔らかい雪の層にもぐる。イスマはつかんだ雪をなめ、乾いた口を湿らせる。ヒースロー空港では案内係の――ムスリムの――女性が次のフライトで空席を見つけてくれた。お金はとられなかった。イスマはフライト中ずっと、ボストンで待ち構えている取調べが心配だった。きっと足止めを食らうか、別の便でロンドンに帰されるかだ。ところが、ボストンの入国審査係員は留学先の大学名しか聞かず、そのうちよくわからないことをしゃべりだし、それでも大学バスケットボールチームの話に調子を合わせていたら、あっさり通してくれた。そして、到着エリアから外に出たら、シャー先生がいた。恩師であり、恩人でもあるこの先生は、イスマが学部生のころと変わっていないが、短くそろえた黒い髪には白いものが混じっている。片手を上げて迎えてくれた先生の姿を見て、イスマはかつて他国からここにやってきた人々に思いを馳せた。その人たちもきっと船のデッキに出て、片腕を高々と掲げる自由の女神を見たとき、無事に着いた、もう大丈夫だ、と思ったのだろう。

手袋を脱いだ手がかじかむ前に、イスマはスマホでメッセージを打った。無事到着。入国審査もクリア。問題なし。シャー先生と会えた。そっちは？

妹から返信が来た。大丈夫。お姉ちゃんが空港から無事出れたなら、ナシームおばさんが祈るのも、あたしがやたら歩き回るのも、もうやめれる。

本当に大丈夫？

あたしのことはいいから。アメリカで自分の心配して。お願い。

大きくて、偉そうな車が並ぶ駐車場。そこからいくつものびる広い道路。どこも光で照らされ、その明るさがガラスや雪に反射してさらにまぶしい。この国には自信と確信と——日付は二〇一五年一月一日——新しい始まりへの希望があふれていた。

*

目を覚ますと、イスマは光の中にいた。二つの人影が空から降りてくる。どちらも頭の上のほうから派手な色の雲みたいなものが出ている。

シャー先生に連れられてこのアパートのワンルームの部屋を見にきたのは、アメリカに着いた次の日の朝だった。そのとき家主はこの部屋の天窓のことばかり自慢して、壁収納の食器棚の陰気くささについてはノーコメント。彗星や月食がよく見えると売りこんだ。イスマはそう言われても、ヒースロー空港での取調べの記憶がまだ頭に引っかかっていて、偵察衛星が空を横切るところしか思い浮かばない。それで、この部屋はやめておくことにした。ところがそのあといくつも物件を見て日が暮れるころには、わかってきた。気をつかいながら誰かとシェアしたくないなら、イスマの予算ではこの部屋が一番ましだ。それが十週間ほど前のこと。今では、部屋から景色は見えても外からこちらは見えないとわかり、ベッドの中でリラックスできていた。赤と黄のパラシュートにぶら下がった二つの人影の動きは、とてものんびりして見える。長い長い人類の歴史で、空から降ってくるのは天使か神か悪魔くらいだった。それか、イカロスか。空からイカロスが落ちてきたとき。父ダイダロスは間に合わず、うぬぼれた息子をつかまえられなかった。誰もが同じ体験をする単一文化の中で暮らす人々は、どんなふうに感じるのだろう。たとえば、誰もが空を仰ぎ、神話的な何かが落ちてくるのを眺めているような中で。イスマはパラシュートの写真を撮り、アニーカに送った。いつか、やる？　とメッセージも添えた。そしてベッドから出た。もう春になったのか、それとも寒さが少し和らいだだけなのか、どっちなんだろう。

夜の間に気温が急上昇し、雪がとけ、川になっていた。イスマが最初に夜明け前の礼拝に起きたときも、外のゆるい坂を水が流れていく音が聞こえていた。この冬は吹雪がやけに多い、それも例年になく多いと地元の人は言っている。イスマは着替えながら、こんなことを想像した。

雪がとけて数ヶ月ぶりにあちこちから地面が見え、そこに長いこと行方不明だった手袋の片方や鍵、ペンやコインなどが出てくる。雪の重みで見る影もなく押しつぶされているから、やっと左右そろった手袋を並べても、遠い親戚にしか見えない。見つけたはいいけど、どうする？　両方とも捨てるのか、それとも不揃いでも手にはめて奇跡の再会を感謝する？

イスマはパジャマをたたんで枕の下にしまい、掛け布団のしわをのばした。整然とした、無駄のない線で構成されたワンルームの部屋を見渡す。シングルベッド、机と椅子、引き出しだんす。ほぼ毎朝、この日常をしみじみ、うれしく思う。ここではすべてが削ぎ落とされ、本当に必要なもの――本、散歩、思考し作業をする空間――しかない。

二階建ての石壁の家の重いドアを押し開けて朝の空気に当たると、いつもは体に突き刺さってくる無数のナイフが初めてなくなっていることに気がついた。雪がとけ、広くなった通りや歩道を見ると――どう言うんだっけ――そう、「どこまでも行ける」！　と思えてきて、歩き出した。早足でも、氷で滑る心配がない。コロニアル風の二階建ての家を過ぎ、バンパーのステッカーで政治的信念をアピールする車とすれ違い、古着屋やアンティークショップ、ヨガスタジオの前を通る。「メイン通り《ストリート》」まで来ると、銃眼《はざま》を嵌めこんだ不思議なノルマン様式の塔のある市庁舎があらわれ、景色が華やいだ。

お気に入りのカフェに入り、マグカップを片手に本がぎっしり並ぶ地下に降りる。この隠れ家に来れば、ランプの暖かな光と、古びたひじ掛け椅子、そして濃いコーヒーがある。キーボードをたたき、ノートパソコンを起動する。デスクトップの写真は見慣れているから、ちらりとしか見ない。そこに写る母は一九八〇年代の若々しい女性で、豊かな髪に大きなイヤリングをつけ、幼いイスマの頭にキスしている。いつもの朝と同じようにまずスカイプを開き、妹がオンラインかを確かめた。いなかったので画面を閉じかけたとき、オンラインの連絡先リストに新しい名前があらわれた。パーヴェイズ・パーシャ。

イスマは両手をキーボードから離し、パソコンの両脇に置いてから、弟の名前をじっと見た。この名前を見るのは去年の十二月以来だ。そのとき連絡してきた弟は、人生の大きな決断をしてそれをイスマとアニーカに告げたが、それが姉たちに及ぼす影響はまったく考えていなかった。今、パーヴェイズもきっとイスマの名前を見ている。イスマの名前の横の緑色のチェックマークはパーヴェイズに、今ならイスマと話せると伝えている。スカイプの画面は、母の唇のすぐ横の位置に開くようにしてある。母ゼイナップ・パーシャのすらりとした華奢な体つき。それは、イスマを飛ばして双子に受け継がれた。この二人は大笑いするときの口元も、ほほえむときの目元も、母そっくりだ。イスマはスカイプの画面を全画面表示にして、両手を首筋に当てた。すると、弟の名前を見たことに反応した心臓が猛スピードで頸動脈に血液を送りこんでいるのがわかる。数秒待ったが、弟からはなんの反応もない。イスマは画面を見続けた。そう、パーヴェイズも今、自分の画面を見ている。弟も自分と同じ理由で、そうしている。アニーカを待っている。

数週間前、シャー先生のマンションで先生がジャガイモをスライスする音に混じって、奇妙なメロディが聞こえてきた——口笛のような、高い、よく響く音。イスマは先生と一緒にスマホやスピーカーの設定を確認したり、壁や床板に耳を当てたり、廊下に出たり、クローゼットを開いたり、使っていない部屋も調べたりしたが、音はやまない。不気味だけれど、美しい音色。知っているどんな楽器や声や鳥のさえずりにも似ていない。隣の人が来て、音の正体をつきとめようとした。「幽霊だな」この男の人はそう言い、ウインクをして帰っていった。

イスマは笑ったが先生は肩をすくめ、手をのばして壁にかけてある邪眼《じゃがん》*に触った。イスマはそれで初めて気づく。ただの飾りじゃなかったんだ。

その音は鳴り続け、どこにいても聞こえるのに正体がわからず、マンションのどこに行ってもつきまとった。シャー先生はナイフを握り、何かつぶやいていた。よく聞くとそれは、キリスト教の神への祈りだった。先生はカシミール地方の修道会の学校に通っていた。きわめて理性的で頭の切れるシャー先生もとうとう、夕食は外ですませましょうと言いだした。あられが降っているのはうっとうしいけれど。おそらく帰るころにはこの音もやんでいるでしょう。イスマは二階の浴室に行って汚れた手を丁寧に洗った。洗面台の前に立ち、横の窓から外を見たときに、この音の正体がわかった。

イスマは階段を駆け下りるとシャー先生の腕をつかみ、裏のドアから外に連れ出した。首をすくめ、あられをよける。赤レンガ造りの建物の軒の端から端に、つららが下がっている。三〇センチ以上はあるだろうか。この氷の剣に氷の粒が当たって、メロディを奏でていたのだ。氷と氷がぶつかり、響く音。実際に聞かないと想像もできない音だった。

そのときいきなり痛み――体の痛みを感じ、イスマは膝をついた。シャー先生がそばに来たが、イスマは片手を上げて止め、雪の上で仰向けになった。痛みが全身を駆け抜ける間もあられはつららにぶつかり、シンフォニーを奏でている。パーヴェイズ。どんなときも、ヘッドフォンとマイクを手放さない男の子。今ここにいたらきっと音が続く限り、ずっとこうやって仰向けになっていたはず。雪がとけて服にしみてきて、あられが降ってくるのも構わず、初めて聴く音を録るのに夢中になって、うれしそうな、うっとりした表情を浮かべて。

このとき初めて、心から弟に会いたいと思った。「恩知らず」とか「身勝手」といった、喪失感を切り刻むような言葉は浮かばなかった。ところが今、画面にパーヴェイズの名前を見たとたん、心の中で祈りの言葉を唱え、アニーカが今サインインしませんようにと願っている。喪失感を切り刻む言葉が心に渦巻く。アニーカは、パーヴェイズが二度と帰らないとあきらめるのに、慣れなくてはならない。大好きな相手が戻ってこないとあきらめることは可能だ。イスマは、まだ幼いころにそれを覚えた。ただしそれは、その人がいた場所が完全に空っぽにならないとできない。

パーヴェイズの名前が画面から消えた。イスマは自分の肩に触れ、筋肉がこわばっているのに気がついた。気持ちが落ちこみ、家族がそばにいない事実を痛感する。さびしさにつき合ってくれるのは、自分しかいない。アメリカへ発つ数週間前からイスマはアニーカと、連絡とりあおうね、とお互いに言っていた。とはいえスキンシップは、現代のテクノロジーを駆使しても無理だ。だからそれができない今、イスマとアニーカは一緒にいたときには必ずあった大切なものを失っていた。スキンシップはそもそも、アニーカが赤ん坊のころから始まっていた。アニーカをお風

＊ 目玉の形をした魔除け。世界各地に伝わる民間信仰。

呂に入れ、着替えさせ、ミルクをやり、眠るまであやすのは祖母と当時九歳のイスマの役目だった。一方、同じ双子でも病弱に生まれた弟のパーヴェイズは、母の乳を吸い（母乳はひとり分しか出なかった）、世話をしてくれる人が母でないと泣いた。やがて双子が大きくなり、それぞれ自分の世界ができると、アニーカは次第に姉を必要としなくなったがそれでも、スキンシップは残っていた。アニーカが悲しみでも悩みでも、なんでも話せる相手はパーヴェイズだった。抱きしめてもらいたい、背中をさすってもらいたい、ソファの上で丸まってもたれかかりたいときは、イスマのところに来た。そして、イスマの肩にあらゆる責任がのしかかり、もう支えきれないと思ったとき——とりわけ、わずか一年の間に祖母と母を亡くし、悲しみにうちひしがれた十二歳の双子の世話をし始めたころ——凝った肩を両手でさすってくれたのはアニーカだった。

イスマは舌打ちをして、悲劇のヒロインになりそうな気分を振り払った。書きかけのレポートを取り出し、ふたたび目の前の作業に没頭した。

＊

午後の半ばには気温は華氏五〇度を超えた。華氏で聞くと摂氏一一度と言われるよりも、ずっと暖かく感じる。それに、予期せぬ春の陽気のせいか、カフェの地下には人がほとんどいない。イスマはマグカップに入った食後のコーヒーを傾け、指先で温度を確かめた。レンジで温めてもらえるか店員に聞いたら図々しすぎる？　ううん、頼んでみよう。そのとき、ドアが開いた。外の喫煙エリアからタバコのにおいがしてきて、次に若い男が入ってきた。その男を見て、イスマは驚いた。

驚いたのは、その人目を引く容姿のせいではない。豊かな黒い髪、ミルクティー色の肌、均整のとれた体格、背も肩幅もある——実家のあるウェンブリー界隈でしばらく立っていれば、たまに見かけるタイプだ。だが、イスマはそんなおぼっちゃんタイプにはあまり興味がない。それよりも驚いたのはこの青年がある人物に、気持ちが悪いほど似ていたからだ。

おじさん——親戚でも、とくに親しかったわけでもないわりに、実家での普段の生活に必ずいたおじさん——の家に、一九七〇年に撮った地元のクリケットチームの写真があった。メンバーが並び、優勝トロフィーと写っている。イスマは子どものころ、この写真の前に立って眺めては考えていた。写真ではきらきらして自信にあふれていた少年たちが、どうしてさえない中年男になっちゃうんだろう？　もっとも、そうやってまじまじと見ていたのは、中年になってからの姿をイスマが実際に知っている相手に限られた。だから、サイズの合わないユニフォームを着た、大まじめな顔で写っている誰かについては気にもとめていなかった。ところがある日、祖母はその写真の前に立ってその誰かを指でつつき、「恥知らず！」と言った。

「そう、下院の新人議員さんだ」とおじさんは言った。祖母らしくない剣幕だったから、驚いて見に来たのだ。「決勝戦の日、選手がひとり足りなくなってね。そのときこの『まじめ先生』が、親戚のいとこの家に遊びに来てた。そのいとこってのが、うちのチームの捕手だったんで、みんなで『なあ、助っ人を頼む』って言って、このまじめ先生に怪我した打者のユニフォームを渡したんだ。そしたら、まじめ先生、試合中ボールを一度こぼした以外はなんの活躍もしてないのに、ちゃっかりトロフィーを持って記念写真に入って、それが地元の新聞に載った。こっちは、ただ礼儀としてトロフィーを持ちたいかどうか聞いただけだったんだ。もともと部外者だし、遠慮してこう言うと思ったんだよ。『光栄ですが、トロフィーはキャプテン——おれのことだ——が持つべきです』、とかなんとかさ。今は政治家だって聞いても、驚かないね。どうやらこいつ、この写真を額に入れて壁にかけ、最優秀選手に選ばれたとか言いふらしてるらしい」

その日遅く、イスマは祖母が親友で隣人のナシームおばさんと話しているのを立ち聞きして、あのとき「この恥知らず！」と言った本当のわけを知った。それは、このむすっとした人物が選んだ職業のせいではなかった。その少し前、イスマの家族にひどいことをしたからだ。この男ならそんなことをしないでもすんだはずなのに。以来何年も、イスマはこの人物が気になっていた。それはあの写真でただひとり、スマートで賢く成長し、さらに大きく、さらに輝かしいトロフィーをどこまでも目指す男になったからだ。その彼が今、ここにあらわれ、カフェのフロアを歩いてくる。今や憎まれ、かつ称賛されている人物としてではなく、チームと一緒に写った青年よりやや年上の、若者の姿で。ただし、この若者のほうが、髪がぼさぼさで、表情は柔らかい。きっと——間違いなく、その息子だ。イスマは前にこの息子が写った写真も一枚見たことがあった。ぼさぼさの髪で顔は隠れていた。それを見たイスマは、わざとそうしているのではないかと思った。エイモン。それがこの青年の名だ。ある新聞がその名前のルーツを説明して一家の写真も載せたとき、ウェンブリーの人たちがどんなに嘲笑したことか。ムスリムの名前をアイルランド風に綴り、ごまかしていたからだ。つまり、「アイマン（Aymon）」を「エイモン（Eamonn）」にして、父は移民を積極的に受け入れるという人種差別撤廃論を支持していると世に知らしめようとしていた（妻がアイルランド系アメリカ人というのもまた、息子の名前の説明というより、人種差別撤廃論者の男が小細工をしている証拠だと見られた)。

その息子が、カウンターの前に立っている。ブルージーンズにオリーブグリーンのキルトジャケットをはおり、店員を待っていた。

イスマは立ち上がり、マグカップを持って青年に近づいた。「このカウンターに店員が来るのは、混んでいるときだけですよ」

「ありがとう。親切に教えてくれて。そしたら、どこで――?」青年の話し方は誰が聞いても上品だ。もっとあの父親のような、育ちをごまかせるロンドン訛《なま》りで話すだろうとイスマは思っていた。

「上の階*です。一緒に行きましょう。『上の階』で通じますよね? いえ、じつはわたしも行こうと思ってたから。コーヒー、冷めちゃって」なんか、しゃべりすぎかもしれない。

青年はイスマからマグカップをとりあげた。意外にも親しみやすい。「おごらせてください。おかげで『カウンターで永遠に待つイギリス男』にならずにすんだし。あやうく『上の階に行けず迷ったイギリス男』だと思われるところでした」

「わたしは飲みかけを、温めてもらうだけでいいんですけど」

「了解です」青年はマグカップの中身のにおいをかいだ。この仕草もまた、気さくだ。「香りがとてもいい。これ、なんですか? ぼくにはエチオピアとコロンビアの違いもわからないけど、ひょっとして……」ここで言葉に詰まった。「この先が続かない」

* Upstairs. アメリカとイギリスとでは、建物の階の表現が違う。

「それが正解です。これはハウスブレンドだから」

イスマはその場にしばらく立ったまま、青年が階段を上って行くのを見ていた。階段の片側にはシダの鉢植えが並び、もう片側は壁で、シダの葉が直接描かれていた。青年はイスマを見下ろし、口の動きだけで「まだ迷子じゃありません」と言ったが、イスマは一生懸命考えているふりをして、壁がくぼんだ一角に収まった狭い席に戻った。体の向きをあれこれ変えて、太陽の光がパソコンの画面に当たらないようにした。木のテーブルの表面を指でなで、節や焦げた跡を指でなぞる。誰に会ったと思う？　とスマホにメッセージを打ち始めたが、途中で消した。アニーカの答えっぷりは想像がつく。げっ！　とか、なんで口なんかきいたの？　なんて言うだろう。

青年は戻ってこなかった。イスマはこんな想像をした。青年はカウンターの短い列を見て、イスマのマグカップをカウンターに置いて肩をすくめ、上の階の出口から店を出た――そうだとしたらやっぱりそういう男だということで、がっかりだ。イスマは上の階に行ってみた。自分でコーヒーをもう一杯買おうとしたが、マシンが故障中だというのでセルフサービスの紅茶――色をつけたお湯みたいなもので手を打つことにした。下の階に戻ると、自分の席に新しいコーヒーの入ったマグカップがあり、男がその横の椅子で横向きになり、ひじ掛けに両脚を乗せて本を読んでいた。その本は頭のすぐ上にある本棚から、持ってきたらしい。

「それは？」と男は言い、イスマが別のテーブルの上に置いたティーカップを見た。ティーバッグのタグにある文字を読んだ。「『ルビー・レッド』*か。香りは期待するなって、最初から開き直ってますよね」

イスマはお礼を言う代わりにマグカップを持ち上げた。淹れたてというほどコーヒーは熱くなかった。わざわざ別の店で買い、持ってきてくれたらしい。「いくらでした?」

「ぼくと五分だけ、話し相手になってくれませんか。並んだ時間も、そのくらいでしたし。でも今、なにかされてますよね。それが終わってからでいいです」

「これはもうすぐ終わります」

「よかった。その間、ぼくはこの気になる本を読める……」青年は本を閉じ、その表紙を見た。

『女性の神秘の聖なる書、全一巻、フェミニストの魔法、女神の儀式、呪い、その他女性ならではの技』

大学生の客が顔を上げ、こちらをにらんだ。

イスマはパソコンをバックパックに入れ、コーヒーを下に置いた。「これからスーパーまで歩いて行きますすけど、よければ一緒に」

*

スーパーマーケットまで歩く間に、イスマはこの青年が経営コンサルタント会社を辞め、しばらくの間仕事とは無縁の暮らしをしていることを知った。その暮らしには、アムハーストにいる母方の祖父母を訪ねることも含まれていた。アムハーストは、子どものころの夏休みの思い出が

* ハイビスカスやローズヒップなどをブレンドした鮮やかな赤色のハーブティー。イギリス育ちのエイモンにはブレンドしたハーブティーは邪道ということ。

ある大好きな町だという。

イスマは今晩のパスタのソースに使うトマトに、どの品種を使うか決めかねていた。どれもあまり、おいしくなさそうなのだ。その間にエイモンはどこかに消えたが、戻ってくるとミニトマトの缶詰とサラダ用の葉物野菜を持っていた。イスマはサラダを作るつもりはなかった。「アルーグラ[*1]」彼はＲの音を大げさな巻き舌で発音した。「アルゼンチンタンゴとウイルス性のイボの薬を足して二で割ったみたいな名前だよね」。わけがわからない。気をひこうとしているのか、それともよくいる勘違い男なのか、どっちだろう。イスマが商品を自分のバックパックに詰めると、彼はそれをレジカウンターから取り上げて肩にかけ、こう言った。学生みたいで楽しい、ちょっとの間、ぼくに荷物を持たせてくれませんか？　イスマにはまず、育ちの良さが鼻についた。こういうのを、こういういいところのおぼっちゃんは男のたしなみだと思っている。こんなところでレディーファーストはいらないからと断ると、意外な言葉が返ってきた。レディーファーストなんかじゃない、勝手についてきているのはホームシックを紛らわせたいのと、あと、ロンドン訛りを聞くと、とにかく癒されるからなんだ。そこで二人は買い物のあとも一緒に近くの森まで散歩することにした。天気が最高だった。途中エイモンが、「メイン通り《ストリート》」（彼に言わせると、この名前には大都会から来た人の、やや上から目線が感じられるらしい）から脇道に入ってアウトドアウェアの店に寄ってもいいかとたずねた。イスマがその店の向かいにあるＡＴＭで二〇ドルを引き出すほんのわずかな時間に、彼は買い物をして出てきた。高価なウォーキングシューズを履いている。さっきよりもバックパックが重そうだ。

森はぬかるんでいた。それでも、絡まり合った枝の間から光が差しこんで気持ちがいい。雪がとけて増水した川が大きな音をたてている。枝から水滴が落ちてくるので、二人は上着の襟を立てた。エイモンは、大きく、冷たい水滴が落ちるたびに平気で甲高い声をあげ、イスマにはそのウールのターバン[*2]はおしゃれに頭を守ってくれていいねと言い、彼女を「グレタ・ガルボ[*3]」と呼んだ。ときどきどこかで枝に積もった雪のかたまりが地面に落ちる音が聞こえたが、とりあえず二人の上には落ちてこない。話題はたわいのないことばかりだった。天気のこと、アメリカでは初対面の人も妙になれなれしいこと、ロンドンでよく利用するバス路線（これを聞けば、普段の活動エリアがわかる）のこと。そんな会話でも、彼のイギリス人的なユーモアや教養を感じさせる意見を、彼女は思いのほか楽しんだ。世間話が得意なのはエイモンのほうだったが、自分だけがしゃべりすぎないよう気をつかい、イスマがごく平凡な話をしても熱心に聞き、気になることは質問した。これは、相手の言葉尻をきっかけに自分ばかり話そうとする、今まで知っていた男たちとは大違いだった。この人はわたしがパーヴェイズを育てようとした理想の青年みたい——イスマはそう思わずにいられなかった。

流れが穏やかな支流で、倒木が土手から五、六メートル突き出ていた。イスマが両手を広げてバランスをとり、その上を歩いている間、エイモンはその場に残り、「大丈夫？」とか「すごい！」とか騒いでいた。イスマはどちらもうれしかった。空は真っ青で、川の水は動脈のように

＊1　ルッコラのこと。
＊2　頭髪にしっかり巻きつけた布。イスマはムスリムだが、ターバンはムスリムではない女性もファッションとして頭に巻くことがある。
＊3　一九二〇〜三〇年代に活躍したハリウッド女優。

元気に勢いよく流れている。背の高い、まったく別世界に住む青年が、自分が戻るのを待っている。イスマはそこで息を吸い、水面に映る自分の姿を見ようとしたが、流れが速すぎた。あの懐かしい、ゆったり流れる水とはまるで違う。

イスマがいた町では、いたるところに運河があった。それは、少女時代の心象風景だ。クラスメイトが足を踏み入れていた冒険のたぐいには彼女は心ひかれないどころか、気詰まりだった。当時住んでいた家から三キロほど離れたところにあるアルパートンでは、運河沿いの歩道まで降りることができた。そこは、騒々しい大通りとは対照的に静かで人があまりいないので、よく遊びに行った。母や祖母が知ったら、危険だと言われるのはわかっていた。女の子がひとりで工業団地を抜け、ひと気がなく静かな、木の茂みが鬱蒼としているだけの、のどかで緑豊かなエリアを通るからだ（家族にとって一番危ないのは、のどかで緑豊かなエリアだ。そこでは、いくら叫んでも誰も気づかない）。だからイスマは「ちょっと散歩してくる」とだけ言って家を出た。そう言っておけば家族も気持ちよく送り出し、なんの心配もいらないと思ってくれる。

イスマの片方の足が、つるつるの枝の上ですべった。とっさに両膝をついたので、川には落ちなかった。冷たい水しぶきが手や袖にかかる。彼女はそろそろと引き返した。エイモンが心配そうな顔でこちらを見ている。

そのあと、エイモンはそれまでよりストレートに生い立ちを聞いてきた。どうやら、自分を置いて倒木の上を歩いてきたイスマを見て、もっと知りたくなったらしい。彼女は一番あっさりした説明で答えた。ノースロンドン育ちなのは、すでにバス路線の話で伝わっている。正確にはプレストンロード界隈《かいわい》。もちろん、これだけで彼には十分通じる。きょうだいは他に二人、年はずいぶん下。育ててくれた母と祖母は、二人ともすでに他界した。父のことはよく知らない。ここに来たのは博士号をとるためで、研究助手としての手当てをもらっているので学費は払えるし、生活するにも十分。願書を出すのが遅れて秋入学には間に合わなかったが、前の指導教官シャー先生のおかげで一月からの編入が認められ、今に至る。

「じゃあ、今はやりたいことをやれてるんだ？　すごくラッキーだね！」

「そうなの」イスマは答えた。「とてもラッキー」そう言いながら、彼女は迷っていた。生い立ちについてエイモンの質問に答えるなら、彼にも自分のことを話させるのが筋だろう。でもそうしたら彼は、父の話をするだろう。それを聞いたが最後、知らないふりはできない。望まない方向に話がいってしまうかもしれない。

川の色が暗くなってきた。日が暮れようとするサインだが、空はまだ十分に明るい。イスマが先に立ち、大通りに戻る。大通りに出た近くに、高校があった。手足の長いティーンエイジャーが大勢、校庭のトラックを走り回り、泥の混じった雪はフィールドの隅にかき集められていた。

「聞いていい？」彼が言った。「そのターバンのこと。それはファッション？　それともムスリムだから？」

「ちなみに、マサチューセッツで今までそう聞いてきたのは、二人だけ。しかも二人とも、ファッションなのか、抗がん剤治療のせいなのかどっち、って」

エイモンはおかしそうに笑った。「がんか、ムスリムか。どっちがキツいんだろう？」

空気が固まった。そういうひと言に、本音が出る。彼は慌てて両手を上げ、謝った。「うわ、しまった《ジーザス》。というか、ごめん。言い方を間違えた。言いたかったのは、ムスリムでいるのは大変なんじゃないかってことなんだ。こういう世の中だし」

「ムスリムでないほうがずっと大変なの」イスマは言った。そのあと二人は黙って歩き続け、かなり気まずい感じになってきたところで、最初のメイン通り《ストリート》に戻った。彼女は今までなぜか、信仰心があるかどうかは別にして、世間体や政治的な事情があるにせよ、彼はムスリムだと思いこんでいた。考えてみれば、そんなはずない。あの父親の息子なのだから。

「じゃあ、さよなら」カフェの近くまで来るとイスマはそう言い、片手を差し出した。思わずそうしてから、その動作が妙によそよそしいことに気づいた。

「つき合ってくれて、ありがとう。またばったり会うかもね」エイモンはそう言い、会ったときに履いていた靴を取り出してからバックパックをイスマに手渡した。イスマが手を差し出したのはそのためだと思ったらしい。「ムスリムだから」頭にターバンを巻いた女が、男と握手するはずはないと考えたのだ。イスマは家まで歩きながら、考えていた。言葉の微妙なニュアンスを聞き取れないよその国の人といたほうが、ずっと気が楽かもしれない。それなら、「またばったり会うかもね」の本音が「この先、わざわざ約束してまであなたと会おうとは思わない」だなんて気づきようがないんだから。

＊

ナシームおばさんは実家の近所の人で、祖母亡きあと、イスマたちきょうだいの祖母代わりになってくれていた。アニーカは今、このおばさんの家に世話になっている。そのおばさんが電話をよこし、心配させたくないけど、アニーカの様子を確かめたほうがいいと言う。「最近、外泊が多いのよ。友だちといるかと思ってたんだけど、さっき来たジータに聞いたら、友だちもアニーカをこのところ、ほとんど見ないんですって」

プレストンロードに住むジータのことは、アニーカの家族もよく知っている、大学の友だちで、アニーカのひとつ年上だ。ジータは継母との折り合いが悪くて大学の寮に入り、アニーカは部屋の合鍵を預かっていた。じつはジータはその部屋はまったく使わず彼氏と同棲していたが、プレストンロードの大人は誰も、そのことを知らない。

アニーカがそもそもジータの部屋に泊まるようになったのは、図書館通いや友だちとのつき合いでアニーカが地下鉄の終電を逃し、帰れないことがあるのをイスマが心配したからだ。大学の男友だちは、どんな家の子かわからない子ばかりだ。それにイスマと違ってアニーカはいつも男子の注目の的だった。しかも、視線に気づいたら見返すタイプだ。見返すだけじゃすまないこともある。そのあたりの話は、姉にはいっさいしない。たぶん、小言を言われそうだからだ。イスマを説得し、好きなようにさせなよと言ったのは、パーヴェイズだ――アニーカが何か困ったら、双子のぼくにはわかる。だから、ぼくがアニーカに言ってきかせる必要が出てきたらイスマにも教えるから。とはいえ、アニーカが寒くて、人まで冷たそうなロンドンの真ん中で、一人さまよっているという不吉な想像をし始める必要はなかった。アニーカはいつだって、自分を気にしてくれる人を見つけるのが得意だったからだ。会ったとたんに放っておけない気にさせるのは、極端な性格のせいだ。口は悪いが優しく、大真面目だが何をしでかすかわからない。苦しむ人に進んで手を差しのべるくせに、見捨てられ、親を亡くした心の傷を認めようとしない（「だってわたしにはイスマとPちゃんがいる。それで幸せ」）そのパーヴェイズとイスマは世間のどんなグループにも属さず、誰にも生い立ちを詮索されない（「お父さんはどこ？　お父さんの噂は本当なの？」）ようにしていたが、アニーカはいつの間にかグループの輪の中心にいながら、境界線をきっちり引き、その境い目ぎりぎりのところで友だちを作ることができた。まだ幼いころから、やり方を心得ていた。父の話題を出されたとたん、アニーカはよそよそしくなる。いつもの優しいアニーカを知る人なら、うろたえる。だから慌てて境界線から離れると、いつものアニーカが戻ってくる。ところが今では、パーヴェイズの話も危険領域に入ってしまった。しかもこれは、アニーカの人生の片隅に追いやることのできない問題だった。

　ナシームおばさんと話をしたあと、イスマは何度もスカイプで呼び出したが、アニーカがやっと出たのはロンドン時間の深夜だった。アニーカのベッド脇のライトが小さな光の円を作り、引き出しの上に置いた本――アステリックスのコミック（フランスの大人気漫画）。子どものころのお気に入りだ――を照らしているが、アニーカの顔は暗くてよく見えない。

「あの移民の人たち、新車だよ。しかも、ＢＭＷ。ＢＭがうちの車寄せにあるの。次はなんだろね？　子馬？　キッチンユニット？　乳母？」　きょうだい三人が育った家の新しい入居者は引っ越すとまず、レースのカーテンを見るからに高そうなブラインドに替え、それをたいがい下までおろしている。それを見たアニーカは初めて、近所の人の気持ちがわかったと言った。住人の間では、移民が越してくるたびに反発があった。この「移民の人たち」と呼ぶのをイスマはやめさせようとしたが、アニーカはそれで通していた。

「あら、それは知ってたのね。ナシームおばさんから聞いたんだけど。あなた、家にほとんど帰ってないんだって？　それに、大学の友だちにも会ってないみたいね」

「おばさんがお姉ちゃんに言いつけるなんて、あたし、かなりの不良だね」とアニーカ。

「心配してくれているの。それだけよ」

「わかってる。ごめん。おばさんに心配かけるつもりはないの。お姉ちゃんにも。ただ、最近ひとりでいるほうが気楽なだけ。お姉ちゃんがよくひとりになりたがってたの、わかってきた」

「わたし、帰るから。もうすぐ春休みだし。一週間は一緒にいられるよ」ロンドンのことを考えると胸がいっぱいになる。それでもイスマは、それが声にあらわれないようにした。

「お姉ちゃん、無理しなくていいってば。それにさ、あの空港の取り調べをまた受けるの、嫌でしょ。今度は飛行機に乗せてもらえなかったらどうするの？　さもなきゃ、ボストンに戻ったときに大変かもしれないよ。それにあたし、論文で忙しいし。それもあって、引きこもってるんだ。勉強してるの。法律を専攻すると、忙しくって。社会学はいいよね。テレビ見て『調査』だって言えるんだから」

「いつからわたしたち、嘘をつきあうようになったの？」

「あたしが十四歳のときから。あのとき、パーヴェイズのクリケットの練習を見に行くって言ったけど、本当はジミー・シンとマクドナルドでデートしてたんだ」

「ジミー・シン。ポンドランド*の店員の？　アニーカ！　パーヴェイズは知ってたの？」

「もちろん。パーヴェイズはいつだって、あたしがやること、なんでも知ってたもん」

＊　なんでも一ポンドで買える雑貨店。

パーヴェイズが大事件を起こしたことがわかった日の夜、イスマはアニーカの長い黒髪をブラシでとかしてやった。幼いころ、母は娘がなぐさめてほしがっているとわかると、そうしてくれたように。アニーカは身を傾け、イスマに髪をとかしてもらいながらこう言った。「あの子、イプセンのチケットのこと、なんであたしに黙ってたのか説明してくれなかった」あれは、母が死んだ数ヶ月後。請求書と悲しみしかない家の中で、パーヴェイズが急に思春期を迎え、自分用のパソコンを手に入れようと思い立った。それさえあれば作業、つまり最近ハマってる音のプロジェクトを姉たちに邪魔されなくてすむからだ。ある晩、パーヴェイズは町が寝静まったころに家を抜け出し、バスでセントラルロンドンに向かった。ウエストエンドの劇場に着くと真夜中から翌日の午前中まで外の列に並び、イプセンの劇の初日の夜の部の払い戻し券を買った。その公演では、ハリウッド映画のスーパーヒーロー役が大当たりして、注目されるようになった俳優が、演技派の役者として再び舞台に立つことになっていた。パーヴェイズはそのチケットを二枚買ったが、その代金は家計の口座から「拝借」した。つまり、イスマのデビットカードで支払った。それをすぐに売りさばいたら、けたはずれの現金が稼げた。パーヴェイズは意気揚々と家に帰りその一部始終を話したが、ほめられるどころか姉たちにこっぴどくしかられた。イスマの怒りは、遅くまで働いて稼がないと借金取りが家まで来ないように帳尻を合わせられなくなったこと、それに加え、白人至上主義者や小児性愛者がうろつく場所で年端もいかない男の子に降りかかるいろんな危険を考えたからだ。ところがアニーカの怒りのほうが大きかった。「どうして教えてくれなかったの？　あたしはなんでも話してるのに。なんであたしに隠すわけ？」パーヴェイズとイスマにとって、アニーカはいつも二人の仲介役だったから、この反応は意外だった。それから六年たった今、アニーカはこの事件をたよりに弟の言い分を理解するしかない。イスマはもっと単純に考えていた。父に似ている。無責任の遺伝子を受け継いだのだ。

「男の子って、女の子と違う」イスマが言った。「夢中になったら、まっしぐらなの」

画面が数秒ほど乱れ、いろいろな物が画面をよぎったあとに、妹があらわれた。ベッドに横になり、マウントに固定したスマホに顔を向けていた。

「あのさ、四月の復活祭《イースター》休みにあたしがそっちに行く格安航空券、今から探そうか?」とアニーカは言ったが、言い終わらないうちにイスマが首を振った。

「お姉ちゃん、女王の服の色のセンスが超ヤバいと思ってるって、ヒースローの入国審査のサルたちに話すところ、これからやってみようか?」

「やめて」イスマの体がこわばった。取調室にいる妹の姿が頭に浮かんだからだ。「本当は黙っていようと思ったんだけど、パーヴェイズ、またスカイプにアクセスするようになったわよね?」

「あの子の話は、ケンカになるよ。今日はあたし、お姉ちゃんとケンカしたくない」

「わたしも。でも、これだけは教えて。あの子としゃべった?」

「チャットのメッセージは来た。大丈夫だからって。それだけ。お姉ちゃんにも来た?」

「ううん。わたしにはなんにも」

「そうなんだ。お姉ちゃんにも来てると思ってた。教えればよかったね。そう、それだけだよ。元気だって。きっと、あたしからお姉ちゃんに伝えてくれると思ったんだよ」

「もしそうなら、自分のことばっかり考えているわけじゃないってことね」

「やめようよ。もう。お姉ちゃんが心配して怒るのは、わかる。でも、心配しないで」

わたしは怒りたいから怒ってるの――他のときだったらイスマはそう言い返していた。ところがその夜はこう言った。「アニーカに会いたいな」

「このまま、切らないでくれない？　あたしが眠るまで」。アニーカはそう言い、イスマのほうに手をのばすと、画面からいなくなった。スマホの後ろにあるライトが消えた。

「むかーしむかし、あるところにアニーカとパーヴェイズという女の子と男の子がいました。この二人は動物とお話ができました」

アニーカは楽しそうに笑った。「ダチョウが出てくるのがいい」枕で声がくぐもる。

アニーカが眠りに落ちても、イスマは子どものころの物語を続けた。これは、母が一人目の子のイスマのために作り、その後、イスマが双子向けに手を加えたものだ。語り終えてもイスマは電話を切らず、自分とアニーカの息づかいを聞いていた。恐ろしい夢に起こされたり、うなされたりすると、アニーカはよくイスマのベッドに潜りこんだ。姉の落ち着いた心臓の鼓動だけが、妹のパニックを起こした心臓を鎮めてくれる。そのうち、同じリズムの息づかいだけしか聞こえなくなった。二人を取り巻く宇宙は静かだ。

2

午前中ずっと、彼女は彼に気づいていないふりをしていた。彼はカフェの地下の奥の席にいて、クロスワードパズルをしている。ところが彼女が昼にサンドイッチを買って席に戻ると、彼が来て自分も今からランチだから、一緒に座ってもいいか聞いてきた。

「プレストンロードといえば」と彼は言った。数分間席を立ってパスタの皿を持って戻ってきたところだ。「きみがそこで育ったって言ったとき、聞き覚えがあるような気がした。それがなんでだか、地図を見てやっとわかった。ウェンブリーだね。父の親戚がそのあたりにいて、昔はよく、ラマダーン（断食月）明けのイード*の祭りのたびに遊びに行ってた」

「そうなの？」と彼女は答えたが、その父方の親戚の家を知っていることは言わないことにした。彼は知らないようだが、彼女はその親戚がカナダに移住したことも知っている。

「大人がいないときさ、いとこたちがよく、妹に歌ってくれた曲があるんだ。その歌のフレー

* イスラム教の祝日。ムスリムの義務であるラマダーン（断食月）が明けたことを祝う日。

ズが少し、ずっと頭にこびりついてる。だけどそのフレーズ以外は思い出せなくて、じれったいんだ。しかも、妹は覚えてない。この曲、わかる？」と彼はいきなり、パキスタンのポップスを歌いだした。彼が生まれる前に流行った曲だ。彼が四つ年下なのは、もう知っている。なんの曲か彼女がわかった決め手は歌詞ではなく、メロディだ。彼がウルドゥー語っぽく口ずさんだ歌詞は、ほとんどでたらめだった。二フレーズほど歌ったが声は小さく、顔が真っ赤だった。恥ずかしがるとは意外だ。しかも、いい声なのに。彼女が自分のスマホのプレイリストからその曲を選ぶと、エイモンは自分のヘッドフォンをプラグにさしこんだ。とんでもなく高いヘッドフォンだ。パーヴェイズもこういうのをひどくほしがっていた。エイモンは聴きながら目を閉じた。曲を楽しむというより、自分が歌った通りかを確かめる表情だ。

「ありがとう」と曲が終わると彼は言った。「なんて歌ってるの？」

「色白の娘は、なんの心配もいらないって歌。だって、いつだってみんなが、色白の肌と青い瞳をほめてくれるから」

「そうそう」と言い、彼は笑いだした。「たしかにそうだった。みんなこれを歌って、妹をからかった。でも妹はそんなのお世辞だと言って受け流した。そういう子なんだ」

「あなたは？　やっぱりそういうタイプ？」

彼は少し顔をしかめ、フォークをショートパスタに突きさした。「いや、違うと思う」――その言い方は歯切れが悪く、自分の性格を説明させられることに慣れていない感じがした。彼はフォークを口元に近づけ、吸いこむような感じでパスタを口に入れた。「おっと、失礼。ぼくのテーブルマナー、普段はもっといいんだ」

「気にしないで。ウルドゥー語、話せるの？」彼は首を横に振った。さっきの歌を聴けば、わかる。彼女はさらにこう言った。「じゃあ、『ベイ　タカールフィ』も知らないわよね」彼は姿勢を正し、教室にいる男子生徒みたいに手を挙げた。「はい、知ってます。気をつかわなくていい、親密な、という意味です」

彼女は一瞬、驚いた。なんて父親だろう。簡単なウルドゥー語も息子に教えていないのに、この言葉を教えたなんて。「親密とまではいかないの。一緒にいるとくつろげるということ。テーブルマナーを忘れるくらいの感じ。正確に言うと、一緒にいるとくつろいでいられる相手に対して使う言葉よ。知り合って間もないなら、なおさらね」彼女はひと息にそう言い、「親密」と言うときに思わず、声に力が入ったのをごまかした。

「そうなんだ」と彼は答えた。提案に従うような言いっぷりだった。「じゃあ、ぼくたちもくつろぐことにしよう。テーブルマナー抜きで」彼は自分の皿をイスマのほうに押しやった。イスマは遠慮なくサンドイッチの残りを彼のパスタソースに浸し、ソースがたれないように皿に顔を近づけて、かぶりついた。

ランチを食べ終わると——打ちとけて、話がはずんだランチだった——彼は立ち上がり、こう言った。「またここで会える？　気づいたんだけど、マシンが動いているときは、この店のカプチーノはこの町で一番おいしいらしい」

「授業は全部、午後なの。だから、午前中はいつもここにいるわ」と彼女は言った。本当は、この店が混んでいると、二番目にお気に入りのカフェに行くこともある。でも、そこまで細かく説明することはない。

＊

きょうだいで見張りあっている。しかも、一人がもう一人を見張るのを、お互いが見張っている。少なくとも彼女にはそう思えたが、おそらく、双子が彼女の何かに気づくよりはるかに、彼女が双子の何かに気づくことのほうが多かった。彼女は一瞬、画面から目を上げた。近すぎも遠すぎもしないところにエイモンがいて、地元新聞の何かの記事に夢中で、コーヒーの入ったマグカップを持ち上げて飲むときも紙面から目を離さない。彼女は毎朝十一時に今みたいに数秒間だけ、まったく別の世界にいる。彼女の弟はなんでもルーティーン化したがる。それは少なくとも、ありがたい。さもなければ彼女の毎日はきっと、こうなっていた——パーヴェイズがオンラインになるのを待つアニーカを見張る。そのうち弟の名前の横に緑のチェックマークがつくと、とたんにイスマの頭にこんな疑問が次々と浮かぶ。あの子、いったい何話してるの、アニーカを怒らせるようなこと言ってるのかしら、自分が飛びこんだ狂気にアニーカを誘ってるんじゃないでしょうね、絶対にいや、それだけはやめて、なんでアニーカをほっといてくれないの。ところが実際は毎朝、ほんの数秒で弟の名前はオフラインリストに戻る。その直後、アニーカからこんなメッセージが届く。あの子、チェックイン完了。「チェックイン完了」——この言葉は、学校の遠足とかお泊まり会で双子が別々の場所にいるときに、使いあっていた。だから、決められた時間になったら、このメッセージだけが届く。これから、チェックイン。

パーヴェイズがサインアウトし、そのすぐあとにアニーカもサインアウトすると、イスマはようやく重荷から解放された気分になり、湯気のたつマグカップの絵文字を少し離れたところにいるエイモンに送る。するとエイモンは上の階で淹れたてのコーヒーを二人分買ってくる。これもまた午前の日課になってもう、二週間かそのくらいだ。何日目か忘れたふりをすることもないのだが。くつろいで親密になろうと彼が言いだしたのは、九日前だ。「社会では今日、何が起きてるの?」エイモンが席に戻り、向かい側に座るなりイスマがそうたずねると、彼は地元の新聞で見つけた面白いニュースをかいつまんで伝えた。熊が一頭、ガレージの扉をひっかいていたらしい。隣町の道路が一時通行止めになった。原因は車三台の衝突事故で、けが人はいなかった。マクドナルドのマスコットキャラクター、ドナルドの像が、ある家の庭から盗まれたという被害届けがあった。彼女はドナルドの件が、ニュースのローカルさで言うならダントツ一位だと言ったが、彼は賛成しなかった。だってあのドナルドって、世界的に有名だよね。

午前中のコーヒーブレイクのあと、エイモンは車と歩きで「徘徊」する。つつましい野心を抱くコロンブス気取りで幼いころの思い出の小道をたどり、新しい道を「発見」していた。その翌朝、遠征の戦利品をカフェに持ってくることもあった。直売所のメープルシロップひと瓶。オークの木に釘で打ちつけられていた、オークの葉の形に切り取られた一ドル紙幣。アメリカの詩人エミリー・ディキンソンの墓石に紙をのせ、墓碑を写してきたこともあった。墓碑にあった「呼びもどされる」という不思議な言葉にエイモンは、これじゃディキンソンが返品された不良品みたいだと言った。おかげでイスマは自分が暮らす地域のことを自分の日常生活よりも彼の話から詳しく知ることができたが、「徘徊」の目的について——旅の本でも書くつもり?——たずねると、エイモンは経験することや観察することが目的でもいいじゃないかと答えた。貯金がなくなったらどうするのかも聞いてみた。すると彼は、こう答えた。前に話した貯金はじつは母のでね。母は少し前に仕事を半分引退したんだけどそのときに、人生や大事な人との交流を仕事のために犠牲にしすぎていた、って思ったんだ。とはいえ、一日一七時間も働く生活を送る妹に話したって無駄だから、息子のぼくに話し、ぼくはそれをすんなり受け入れた。給料や昇進以外のことに、人生の意味を見いだす道を探すことにしたんだ。イスマはこの考えに感動したが、それを追求しようとするエイモンの行動は中途半端でもったいないと思った。新しい外国語を習うこともできるし、安全な暮らしを求めて難民が漂流する海で、船を操縦することもできる。そういう海では、難民のお粗末な小型ボートがよく遭難しているのだから。

最初の何日か、イスマはエイモンがそのうち、午前中のコーヒーブレイクだけではない、別のなにかに誘ってくれるのを期待していた。映画とか、食事とか、また散歩に出かけるとか。けれど、今ではわかっている。わたしはただ、あの人の一日のスケジュールの一部でしかなかった。「朝刊」と「徘徊」の間に、「イスマとコーヒー」が入る。ようやく春休みになった、今なら時間に余裕があるとはっきり伝えても、彼のスケジュールはちっとも変わらない。

エイモンの父親の話題はよく、コーヒーブレイクのときに出た。ただし、いつも「うちの父」で、公の人物として語られることはなかった。エイモンの話から浮かぶのは、愛情深く子どもに甘い、悪ふざけが好きな親の姿で、イスマが抱いていたイメージとはまったく違っていた。だから彼女はときどき、すべて手のこんだでっち上げではないかとさえ思った。そうやって、父親の本当の姿を隠しているのではないかと。でも、エイモンの無邪気な様子を見れば、そんなことはないとわかる。

ある朝、エイモンはいつもの時間にカフェに来なかった。天気のせいかもしれない。また冬に戻った。窓ガラスに雪が吹きつけ、空は白く、外に停めた車の持ち主は警官に、駐車制限時間の二時間がすぎても車を出せないのは、屋根に雪が山ほど積もったせいだと訴えている。イスマは彼が来ないのを気にするのをやめ、統計学の科目で出された欠損値を含む変数の課題に没頭していると、アニーカからメッセージが届いた。

きいた？ カラマット・ローンが、今度の内務大臣だって。

イスマは、何か声を出したに違いない。隣の席の女性に「大丈夫ですか？」と声をかけられたが、そのときにはもう、ブラウザの「ブックマーク」をクリックしていた。ニュースサイトを開くと、『速報』という文字が大きく躍り、内閣改造に伴う人事を知らせる記事が出てきた。今回の人事の目玉は、新内務大臣の就任だ。そこに、あの男の写真があった――イスマは少し前までエイモンはこの男とそっくりだと思っていたが、毎朝一緒に過ごしているうちにエイモンの顔の特徴や癖を覚え、今ではそうは思わなくなっていた。写真の横の記事によると、新しく抜擢された大臣は、「ムスリムの家系出身の」人物らしい。この表現は、この男の報道に必ずついてくる。あたかも、この男はムスリムというアイデンティティに、思い切って距離を置いたと言わんばかりだ。当然、記事は続いて「治安維持に強い態度で臨む」と書いている。

気分が悪くなってきた。その理由に思い当たる前に体が反応した。通知音が鳴りスマホを見ると、メッセージがいくつも入っていた。

これからもっと、サイアクなことが起きる。

あいつ、自分が体制側だってこと、はっきりさせるべきだよ。うちらの仲間なんかじゃない。

そうでしょ？　とっくに体制側のくせに。

この国、サイテー
あたしに電話しないで。今しゃべったらキレそう。

そこの、でくのぼう。あたしたちムスリムのメッセージ、傍受するのやめて。それより、どっかの銀行の連中を逮捕して。[*1]

「やあ、グレタ・ガルボ。なんでそんなおっかない顔してる？」

エイモンはイスマの向かいの席に座り、片手を椅子の背に回した。なんて、ゆるい雰囲気なんだろう。いつも隙のない父親とは違いすぎる。イスマはパソコンを勢いよく閉じ、スマホを伏せた。

「今日は遅いね」とイスマ。

「家族のビッグニュースがあって」エイモンは身を乗りだして、ほほえんでいる。得意気な息子の表情を浮かべている。テーブルが小さいので、二人の膝がぶつかった。「父が今度の内務大臣に任命されたんだ。カラマット・ローン。この名前、聞いたことあるよね？」イスマはうなずき、コーヒーをひと口すすって間をもたせた。「きっときみも、ぼくの顔と苗字を聞いても、親子って気づかなかったんだよね」

「パキスタンではよくある名前だから」彼女は嘘をつくより、話をそらすことにした。

「そうだね。とにかく、うれしいんだ。やっときみに話せたから。それに、そのせいで、いつまでここにいるのかってきみに聞かれても答えられなかったんだ。何が嫌いって、父がトップニュースになるたびに昔のくだらない話を蒸し返されるのが本当に嫌で。今回はもっとエスカレートすると思う。ぼくは、そういうのを避けるようにしている。父はうまくかわせるけど、ぼくには無理。だから、もしぼくがネットで言われていることをいちいち気にするようになったら、ぼくからスマホをとりあげてくれる?」エイモンはしゃべりながら指先でイスマの指をつついて、念を押した。

昔のくだらない話。彼が言うのはカラマット・ローンがモスクに入るところを撮った写真だ。そのモスクには、「差別主義《ヘイト》の宗教家」がいると前に話題になったことがあった。タブロイド紙がこのネタに飛びつき、「カラマット・ローンの正体見たり」とセンセーショナルな見出しをつけた。下院議員最初の任期の終わりごろだった。カラマット・ローンはこんなコメントを発表した。この写真は数年前のもので、モスクに行ったのはただ、おじの葬式で祈りを捧げるためであり、そうでなければ男女が分離されているようなところには絶対に行かない、と。このコメントに続き、ローンが妻と手をつないで教会に入るショットがいくつか公開された。ムスリムが大半を占めていたローン支持者は、それからわずか数週間後に行われた選挙でローンには票を入れず、落選させた。ところがローンはすかさず補欠選挙で議会に返り咲く。しかも支持者の大部分が白人という安定した議席だ。すると、前にローン氏を非難したタブロイド紙が今度は、社会的弱者であるイギリスのムスリム層問題に取り組む「ローン・クルセイダー」[*2]として彼を持ち上げた。イスマにしてみれば、あの「昔のくだらない話」がまた浮上するわけがないと思った。いや、た

＊1　ムスリムによるテロを恐れる体制側（政府当局）がムスリムの通信を盗聴しているとアニーカは考えている。
＊2　孤独な反対運動家、または十字軍の意。

だし、あの話は事実ではないとエイモンが言うなら別だ。つまり、イスマがこれまで耳にした非難、事実としか思えない非難はこうだ。カラマット・ローンは間違いなく、伝統あるモスクをあんなふうに愚弄する短期的なデメリットと長期的なメリットをきっちり天秤にかけたのだ。裏切り者、ココナッツ*、日和見主義の風見鶏、卑怯《ひきょう》者。

「お父さまとは仲がいいのよね？」

「父親と息子って、普通そうだよ」

「そうでもないかも」

「息子は、父親から男らしさを学ぶものなんだよ。最初にね」

イスマにはこれがわかったためしがない。とはいえこれまでさんざん、世間の話や学術論文から、それがある程度事実らしいと思えることを見聞きした。少女にとって、女になることは必然だ。少年にとっては、男になることは野心だ。わからないという彼女の表情を読み取ったらしく、エイモンは、もう一度説明した。

「息子は父親みたいになりたい、父親を追い越したい。父親を追い越すことを許された、世界でたったひとりの人間になりたいんだ」エイモンは自分に向かって、そしてまわりを見渡して、肩をすくめた。しょせん、誰だってそうだろう、と言いたげだ。「もちろん、ぼくはとっくの昔に悟ったよ。そんな野心を抱いたって、絶対にかなうはずがないって」

「そんなことないわよ。あなたはお父さんよりもずっと立派な人よ」

「なんでそんなことが言えるの？」

イスマはこれに答えず、どう答えようかと迷っているうちに、エイモンがこう言った。「ぼくが今日来たとき、何をあんなに慌てて隠したの?」

イスマはためらったが覚悟を決め、パソコンをエイモンに向けて画面を開いた。

「父の記事を読んでたんじゃないか。イスマ、ぼくが息子だってこと、前から知ってたの?」

「ええ」

「なんで嘘をついた?」

イスマは両手を組み、下を向いて組んだ指を見つめた。この指にエイモンがとても親しげに触れてきたのは、ほんの少し前だった。

「きみもあの人たちと一緒? 父についてあんなひどいことを言うムスリムの連中と?」

「そうよ」

エイモンはイスマの続きを待った。しかし、彼女はそれ以上何も言えなかった。

「そう。ふうん、すごく残念だ」椅子を引く音が聞こえて顔を上げると、彼は立ち上がりかけていた。「いつかこれを、皮肉な出来事だったと思うだろうなあ。ある種の連中に耐えられなくてここに逃げてきたのに、結局その仲間とコーヒーを飲んでいたんだから」人懐っこくて、優しい青年の姿は消えた。その代わりに、傷だらけの男がひとりいた。ただしその傷は、打たれ強い父ならほぼ間違いなく、針で突かれたほどしか痛みを感じないだろう。エイモンの別れの言葉にはまぎれもなく、決別の響きがあった。

＊ 割ると中身が白いことから、白人かぶれの有色人種を指す。

*

風は、やんでいた。空から舞い落ちるぼたん雪は彼女の袖の上でしばらく原形をとどめるが、やがて繊維にしみていく。カフェからアパートまでは徒歩ですぐだ。建物の入り口が近づいてくると、イスマは自分の部屋の暖房パイプの騒々しい金属音を思い出し、耐えられなくなった。そのままその道を歩き続け、並木に囲まれた墓地に向かった。なぜか幼稚園の隣に位置するその墓地は、野球場に行く道を渡ったところにある。夏には木陰が涼しく、秋には紅葉が見事だろう。しかし彼女はまだ、白い雪と、灰色の墓石の風景しか見たことがない。

除雪した小道を歩き、やがて、膝丈のブーツのふくらはぎのあたりまで埋もれる雪だまりを渡ると、十九世紀の墓石の上に登って座り、足をぶらつかせた。たまに死者が近しい存在になることもあるが、今日は死者は死者でしかない。だから、文字が刻まれた墓石はどれも、誰かの悲しみの痕跡だ。彼女はかかとを墓石に何度もぶつけた。「ばか」

それしか言えなかった。この大きな喪失感をなんて呼べばいいのだろう。これ以上、失うものなんてほとんどないと思っていたのに。

*

「決めつけることないでしょう。終わりとは限らないわ」とその夜、ヒラー・シャー先生は言った。二人はそろってテーブルにつき、食事をしていた。ここではいつも、手のこんだ料理が並ぶ。シャー先生は五十代半ば。独身だ。誰かのために毎日食事を作る必要はない。しかし、こんなふうに考えて暮らしていた。夕食に誰かを呼んだら、張り切ってごちそうを作ってあげなくちゃ。この考えは、夕食に呼ぶ人との関係性が何度終わっても、変わらないようだ。あるいは、長いこと母親的な人がいなかった相手にだけ、そうしていたのかもしれない。「せめて、どうしてそう思ったのかを、説明してみるべきだわ。だめでもともとでしょ?」

「そんなことをして、どうなるんですか? いずれにしてもじきに、ロンドンに帰る人に」

シャー先生は、ローガン・ジョッシュ(羊肉のカレー煮こみ)をフォークですくったまま、イスマを見た。

「じつはね、まだあなたがLSE(ロンドン大学政治経済学院)の学部生で政治経済を勉強していたころ、わたし、あなたに嫌われているんじゃないかと思ってたの」

「まさかそんな。ああ、最初の学期でしょうか。先生に向かって、あきれた顔をしたとき?」

それを機に七九〇年続いた英国法が見直されました、とカシミール人の学生が発表していた。管理令、およびそれが人権に及ぼす影響についての熱を帯びた発表の席だった。シャー先生は三列目にいるおとなしい女子学生があきれた顔をしたことに気づいた。意見がありますか、ミズ・パーシャ? はい。シャー先生。植民地法を見れば、人々から権利を奪った判例がいくらだってあります。唯一違うのが、今回はそれがイギリス市民すべてに適用されている点ですが、それだって、それほど大きな変更点ではありません。だって、これは言葉巧みに非イギリス人を念頭に置いて作られているからです。**続けて。**(二〇〇五年の)七月七日にロンドンで起きた同時爆破テロの実行犯は一度も、「イギリス人テロリスト」とは報道されませんでした。「イギリス人」が使われるなら、「パキスタン系イギリス人」とか、「ムスリムのイギリス人（ブリティッシュムスリム）」、あるいはこれはうまいなと思ったのが「イギリスパスポート保持者」とかです。「イギリス人」かどうかとテロ活動の間には必ず、何かが入ります。なるほど、声を出すとなったら、あなたはずいぶんはっきり意見を言えるのね。

イスマはその晩、家に帰ってから鏡の前に立って、喉元をそっと押さえた。かすかに震えているのは授業のときに何かが目覚めたからだ。その目覚めによって抑えていた怒りは抽出され、抽象化されて「テロとの闘い」の社会学的影響をテーマにした論文にとりこまれた。まもなく母が死に、あのときの「声」は失われた――今の今まで。シャー先生はイスマにやる気を出させ、その「声」を取り戻させようとしている。そのために、今取り組んでいる論文の共同執筆者にしてくれた。テーマは、「不安定な国家――英国、そして英国における恐怖の手段化」。これは、空港で取調室に連れていかれた経験をもとに、掘り下げて考察したものだ。

「いいえ、あのときだけじゃない。卒業するまで、ずっとよ。なぜか、あなたに嫌われていると思っていた。嫌われているから、研究以外のことをいくら話そうとしても、すごくよそよそしくされるんだって。お母様が亡くなって、なんでも話してくれるようになってからよ。あなたのことがよく理解できるようになったのは」

あの日、シャー先生の研究室でイスマはどれだけ泣いただろう。母のために。その一年足らず前、義理の娘に看取られて亡くなった祖母のために。父のために。両親をなくした双子のために。この子たちは、昔の母を知らない――悲しみとストレスに蝕《むしば》まれなければ、母はよく笑う優しい女性だった。そして誰より、自分自身のために。

「エイモンに同情されたいわけじゃないんです。念のため言っておきます」

「念のため言っておきたいのは、秘密主義はいいことはないってこと」と、シャー先生は教師そのものの口調で言った。「そういう人って、他人をあてにしたがらない。あなたがこみいった事情を抱えていても、人は気にせず受け入れてくれるのに」

「なら、こうすればいいんですか？　とにかく彼に電話して——」イスマは食卓用の塩の小ビンを耳に当てた。受話器の代わりだ。「エイモン、聞いて。わたしの父のことで、笑える話があるの」

「『笑える』っていうのは、やめたほうがいいわね」

「そのあとは？　続けて、もっと笑える弟の話でもしたほうがいいですか？　今度の内務大臣の息子に」

「うーん。まずはお父さまのことからかな。それで様子を見たら？　それからもうひとつ。ヒジャーブのこと、もう一度よく考えて」先生は、イスマがさっきまでかぶっていたターバンを指さした。靴とそろえてドアのそばに置いてある。靴はシャー先生のハードウッドの床材とペルシャ絨毯《じゅうたん》を汚さないように、ターバンは先生が気にすると思って、そこに置いてきた。

「ターバンのことで、あの人とのチャンスを逃しちゃだめ、っておっしゃりたいんですか、先生？」

「きっとターバンのせいで、彼は距離を置いているの。見た通りに解釈するものだから」

「エイモンはわたしの彼氏じゃありませんし、エイモンの解釈はそんなに間違っていません。それに、彼にそんなふうに期待していたなんて、わたし、いつ言いました？」他の男に「そんなふう」な関係を求められたのはずいぶん前で、自分がまたそういうことを期待しているかどうかもわからない。大学時代にモーが最後の――そして、どうでもいい勘違いを除けば初めての――イスマがなんらかの肉体的親密さを感じたことのある男だ。でももし、二人の関係がそこから先に進んでいたら、イスマは何かしらの喪失感を味わっただろう。しかし、モーは二人に永遠の罰が落ちるのを恐れ、イスマもまたそこまで親密なことをするなら最低限、その相手との結婚が想像できなければならないと考えていた。今思えば、二人がなぜ、大学二年のほとんど始めから終わりまでつき合っていられたのかは謎だ。

「知ってた？　コーランって、セックスにふけるのも神の恩寵だと説いてるのよ」シャー先生が言った。

「結婚してからの話です！」

「自分の好きなように解釈して読めばいいのよ。それが聖典というものでしょ」

イスマは思わず吹き出すと立ち上がり、皿を片づけた。酸いも甘いも嚙み分けたシャー先生は、イスマの立場がよくわかっていた。苦労ばかりで、身に降りかかったあれやこれやでさんざんな目にあっていた。だから、何度かチャンスがあったが、つかめずに逃すだけだった。ところがある青年がイスマのゆく手にあらわれた。その笑い声を聞けば、このそばにいれば、楽しい人生が送れそうに思えたのに。シャー先生はターバンに目を移した。ほら、その布と、まだ打ち明けていない話だけが、あなたと彼の間を邪魔してるの。

イスマは少しの間、キッチンにたたずんでいた。懐かしいキッチンのにおいと暖かなランプの光に包まれていると、それを信じてもいいように思えてきた。エイモンの祖父母の家の近くには、文句なしにおいしいカプチーノを出す店がある。つまり、毎朝二五分もかけて車で同じカフェに通う必要なんて、本当はなかったのだ。イスマは窓に映る自分の姿を見た。エイモンは毎晩、どこに出かけるのだろう？　夜はどんな部屋で過ごしてるのだろう？　今、どこにいるんだろう？

「ばっかね」イスマは言った。気を取り直して、食器洗浄機に食器を入れていった。

＊

エイモンが口を開くと、その口から出たのはコオロギの鳴き声だった。「なにか言って」と彼女は言った。リ・リ・リ・リ。闇の中にいたイスマが目を開くと、そこもまた真っ暗闇だったが、その一部が長方形の光で切り取られていた。夜中の二時十七分。どうしてアニーカがこんな時間に電話してくるの？　やだ、やだ、やだ、やだ、やだ。わたしの弟、わたしが育てた子ども。イスマはスマホをつかんだ。弟が死ぬ場面が頭に浮かぶ。あまりにも残酷で、耐えられない。応答ボタンを押す。アニーカの顔。デスマスクのようだ。

「ひどいじゃない」と妹が言った。

「パーヴェイズのこと？」自分の声なのに、眠気と恐怖でいつもとは違って聞こえる。

「警察に、あの子が何をしたか、話したのね」

ひとつのパニックが終わり、また別のパニックが襲ってきた。「誰に聞いたの？」

「ナシームおばさんが電話でラッツィア・アーパに話してた。じゃ、認めるのね？」

「隠したって、いずればれると思ったの」

「なんでわかるの?」妹の声は痛々しく、興奮していた。「ばれなかったかもしれないのに。そしたらあの子、帰ってこれたかもしれない。自分が間違ってたって気づいたとたん、心を入れ替えて帰ってきたかもしれないのに。お姉ちゃんのせいであの子、帰れなくなった」妹は声をふりしぼるように話している。負った傷がたった今、痛みだしたみたいだ。「イスマのせいであたしたちの弟は帰れなくなった」

イスマは画面に映る妹の顔に触れた。ガラスが冷たかった。「いいから、聞いて。ご近所の人は、もう知ってたの。警察がいずれ、つきとめたはずなの。わたしがあの子にしてやれることはなかった。だからせめて、あなたのために、わたしたちのためにできることをしたの」

「あたしのため?」

「わたしたちの立場は弱い。イギリス政府に愛国心を疑われたら、ひとたまりもない。そんなこともわからないの? 協力すれば別よ。あの子の選んだことのせいで、あなたが苦しむのを放っておけるわけないでしょう」

「今のあたしが、苦しんでないっていうの? パーヴェイズがいなくなっちゃったのに?」

「自分から出ていったのよ。わたしがそうさせたわけじゃない。政府がそんなふうにわたしたちを扱うなら、わたしたちが普通に暮らすためには、政府にまかせるしかないの」

「あの子は父さんじゃない。あたしの双子の弟よ。あの子はあたしなの。でもお姉ちゃんは、もう、あたしたちのお姉ちゃんじゃない」

「アニーカ……」

「あたし、本気だから。よくも裏切ったわね。あたしとあの子のこと。しかもそれをあたしに隠そうとしてた。電話も、メッセージも、写真ももう、送らないで。わざわざ飛行機で帰ればあたしが会ってくれると思ったら大間違いだから。お姉ちゃんなんか知らない」

一瞬、アニーカの顔が映った。怒りが噴きだしていた。それがやがて、イスマのスマホの待ち受け画面になった。黄色や緑の葉がグランド・ユニオン運河に浮かんでいる。イスマはフェイスタイム、スカイプ、ワッツアップ、と通信アプリを次々にためし、そのうち有料の国際電話もかけた。アニーカが出るとは期待していない。しかし、せめてどれだけ自分が切実に話したがっているかを、妹に知ってもらいたかった。

しまいには呼びだし音を聞いていることに耐えられなくなり、イスマはベッドに仰向けになり、掛け布団を体にしっかりと巻きつけた。頭の上に星が冷たくまたたいていた。コーランの一節がふと浮かんだ。**蒼穹《そうきゅう》と夜空逝く星にかけて。夜空逝く星とはそもなんぞやとなんで知る。（闇を突き刺す星の謂《い》い。**＊イスマは身を起こすと、ベッドの下から祈禱用のじゅうたんを取り出し、その上にひざまずいた。「ビスミッラーヒ　ラフマーニッラヒーム」このアラビア語には子ども時代から親しんでいる。祖母が幼いイスマを抱いて唱えていたが、それをイスマが覚えてしまったのでまわりは驚いていた。「慈悲深く、慈愛あまねきアッラーの御名において」祈ったあとにこうして体を揺らすのは、イスマが寝つくまで祖母があやしてくれた思い出があるからだ。イスマが守られるよう、こうした詩の一節をささやいてくれていた。はじめその言葉の意味は、わからなかった。しかし、それを唱え続け、目を閉じ、外の世界を閉めだすと、その言葉はイスマの

＊　出典『コーラン（下）』井筒俊彦訳（岩波文庫、一九九〇年第二八刷）

奥深くにもぐりこみ、光を放ち、闇を追い払った。やがてその光はやわらかく、四方八方に広がり、イスマは平穏に包まれた。自分の無力さを知るときに訪れる平穏だ。

いつもなら、これをやれば心が落ち着いた。しかし今日はいくら唱えても、外国語にしか聞こえない。その言葉を大声で唱えても、この部屋は、こんな時間に誰かが布団の下から姿をあらわすはずもなく、あまりにも冷たい。イスマはベッドに戻り、枕を胸に抱き寄せ、もうひとつの枕を背中に当てた。その晩とにかく、こう信じたかった。すぐに感情的になる妹の胸の鼓動も、わたしなら今でも落ち着かせることができる。アニーカの心臓はそのずっと前から、母の胎内にいたときから、双子の弟のすぐそばで動いていた。子どものころ、双子は庭に寝ころがり、お互いの手首の脈に指を当てながら、家の裏の線路を走る電車の音を聞いていた。そうやって、鼓動のリズムがそろうのを待っていた。まずお互いの音が重なり、次にそれがプレストンロード駅から発車する電車の音と重なった。

電話して電話して電話して。イスマはスカイプとワッツアップで妹にメッセージを送った。

ナシームおばさんから電話があった。自分のせいで大変なことになったとおびえていた。おばさんと娘のラツィアは何かのニュースについて話していた。そのときおばさんが、こういうご時世だから、パーヴェイズのしでかしたことをイスマが先に通報してくれていて本当によかった、と言ったのだ。おばさんはアニーカがその前の晩におばさんの家に帰ってきたのに気づかず、まだ何キロも離れたジータの家にいると思っていた。「あの子、すごく失礼だったの」と言うおばさんのそのひと言で、全宇宙と、その運行パターンがひっくり返ったことがわかった。

だから、イスマはおばさんを慰めなければならなかった。こういう間違いはよくあるし、許すも何もないわよ、そのうちアニーカも機嫌を直すから――しかし、本当は電話でどなりつけたかった。もっとちゃんと見張っていてよ。ようやく電話を切ると、どっと疲れた。背中に当てた枕にもたれると、エイモンがきつく抱き寄せてくれた。「やだ！」とイスマは言った。驚いたが、驚いていない自分もいた。この部屋にエイモンがいるように思えたのは、初めてではない。ただし、前はいつもそんな妄想は追い払っていた。今、イスマは彼にしっかり身を預け、安らぎを見いだそうとしている。今になって、こんな安らぎをくれる相手はエイモンしかいないとはっきりわかった。はじめ、そしてしばらくの間、イスマの全身に広がったのは温もりだ。それがやがて、熱になった。イスマは闇のなか、彼のほうを向いた。空に一日の始まりの光がさすころには、自分の変化を感じていた。わたしをわかってという強い思いによる、大きな大きな変化だ。その興奮がこれからの一日と現実にかき消されてしまう前にイスマはスマホに手をのばし、エイモンにメッセージを送った。ごめんね。エイモンにはお父さんがいて、うらやましい。わたしの父は、亡くなったの。グアンタナモ*に移送される途中で。そのことを、全部説明したい。

エイモンから返事が来た。意外にも早起きだった。「どこで会おうか」

アニーカからは、何も来なかった。フェイスタイムも、スカイプも、ワッツアップも、電話も。何も。

＊　キューバの都市。米軍基地内にテロ容疑者専用の収容所がある。

＊

イスマは鏡に映る自分を見た。「ゆるやかなうねり」が出るよう「ニュアンスを出した」髪。ウェンブリーにある美容院「ペルセポリス」のモナが請け合った通りになった。これを使えば、ストレートヘアにする奇跡は起こせないけど、くせのあるまとまらない髪もおさまると言ってモナがこのヘアケア製品をすすめてくれたのだ。イスマの髪は、「遊び心」や「意外性」をアピールしていた。いや、その髪の持ち主がイスマの顔でなければ、そうだったかもしれない。イスマはターバンやスカーフを入れてある引き出しを開いたが閉じ、鏡をのぞいてからまた、開けた。

おずおずとドアをノックする音がした。アパートの前まで来たら電話してくれると思ってたのに。同じアパートの人が正面の玄関を開けっぱなしにしていたんだわ。彼は今、部屋の前にいる。思っていたよりもずっと早い。そして、彼女はまだバスローブのままだ。「待ってて」とイスマは大声で言った。そして、すぐそこにあった服をつかんだ。ジーンズ、洗濯ですっかり色落ちしたブラ――やだ、だからって困ることでもあるの？　――そして、裏がフリースのトレーナー。

ドアを開けたが、なんだか少し息苦しい。あの日、カフェの一階まで彼についていったときと同じくらい、ぎごちない。アフターシェーブローションのつんとする香りがかすかに漂ってくる。今日は特別？　それとも今まではいつも、朝につけた香りが消えるころに会っていたから知らなかっただけ？

「おはよう」彼は言った。そっけなくはないが、いつもの「やあ」よりは堅苦しい。これって、前回の会話のせいなのか、わたしがターバンをしていないからなのか、どっちなんだろう？　彼はイスマから目をそらし、部屋の奥のほうを見た。ターバンをしていないときに顔を正面から見るのは失礼だと思っているらしい。彼の目の動きをイスマは追った。水切りバスケットにはグラスと皿。壁には何もなく、シングルベッドには白い掛け布団とシーツ。

「いい部屋だね」彼は言った。「すっきりしてる」彼がコートのスナップボタンを外す音が、静かな部屋の緊張を和らげてくれる。彼女は戸惑った。「すっきりしてる」って、「質素」を礼儀正しく言ったのか、それとも、今までこういうワンルームアパートを――住む人にほとんど何も求めない、ただいさせてくれるだけの部屋を――見たことないのかしら？　今になって、後悔した。もう少し部屋をおしゃれにしておけばよかった。時間があったらこのベッドだって、いかにもシングルです、という感じをごまかせたのに。

「昨日はごめん」と彼。

「あやまらなくちゃいけないのはわたし。紅茶はどう？」

彼は長靴を蹴るように脱いだ。イスマがやかんに水を入れている間、彼が机に近づく音がした。やがてかすかに口笛の音が聞こえた。きっとアニーカの写真を見たのだろう。

「妹なの」イスマは言った。

彼はイスマのほうを振り向いた。写真立てを両手で持っている。去年、双子が高校を卒業したすぐあとに撮った写真だ。アニーカはお気に入りのファッションで出かけようとしていた。膝丈の黒いブーツに黒のレギンス、それに白い丈の長いチュニックを着て、顔のシャープさが際立つ黒い縁のないキャップをかぶり、その上から黒と白の薄手のスカーフをふわりと巻いていた。片手を腰に当て、カメラを構えた双子の弟に少しいばった感じであごを突きだしている。一方、イスマはひじを妹の肩にのせ、優しくほほえんでいた。妹と並ぶと、イスマの顔はとても大きく見える。口紅とマスカラでめりはりをつけたメイクが得意なアニーカの顔と比べると、イスマの顔はずっとくたびれて見える。

「妹さん、いくつ？」

「十九歳」女にも女の子にも見えるし、成熟する前とも後とも見える。アニーカを表現するのにぴったりの言葉を思いつかない。

彼は写真を元の場所に置いた。「きれいだね」彼は言った。ようやく、イスマをまっすぐ見た。「その髪、いいね」イスマはその前のひと言に傷ついたが、彼はもう、机の上にあった別の写真立てを見ていた。アラビア語の詩の一節が収まっている。罫線入りの紙に手書きの文字が綴られている。

「これは？」

「コーランの一節よ。『ラー　ユッカリフッラー　ナフサン　イッラー　ウスアハー』。アッラーはその魂が乗り切れるだけの苦難しか与えない」祖母が死んだとき、この紙が祖母のベッドサイドテーブルの引き出しの中にテープで貼ってあったのをイスマは見つけた。

彼はとても悲しそうな顔でイスマを見た。イスマはいたたまれない気持ちになった。彼はそれがわかったのだろう。そのあとの口調は、軽くふざけているように聞こえた。「じゃあ、ここまでが、今日の雑談かな」

イスマはベッドの上に腰かけたものの、彼が自分の隣に座るのか、一、二メートル離れたところにあるデスクワーク用の椅子を選ぶのかが気になった。彼はそのどちらでもなく、床の上に両膝を抱えて座った。

「じゃあ、お父さんのこと、聞かせて」

「何を話したらいいんだろう。父のこと、わたしもよく知らないの。生前、いろんな仕事をしていたから。ギタリスト、セールスマン、ギャンブラーに、詐欺師、ジハード*の戦闘員。でも、『不在の父』って役割だけは変わらなかった」

イスマは覚えている通りにすべて、彼に話した。何も隠さなかった。初めに父が家族を捨てたときイスマは小さかったから、出ていったときのことも、その前は家にいたことも記憶にない。そのせいで、イスマは母と祖母のいる家で育ち、自分の心に何か空白があることに気づかなかった。八歳のとき、父が家に戻ってきた。アーディル・パーシャ。父の友人の間では「『情熱《パッション》』のパーシュ」で通っていた。よく笑う、肩幅の広い男は、娘が自分に似たことをとても喜んだ。父の人生に関わった他の女と同じで、イスマはたちまちこの男の魅力のとりこになった。その魅力は絶大で、夫婦仲も元に戻った――ただし、父が最初に玄関のドアから入ってきたとき、イスマの母は義理の両親の言うことに逆らい、あなたはソファで寝てと言い張った。父はしばらく、家にいた。その間に、母は双子を身ごもり、イスマも父がまたいなくなったら耐えられないと思うようになったころにまた、出ていった。今度の旅の口実は「一攫千金《いっかく》」ではなく、ボスニアに向

＊「ジハード」のもともとの意味は、「努力・奮闘」。ムスリムにとっては、内面的努力、そして信仰を守るための努力、つまり戦いを意味する。後者は近年、「聖戦」と訳されることが多い。ジハードの戦闘員は、「ジハード戦士」・「ジハーディ」とも呼ばれる。

かう支援部隊だった。ボスニアはあと数ヶ月で紛争終結を迎えることになるのだが、父は正義のためと言って旅立った。部隊は数週間後に帰国したが、父は戻らなかった。イスマはそれ以来、父に会っていない。

おりにふれ、父から走り書きのはがきが届いた。弾圧に対する戦いで自分がどれだけ活躍したかが書かれていた。さもなければ、あごひげをのばした男がたまに家の玄関先にあらわれていくばくかの現金を届け、カシミール地方、チェチェン、コソボなど、「パーシュ」がそのとき戦っている地名を知らせてくれた。二〇〇一年十月には父から電話があった。そのときはパキスタンにいて、アフガニスタンに向かう途中で、実父の訃報を知らされたからだ。実母と話したがり、まだ幼い息子の声も聞きたがった。妻はその場で電話を切った。イスマの声を聞きたいか、たずねもしなかった。父が唯一、顔を合わせたことのあるわが子の声なのに。

エイモンが姿勢を変え、足首をイスマの足首に重ねた。相手をいたわる仕草だ。そのさりげなさが彼女にはうれしかった。

「その数ヶ月後、内務省管轄のMI5（情報局保安部）と特捜部の職員が、父のことを聞きにうちに来たの。でも、理由は絶対に教えてくれなかった。何かがあったことだけはわかった。だから、祖母は誰かに相談すべきだと言ったの。赤十字とか、政府とか、弁護士とか、そういうところに、父の消息を調べてもらおうって。もしそのとき祖父がまだ生きていたら、そうしていたかもしれない。でも祖父は亡くなっていた。そしたら母が、もし、わたしたちが父の消息を探したら、特捜部とか近所の人からひどい目にあわされるって言ったの。そのうち近所の人たちは、家族だって気の毒とは言い切れないとか言いだすって。祖母はモスクに相談して助けてもらおうとしたけど、イマーム（イスラム教の宗教的指導者）は母と同意見だった——アフガニスタンで逮捕されたイギリス国籍を持つ男性の家族が受けた、嫌がらせの話をさんざん聞いていたから。祖母の友人でこんなことを言う人もいた。イギリス政府は、テロリストに加担した疑いのある人物のいた家族からは、福祉国家の恩恵をことごとく——つまり、公立校に通うとか、国民健康保険制度とかを受けられる権利とかをとりあげるだろうって」

　エイモンは顔をしかめた。それを見て、イスマはこう思った——この人は、国家を自分の一部だと思っている。これは、彼女の親族では絶対にありえないことだった。イスマは片手を上げ、エイモンの反論をさえぎった。「そんなことはあるはずないって、母にはわかってた。でも母は、祖母にはそう信じさせておいた。そのうち二〇〇四年にグアンタナモ収容所から釈放されたパキスタン人の男が、パキスタンにいる父の親戚に連絡してきた。自分は二〇〇二年の頭からずっとアフガニスタン北部のバグラム捕虜収容所で父と一緒だったって。その年の六月に二人とも、飛行機でグアンタナモに移送されるグループに入れられたみたい。父はその飛行機が離陸するときに死んだの。何かの発作だったみたい。その人は他にも、バグラムで父がどんな目にあったかも話してくれたらしい。でもパキスタンの父の親戚はそこまで生々しいことは誰も知る必要がないって言って、わたしたちには教えてくれなかった」

「お父さんはその二年も前に亡くなっているのに、誰も連絡してくれなかったの？」

「誰が教えてくれるの？　アメリカ人？　イギリスの諜報機関？　わたしたちは何も知らされなかったし、今だって何も知らされていない。当時のバグラムの記録だってまだ公開されていない。だから、誰かが埋葬してくれたかどうかも知らないわけ」

「埋葬したにきまっているよ」

「どうして？　ちゃんと教育を受けているから？」　イスマはエイモンには嘘をつくまい、と心に決めていた。だから、怒りを隠さないことにした。

「ごめん。ぼくはただ……すまない。このことがきみにとって、それにご家族やご親戚にとってどれほどの出来事だったか、想像もできないんだ」

イスマはしかたないわねというジェスチャーをした。「身内ではこの話はしなかった。話すことは禁じられていたから。知っていたのは、向かいに住むナシームおばさんとその娘だけ。そことうちは普段から、同じ家に住んではいなかったけど家族同然だった。それ以外にこの話を知らされた人は、ひとりだけ。うちの祖父母が最初にウェンブリーに移り住んだころからの知り合いの人。そのころは近くにアジア人の家族なんてほとんどいなかったから、みんなお互いによく知っていたの。この人が祖母に頼まれて、自分のいとこの息子、新人の国会議員にわざわざ会いに行って、アーディル・パーシャというグアンタナモ収容所への移送途中に死んだ人物について政府が調べられないか、遺族が知りたがっている、って聞いてくれたの。『遺族も、そんな男がいないほうが落ち着いて暮らせる』というのがその議員の答え。それだけ言って、部屋を出ていった」

「それがぼくの父だったわけだ？」

「そう」

彼はがっくりと肩を落とし、前にかがんで顔を両手で覆った。

イスマはエイモンの豊かな髪をなで、腕をさすりたかった。初めて心が軽くなった。こんな気持ちは初めてだ。世界が一変して、思いがけない可能性のあふれる場所になった。この解放感の中では、妹の怒りはすぐに消え、弟の選択も撤回できる。

エイモンは顔を上げ、イスマを見つめ返した。「そこ、いいかい？」と彼はベッドに座った彼女の隣を指さした。イスマはうなずいた。声に出して返事をしたかったが、できなかった。

マットレスが少し、エイモンの体重で沈んだ。彼はイスマの手をとり、彼女をじっと見た。褐色の瞳に深い思いやりが浮かんでいる。「つらかっただろうね。今まで大変なことばかりだったんだから。きみは素晴らしい女性だ」それから、イスマの手を軽くたたいた。一回、二回。そして手を離した。「ぼくの父のことで、きみにわかってもらいたいことがある」

イスマはエイモンの父のことなど、ちっとも知りたくなかった。彼にまた手を握られ、全身に何かを送りこんでほしかった。いくつかある、いちばん大切なところにまで。まるでもう、そうやってそういうところに触れられたみたいな感じがしていた。

「父はもっとつらい思いをしているんだ」エイモンは続けた。「生まれのせいでね。特に、最初のころは、他の議員よりも慎重に立ち回るしかなかった。だからたまに、あとから後悔するようなこともした。しかし父のしたことはすべて、間違った選択だったとしても、目的意識があってのことだったんだ。国民のため、国家のため、イギリス的価値観のため。父はそういったことを心から大切にしている。選択のすべてが、父がいるべき場所に、今の地位に至るために必要だった」

そこに座っているのは、その父の息子。それぞれどちらの政治的立場にいようが関係ない。父親が家にいようがいまいが、父親以外の誰かによりよく、より深く愛されようが、関係ない。息子は父親に似る。

「だからといって、父が許されるとは言わない」エイモンはそう言うと、二本の指でこめかみをさすった。きれいで健康的な爪だ。「ぼくにはうまく説明できない。父本人が事情を説明すべきだ。イスマ、いいかい。今度ロンドンに来たら、父と会ってくれ。ぼくが調整するから。今回のことを、父に言って——説明してもらおう。父は喜んでそうしてくれる。そうすれば、きみも最後には父をもう少し好意的に見てくれるかもしれない」

「わたしが？　カラマット・ローンに会うの？」

ミスター・イギリス的価値観。ミスター・治安強硬派。ムスリムというアイデンティティを捨てた男。たぶん、こう言う。「ご家族のことは聞いている。そんな弟はいないほうが落ち着いて暮らせるだろう」そしてエイモンは、この父を敬愛する息子は、悲しいことに父に同意せざるを得ないだろう。

「心配しなくていい。父なら大丈夫。ぼくを信じて」エイモンはイスマの髪を少し、軽く引っ張った。「もう、きみが髪を隠してないところも見ちゃったし。言ってみればぼくはきみの弟同然じゃないか？」

「そうなの？」

「ごめん。図々しかった？」

イスマは立ち上がるとエイモンに背を向け、肩をすくめた。「ううん、ぜんぜん」わざと明るく答えた。エイモンに対して、そんな真面目な反応をするなんておかしいと言わんばかりに。

「やだ。お茶も出してない。でももう、出かけなきゃ。約束があるの」

「あとでカフェに来る?」

「たぶん今日は行かない。じつは、しばらく行けないかも。友だちがね、誘ってくれたの。春休みが終わるまで泊まりに来ればって」まったくの嘘ではない。前の晩、食事の最後にシャー先生はこう言ってくれた。「二、三日、うちの使ってない部屋に泊まってっていいわよ。もし、人と一緒にいたい気分なら。落ちこんだときは、ひとりでいちゃだめ」

「そうか。だったら、しばらく会えないね。明日かあさってにはぼくも帰るんだ。メディアも、父の話題にはそろそろ飽きてきたし。それに本当のことを言うと、ぼくは祖父母の人づき合いの邪魔をしているみたいで」

「そうなのね。今日はちゃんと話せてよかった」イスマはそう言ったものの、やっとの思いで立っていた。しっかりしてなくちゃだめ。

「ぼくもだよ。じゃあ、これでお別れだ。ありがとう。コーヒーをいつもつき合ってくれて、うれしかった」エイモンは一歩踏み出して腕を広げたが、少しぎこちない。そのあとの二人は抱き合うというより、お互いにぶつかってすぐ離れた感じだ。彼はほほえみ、顔にかかった髪をかき上げた。その仕草は、子どものころからよく知っている人の見慣れた仕草にも思える。彼は長靴を履き、コートのボタンを上まで留めると、もう一度ほほえみ、外に出ようとした。ドアノブに手をかけ、ふと動きを止めた。

「イスマ?」

「なに?」ひと筋の望みがまた、血管の中をかけめぐる。

エイモンがキッチンカウンターからふくらんだ封筒をとりあげた。中にはエムアンドエムズのチョコレートが入っている。昔からイスマの近所の人々はよく、ナシームおばさんをからかっていた。おばさんは一九八〇年代にアメリカに遊びに来てからというもの、アメリカのお菓子に目がない。

「これ、先週カフェできみが持ってた包みだよね？　郵便局に持っていくつもりじゃなかったっけ？」

「つい忘れちゃうの」

エイモンはその包みを脇に挟んだ。「ロンドンで、ポストに入れといてあげるよ」

「そんな、いいのに」

「気にしなくていいって。そのほうが安いし、早いし」

「まあ、そうだけど。ありがとう」

「じゃあね、お姉ちゃん」エイモンはそう言って、ウインクした。そしてドアを開いて外に出ると、ドアを閉めた。一度も振り向かなかった。

彼女はテラスにかけよった。まもなく通りに出た彼は、肩で風を切って歩きだした。まるで彼女と一緒にいた重荷から解放されたかのように。さっさと歩いていった。テラスのほうを見上げもせず、大股で。

イスマはまだ雪の残るテラスの床に両膝をついた。そして、涙をこぼした。

エイモン

EAMONN

3

カヤックが一艇、運河[*1]をなめらかに進んでいる。そのはるか下を走る、ロンドン北部を囲む環状線道路ノースサーキュラーロードは渋滞している。カヤックのすぐ後ろを二羽のアヒルがついていく。エイモンは運河沿いの道で足を止め、手すりから下を見た。かなり遠くまで車がつながっている。今までこの下を通ることはあったが、上にかかっている水道橋は普通の橋だと思っていた。運河船や水鳥が頭の上を行ったり来たりしているなど、想像もつかなかった。いつも、ロンドンには新しい発見がある。エイモンは「ノースサーキュラーの上を通る運河」とスマートフォンに入力し、出てきたリンクをクリックして別のリンクに飛んだ。するとすぐ、この橋に爆弾をしかけた事件のニュース動画が流れた。一九三九年、アイルランド共和国軍ＩＲＡの犯行だ。この橋が吹っ飛んでいたらどうなっていたかをニュースキャスターが詳しく説明しはじめたところでエイモンは一時停止ボタンを押し、またさっさと歩き出した。

それにしても今日は、先行きをあれこれ心配するのにふさわしい日ではない。四月になったばかりだ。ロンドンは一気に春になり、リトルヴェニス地区に並ぶモクレンの木は花が咲き誇っていた。そのあたりからエイモンは運河沿いの曳舟道《ひきふねみち》に入った。今はもっと道幅の広い道を歩いている。

雑草や低木がのび放題で、その向こうにある工業施設の廃墟の風景が見え隠れしている。そのうちまた趣が変わり、美しく、牧歌的と言ってもいい風景が広がった。岸辺の白鳥、木のところどころでふくらんでいる黄色い花のつぼみ、運河のボートの屋根の上でまどろむ男と飼い犬。青く広がる空に浮かぶ白い雲。姿は見えないが、イスマが横を歩いているような気がした。思い詰めたような表情だが、エイモンを見るとほほえむ。エイモンはあれこれ考えていた。イスマが今度ロンドンに来たら、連絡してくるかな。たぶんしてこない。最後に会ったとき、わだかまりをなくそうとしたが、父親同士のしがらみを知ったせいでお互いによそよそしくなってしまった。エイモンは想像しようとした。子どものころから父はテロリストだと聞かされて育ち、死んだ状況もわからず世間にひどいことを言われるのは、どんなだろう？　だが、想像できなかった。第一に、アーディル・パーシャのような男がこのイギリスに存在したこと自体が、まったく理解できない。

「再生」という言葉を体現しているかのような高層ビルがいくつもそびえるあたりで運河沿いの道を離れると、そこはもうイーリング・ロードだ。グルカ・スーパーストア、ガーマ・ハラール肉店、石灰岩の緻密な彫刻が見事なヒンズー教の寺院、にぎやかな屋台やレストラン。昔

＊1　テムズ川支流の運河。
＊2　ネパールの地名。
＊3　「ハラール」は、イスラム教の教えで許容されたという意味。

どれを見たことがあるのかはよく覚えていないが、子どものころに何度も、この通りを車の窓から見ていたのは間違いない。「さあ、みんなで、出かけるぞ」と父が言えば、毎年「イードの祭り」に訪ねることにしているエイモンの祖父母のきょうだいの家に行くのだとわかった。「イードの祭り」の休日をエイモンの母は、「うちの家族は誰も守っていないラマダーン月間の終わりのお祝い」だと子どもたちに説明した。一年のうちその日だけ父は別人になるが、そのせいで母も自分と同じようにこの日をかなり嫌がっているのをエイモンは知っていた。普段は会わない親戚に囲まれると、いつもの「カラマット・ローン」は姿を消し、別の言語に浸りきる。そういうときの父は独特の仕草と訛りで話し、英語で話してもいつもとは違った。ある年、エイモンが九歳か十歳のとき、このときの「イードの祭り」はクリスマスのすぐあとにきた。[*1] アメリカ人の親戚が家に泊まりに来ていて、いとこたちと毎日どこかに出かける予定が入っていた。「今年は、来なくていい」父はしかたなく許してくれた。頃合いを見計らってクリスマスの夕食後に頼んだのがうまくいったのだ。父はひとりで出かけた。その翌年、父は「一緒に来たいか?」と聞いてきた。妻と子どもがノーと答えても、気にする気配はなかった。やがてエイモンも成長し、大きな謎であり続けた父の生活の一部を知りたがるようになったころ、モスクでの写真について一連の報道があった。そのイメージ回復のために何をすべきかをめぐって、エイモンはいとこたちとケンカした。

エイモンはモスクの手前で通りを渡ってモスクから離れ、それから故意に避けたとわからないよう、もともと歩いていた側に戻った。一部マスコミが父を極右派[*2]と決めつけようとすると、世間はきまってローン氏がこれまで直面せざるを得なかった人種差別の壁を話題に出した。だが、ローン氏を見切り、落選させたのはロンドンのムスリム社会だ。ローン氏がそれまで支持者のために尽くしたこともすべて、帳消しにされた。ローン氏はただ、モスクより教会のしきたりのほうがはるかに現代社会に適合しているという見解を示し、他のイギリス人に丁重に扱われたいなら「ブリティッシュムスリム（ムスリムであるイギリス人）」は「暗黒時代」から抜け出す必要があると説いただけだった。

エイモンはハイロードにさしかかった。通りに沿って一ポンド均一のポンドショップや質屋が並ぶ。たまに上を見て、真っ白なウェンブリー・スタジアムのアーチを探した。見慣れた姿が見えるとほっとする。その北にあるプレストンロードでは、郊外の住宅地が続いている。一軒を二世帯で分けるこういう半戸建て住宅はどれも、幼いころにラマダーン明けの祝祭の午後を過ごした親戚の家のように見える。親戚に囲まれ、母にしがみついて座っていると、母は抜け出させてくれた。息子は庭でいとこの男の子たちとクリケットをしたいのを、お見通しだったのだ。エイモンはいとこたちが遊びに誘ってくれても、口先だけなのか本気なのかわからなかった。妹はいつも、親戚のなかにいても気おくれなどまったくしない。いつもいとこの女の子たちと上の階で一緒に騒いでいたが、わが家のあるホランドパークに戻るころには冷めていた。誰もが認めるように、妹は父にそっくりだ。その証拠に、二十二歳にしてニューヨーク・マンハッタンの投資銀行の世界で着実に昇進している。

＊1　太陰暦のイスラム暦に従うので、太陽暦では毎年日程が変わる。
＊2　移民排斥の立場をとる。

ごくたまに父方の親戚のことを思い出すこともあるが、その家に行くたびに味わった疎外感がよみがえるだけだ。ところが、イスマというちに、疎外感だけではなく、親戚に対する感情も思い出すようになった。イスマはとりわけ父方の、一番下のいとこを思い出させた。その女の子は昔、エイモンが庭で転んでけがをしたひじにばんそうこうを貼り、そこにキスをしてくれた。エイモンはふと思った。同じように、イスマもぼくを見て弟のパーヴェイズを思い出していたのかもしれない。イスマがついでに話してくれた弟。あの写真に写っていた、美しい娘の双子の片方。

エイモンは、左右にくねる路地をいくつも通った。どれも見た目はかなり古そうだが、じつは比較的最近、田舎道をそのまま舗装したものだと聞いた気がする。ウエストロンドンにいるときよりもここにいるときのほうが、父の人生と自分の人生との違いが、はっきりと見えた。この場所こそが、幼少期のカラマット・ローンにとってのロンドンだ。父は当時、ここに住む裕福な親戚たちの暮らしぶりに憧れながら、ロンドンからはるか離れたブラッドフォードの狭苦しいアパートで、徹夜で試験勉強をしていた。夜中しか、教科書を広げられない。机代わりのキッチンカウンターは食卓で、縫い子をしていた母の作業台でもあったからだ。正面の壁には、聖地メッカにある聖殿カアバ*の大きなポスターが貼ってあった。カアバのまわりに敬虔《けいけん》な信者の群れが伏して、祈りを捧げている。家にも同じような写真が一枚あった。その写真は数少ない、父の子ども時代の思い出の品だが、それについて質問するのはいつもためらわれた。

やっとイスマの実家の近くまで来た。プレストンロードの店が並ぶ一角から、少し離れている。いざ来てみたら、郵送せずにわざわざ届けに来たことが恥ずかしくなり、しばらくプレストンロードを歩くことにした。ユダヤ系のパン屋を通りすぎ、イスラム教関連の本屋の前を通り、ルーマニア人が営む肉屋を通る。そこまで行って引き返し、イスマの家の通りまで戻った。なんとなく、こういう家のドアを開けたらそこにはぼくの、そして父の子ども時代のかけらがあるような気がする。——そんなこと、今まですっかり忘れていた。スタッコ壁の家のドアをノックすると、年老いた女性が出てきた。歳のせいで縮んだ体に、ゆったりとしたズボンと丈の長いシャツ。その上に、厚いカーディガンをはおっている。この人の体内温度計は今も、別の国の気温に合わせてあるのだろう。きっとこの人が、古い友人で近くに住んでいるというナシームおばさんだ。イスマの妹はこの家からLSE——ロンドン大学政治経済学院に通い、法律を勉強している。エイモンがイスマから預かったものを届けに来たと伝えると、おばさんはドアを大きく開き、エイモンの頬に手のひらを当てて「どうぞ、お茶でも飲んでいらっしゃい」と言いながら、またさっさと中に戻った。

壁を飾るアラビア語の文字。絨毯を敷いた階段。花瓶に入った造花。キッチンに漂う——何も火にかけているわけではないのに——スパイスの香り。何もかもが、大伯父の家を思い出させる。すると、その家で居心地の悪さを味わった気恥ずかしい記憶もよみがえってくる。

エイモンはイスマから預かった封筒を肩掛けバッグから出して手渡すと、おばさんは大声で笑って封筒を振り、中身を当てようとした。「気をつかっちゃって。あの子ったら。紅茶を——お砂糖は?」それに答えると、おばさんはこう言った。「イギリス人ねえ。紅茶を絶対に甘くしな

＊　ムスリムにとって最高に神聖な場所。

いんだから。孫たちもそう。娘たちは半々なの。ひとりは入れる。もうひとりは入れない。イスマとはどこで知り合ったの？　何なさってるの？」

おばさんはにこにこしながらエイモンから、カフェの無人カウンターで困っているときにイスマが声をかけた話を聞いていた。しかし、「一年ほどのんびりしている」と聞くと感心しない顔をしたのでエイモンはこう補足した。「たぶんまた、コンサル業に戻ります。今度はもっと小さなブティック型の企業で働こうかなって」そしておばさんの「ああ、お買い物を手伝うのね？」という返事にきょとんとした。少しして、「コンサル」と「ブティック」と言ったせいでおばさんが誤解したのだと気づいた。説明するとおばさんは大笑いし、たまりかねてエイモンの手をぽんぽんとはたいた。エイモンもつられて身をよじって笑いながら、こう思った。父方の祖母、ダーディーにも会ってみたかった。祖母はエイモンの生まれる一年前に死に、その夫で、売店で新聞を売っていた祖父も、そのあとまもなく亡くなった。「気落ちしたせいだろう」と父は言った。

やがておばさんは、エイモンのためにサモサ[*1]を揚げはじめた。この相手なら、故郷の料理でもてなしていいと思ったらしい。その間エイモンは、おばさんに言われるがままに糸の端をなめて、針の穴に通した。おばさんは、パンジャーブ州のグジュラーンワーラーからロンドンに来たのは五〇年代[*2]なのと言った。エイモンは言った。ぼくの祖父母も同じころにパンジャーブ州のシアールコートから来ました。いえ、ぼくはパンジャービー語もウルドゥー語もしゃべれません。「英語だけ？」フランス語を少し。「あたしの父は第一次世界大戦のとき、英印陸軍で戦ったの。しばらくフランスにもいて、そこでお世話になったご家族は旦那さんも息子さんたちも戦争に行ってて、父は女だけの世帯にいたの。ジュタドール（Je t'adore）、大好きだよ、って戦後父はよく、あたしたちきょうだいに言ったわ。でも父が死んでふと思ったの。そんな言葉、誰が父に教えたのかしらって。さあ、腕を出してちょうだい」

つまり、針と糸はエイモンのためだった。おばさんはエイモンの袖のボタンがとれかけているのに気づいたのだ。おばさんは黒く染めた髪の分け目を見せてエイモンの前で背中を丸め、ボタンをつけながら話し続けた。「シュークリヤ」エイモンは言った。ウルドゥー語はうまく発音できない。おばさんの反応がないので補ったほうがいいと思い、英語で「おばさん」とつけ足したら通じて、また頬をなでられた。きっとこういう優しさと惜しみない歓迎ぶりが、かの有名なパキスタン式の歓待の精神なんだな、とエイモンは思った。父はときどきため息をつきながらこれを引き合いに出し、自分の息子と娘は「イギリス式」に育ってしまったと嘆いていた(これを聞くと母はいつも、こう言い返す。「話に聞くぶんには、いいけれど。でも実際にそんなふうにされるとあなた、押しつけがましいとか上から目線だとかおっしゃるじゃありませんか」)。そんなことを考えていると、おばさんはこう言った。「じゃあ、イスマに言われてあたしたちに会いに来たんだね」

エイモンはサモサを下に置いた。急に気づいた。ごちそうしてくれたのは、誤解してるからだ。「少し、違うんです。ぼくはただ、包みを投函しておくって言ったんです。ただ、今日はすごく気持ちがいいから、ちょっと足をのばして直接渡そうと思いまして」

＊1　南アジア・中近東の料理。スパイスで味つけしたジャガイモなどを小麦粉の皮で包み、揚げたもの。
＊2　イギリス領インドだったパキスタンの分離独立が一九四七年。

「ここまで、歩いて来たの？　ノッティングヒルからはるばる、あたしたちに会いに？」

「散歩がてらに楽しかったです。今まで知らなかったロンドンの細かいことを発見するのが好きなんです。今回は、運河です」彼は言った。こう言えば、お互いにそれとなくおばさんの誤解を正せる。

「あら、イスマから聞いたんだね。あの子は運河沿いを歩くのが、すごく好きだから」エイモンはサモサをとってかぶりついた。イスマがあとで、訂正してくれるだろう。きっと自分が帰ったとたん、おばさんはイスマに電話する。「あの子のことはね、生まれたときから知ってるの。あの子のおばあちゃんは、あたしの最初の友だちよ。お互い、ハイロードから少し離れたところに住んでいた。当時は、他にアジア人なんていなかった。そしたらある日、道の反対側にサルワール・カミーズ*を着た女の人が見えたから、走って道を渡ったわよ。走る車をよけて、その人の腕をつかんだの。そして、いつまでも立ち話ししてたら、うちの夫がとうとう、あたしを探しに出てきたわ。あたしたち夫婦がこの通りに越したとき、あっちの家族に言ったの。ここに来なさいよ。離れて暮らせないでしょって。で、あの人たちもやってきたってわけ。そのうちここでイスマが生まれ、大きくなった。あの子はさんざん苦労した。若いのに双子の面倒を見なくちゃいけなかったんだから。そろそろあの子もいい人、見つけないとねぇ」

助かった。この会話が困った方向に向かいそうなところで、階段を降りる足音が聞こえてきた。

「お客さんだよ。素敵な若い男の人。イスマに言われて来たんですって」足音が引き返し、階段を上っていく。おばさんは小声でこう言った。「アニーカよ。ちゃんとした格好で、また降りてくるから。わたしが若いころは、娘はターバンか化粧のどっちかだったけど、今はみんな、ごちゃ混ぜね」

エイモンはすぐに帰るつもりだったが、思い直してサモサをもうひとつとった。数分後、足音がまた降りてきた。部屋に入って来た女性は、エイモンが写真で想像していたよりも小柄だった。華奢《きゃしゃ》で、写真ににじみ出ていた生意気な感じはまったくなく、とにかく写真の通り美しかった。エイモンは立ち上がったものの、急に指が気になった。今、油でベタベタだ。こんな指じゃ、この子の顔を縁取る白いヒジャーブを止めたピンは、外せない。アニーカは怪訝《けげん》な顔でエイモンに挨拶をした。家族に会わせるためにエイモンのような人を家によこすなんてイスマらしくない、と言いたげな顔だ。おばさんは彼の名前を言って紹介した。おばさんにはファーストネームしか伝えていなかった。そのとたん、アニーカの顔は変わるどころか真っ青になり、ひきつった。

「おばさん、その人、エイモン・ローンよ」

「イスマから聞いてるの？」

「うちに何しに来たの？　なんでお姉ちゃんを知ってるの？」

「アメリカで、ノーサンプトンで会ったんですって。カフェで」おばさんはそう言いながら横に来てエイモンの腕に手を置き、ごめんなさいね、という顔で彼を見た。アニーカの態度が失礼だったからでもあり、おばさん自身、エイモンの姓を聞いてがっかりしたからでもある。「わざわざノッティングヒルから来てくださったの。イスマに預かったエムアンドエムズを届けに。運河沿いの道を歩いてね」

＊　おばさんが今着ているような丈の長いシャツに、ズボンの上下という南アジアの民族衣装。

美しい娘は、イスマの手書きの文字が書かれた封筒を見て、それから彼を見た。わけがわからない、という顔だ。

「歩くのは気持ちがよかった。ノースサーキュラーロードの上の水道橋が運河だなんて、知らなかった。IRAが一九三九年に爆破しようとしたことも。ウェンブリー全体が水びたしになっただろうね」エイモンにはこの、最後の説明が本当かどうかはわからなかった。ただ何か、気の利いたことを言いたかったのだ。こんな人なら姉さんもコーヒーをつき合おうと思っただろうという印象を、アニーカに与えたかった。上品ぶってきざな、このキッチンやイスマの生活には場違いな男だとは思われたくなかった。「当時のニュース動画もあるよ。『ノースサーキュラー運河爆破』とかキーワードを入れて検索すれば、すぐに出てくる」

「けど――気をつけたほうがいい。GWMなら。そうじゃない？」

「どういうこと？」

「『ムスリムがググる（Googling While Muslim）』ってこと。[*]

おばさん、お姉ちゃんからこの人のこと、なんか聞いてる？」

「今、ここで電話しようか」ナシームおばさんがぱっと顔を輝かせて言った。アニーカはますます、わけのわからないことを言い出した。「あたしとお姉ちゃんに話をさせようとするの、やめてくれない？　とにかくあたし、これから出かけるの。それからローンさん、エムアンドエムズはたしかに受け取りましたから。もう帰ってください」

おばさんが引き留めようと何か言ったが、エイモンはアニーカのあとについて家を出た。アニーカは黙ったまま通りのつきあたりまで行って急に振り返り、エイモンを見た。

「なんなのよ?」

「ごめん、何を怒っているのかわからない」エイモンはそう言ってから、両手を上げた。「ぼくはただ、イスマから預かった包みを届けに来ただけだ。きみの……おばさんも言ったけど、イスマとはカフェで知り合った。マサチューセッツで。それで、友だちみたいになった。海外で出会った二人のイギリス人、みたいな感じだったんだ」

男がひとり、あらわれた。何年も洗っていないような派手な赤の上下を着てアニーカの隣で立ち止まり、薄汚れた、四角く切りとった毛皮を差し出した。「おれのネコ、前に紹介したっけか?」

エイモンが騎士《ナイト》気取りで間に割りこむよりも早く、アニーカはその汚らしい毛皮に手をのばし、それが最高級のミンクであるかのようになでた。「もちろん知ってるわよ。モグでしょ、チャーリー。この子とは前から友だちなの」男はうれしそうに何かつぶやくと、その毛皮を上着の胸のあたりにたくしこみ、そのまま いなくなった。

優しいところを見せた直後、アニーカはまたエイモンを見てとげとげしい声で言った。あっけに取られるほどの変わりようだ。「だから、なんでお姉ちゃんがうちに来させたわけ?」

「イスマに頼まれたんじゃない。ぼくがポストに入れとくって言ったんだ」この子には説明できそうにない。自分の父の今まで知らなかった一面がきっかけで興味を持ったなんて、言えるわけがない。

＊ もともと、Googling while pregnant. という定番表現がある。「妊娠中に Google 検索をすると体に悪い」という意味。アニーカはそれをもじった。世界有数の監視国家であるイギリスでは、ムスリムはインターネットでの検索内容も気をつけないと、身に危険が及ぶと言っている。

けがない。そこでエイモンはこう言った。「わかったよ。本当は言いたくなかったんだけど、イスマに妹の写真を見せられて、確かめたくなったんだ。実際に写真の通りの美人なのかどうか」

アニーカはエイモンへの不快感を露骨に顔に出し、足早に立ち去った。言い返しもしなかった。

＊

電車がプレストンロード駅を発車するとエイモンは座ったまま体の向きを変え、窓から線路沿いの家並みを眺めた。ある家の裏の壁と物置小屋の陰から、女の子が飛び上がった。その子は空中でほんの少し静止して下に落ち、また飛び上がった。トランポリンだ。女の子は手足をのばして体をヒトデ形にした。この女の子からは自分が見えないのはわかっていたが、エイモンは両手を上げて女の子の格好を真似た。電車がスピードを上げてプレストンロードが見えなくなっても、エイモンはずっと窓からの景色を見ていた。

エイモンがやっと顔を車内に向けると、離れたところに立っていた女性がほとんど空席の車内を歩いてきて、彼の隣に座った。

「ひとり暮らし？」アニーカはたずねた。

「そうだけど」

「連れてって」

＊

そんな大胆なことを言っておきながら、プレストンロードからノッティングヒルまでの間ずっと、彼女はほとんどしゃべらなかった。最初はエイモンもイスマのことを話して沈黙を埋めようとしたが、アニーカの反応ではっきりした。この姉妹はイスマが言っていたほど仲良くない。「イスマから聞いてるかな——」とエイモンが切り出したところで、アニーカが言った。「だんだんわかってきた。イスマがあたしに秘密にしてたことって、思ってたよりずっとたくさんあるみたい」そんなことを言われたら、イスマの話はそれ以上できなくなってしまう。

地下鉄の駅からエイモンのフラットに向かうとき、アニーカが観光客のようにあたりを見回していたので、エイモンはこの界隈の高級な雰囲気が恥ずかしくなってきた。それに、自分は失業中の身だ。その恥ずかしい気持ちは、フラットに入っても救われなかった。母が家賃を支払い、しかも内装もやってくれたからだ。中央にある開放感のある空間はキッチン、リビングルーム、ダイニングを兼ねていて、広さはそのへんの運動場の倍はありそうだ。アニーカは思わずたずねた。「本当にここで、ひとりで住んでるの?」

エイモンはうなずき、紅茶かコーヒーはどうかとたずねた。アニーカはコーヒーを頼むと振り返って部屋の反対側まで歩き、棚に飾ってある額入りの写真をひとつひとつ眺めた。家族写真、卒業写真、友人のマックスとアリスの婚約パーティーの写真があった。

「この中に彼女がいる?」パーティーの写真から顔をあげたアニーカはたずねた。

エイモンはフラットの反対側、コーヒーメーカーの横にいたが、「いや、いない」という妙に力の入った返事は、この部屋が二倍の大きさだとしても伝わっただろう。エイモンはアニーカがキッチンのある側に戻ってくるのを待ち、カウンターの前の高いスツールに座ると聞いた。「じゃ、きみは？　彼氏いる？」

アニーカは首を振った。コーヒーの泡に指を入れてその深さをチェックし、エイモンと目を合わせなかった。なんでついてきたの、とは聞けそうにない。聞いたらきっと、この子は帰ってしまう。それに、帰ってもらいたいとも思わない。とはいえ、自分のフラットでコーヒーをする、ヒジャーブをつけた無口で美しい娘に自分が何を求めているのかもわからない。

「イスマはターバン派だね」とエイモンはとりあえず言って、アニーカの髪を覆う布を指さした。

アニーカはヒジャーブからピンを外し、布を丁寧にたたんでカウンターの上の二人の間に置き、それから髪を押さえていたぴっちりしたキャップを取った。頭を軽く振ると、長い黒髪が肩にこぼれた。まるで、シャンプーのコマーシャルみたいだ。彼女は彼を見た。その目は何かを訴えていた。

女性が自分から家までついてきて着ているものを脱ぎはじめたらどうしたらいいかは、エイモンにもわかっていた。似たような状況は今までもあった。けど、これが、あのときの状況だったかどうかはわからない。とはいえ、そうじゃないからといって、それがなんだ。

エイモンは身を乗り出し、ガラス製のカウンターに片ひじをつき、そのまま手をのばした。手のひらを上に向け、アニーカの手ぎりぎりに出す。誘ってはいるが、相手が応じなくてもそれほど気まずくはならない距離感だ。アニーカは残ったコーヒーをひと口で飲み干した。手の甲で口を拭うと口紅がにじんだ。その手をそのまま、彼の手首に重ねた。コーヒーの泡と口紅が彼女の手についている。エイモンは胸が高鳴っているのを実感していた。その鼓動は、アニーカにも伝わっているに違いない。彼女はほほえんだ。ついに。彼のもう片方の手を取ると、アニーカは自分の乳房のあたりに置いた。服の上からだ。これにもエイモンは混乱した。いや、そこはだめだと彼が思ったときには、アニーカは彼の手を自分の心臓の上に当てていた。彼女の心臓も激しく打っている。

「おんなじね」とアニーカは言った。その思わせぶりな声にはじかれ、二人は行きつくところにいった。そこは、めくるめく新しい世界でもあった。

*

翌朝、彼は鼻をソファに押しつけ、彼女のにおいを吸いこんだ。部屋の表面はどこも――壁もベッドもソファも彼女の香りがしていた。彼はひとつひとつ確かめて歩いた。全身の感覚にまだ、彼女が残っている。

部屋を見回した。どうして、昨日とまったく同じに見えるんだろう？　嵐の通ったあとのように見えてもいいのに。割れた花瓶とか、壊れたブラインドとか、ひっくり返った家具があったっていいくらいなのに。この混乱した感覚、何もかもが変わってしまったという感覚を映し出すものが、あればいいのに。鏡の前に立って、神聖な形見であるかのように肩のひっかき傷に触れた。かろうじて、これがある。両手をそろえてボウルのようにしてから顔に近づけ、息を吸う。自分なりの祈りの形だ。

　初めのうち彼女はためらい、おどおどしていた。最初のキスの途中で体を離し、ヒジャーブをまたかぶろうとしたので、彼が帰らないでほしいと言うと状況は一転した。彼女は本当は帰りたくないんだと示さなければいけないと思ったらしい。今度は一部の思春期の女の子にありがちな行動に出た。彼は十代のころ、それを見るといつも落ち着かなくなった。その子たちは年上の男の子には尽くすもので、自分は何も望んではいけないと思いこんでいたからだ。だから彼は彼女を止め、そんなことは望んでいないと伝えると彼女は、「優しいのね」と驚いたように言い、それから二人はお互いに相手を深く知ろうとした。やっとめぐり合えた恋人同士がするようにゆっくりと、しかしせわしく――確かめ、まさぐり、相手のことをひとつずつ覚えていった。

　夜明けに彼が目覚めると、ベッドから彼女が消えていた。昨晩、最後に二人でベッドにたどりついたはずなのに。シャワーの音が聞こえた。シャワーを浴びるには、朝早すぎる。きっと黙って出ていくつもりなんだ。ところがシャワールームを出た彼女の足音が向かったのは、玄関の方向ではなかった。彼は気になってベッドから飛び出してリビングに入ってみると、彼女はそこで祈っていた。タオルを礼拝マットにして、ヒジャーブをつけているのがすごく変な感じだ。ヒジャーブはピンで止めているわけでも、下にぴっちりとしたキャップをつけているわけでもなく、ふわっと頭からかぶっているだけだ。彼女は彼がいるのに気づいたそぶりは見せなかった。それでも、裸の彼のほうは見ないように、体の向きを少し変えた。彼はすぐ立ち去るべきだった。しかし、その女性から目が離せなかった。ほんの数時間前、ここでこの女性はまったく違うことのために、彼の前にひざまずいていた。肉体と快楽の世界とは別世界に彼女が深く入りこんでいるのを見て、彼はようやくベッドに戻り、彼女が戻ってくるかどうか考えていた。

「何を祈っていたの？」彼がたずねた。彼女はベッドルームに戻り、長袖のシャツのボタンを上からはずしはじめた。彼は彼女の胸元から目が離せなかった。

「祈るのは神さまとの取引じゃないの、お金持ちさん。一日を正しく始めるために祈るの」

「神の前ではブラジャーをつけないといけないの？」彼は言った。ボタンを外していく彼女に、一緒に笑ってほしかった。「神がきみの……きみの胸を見て気が散ると思う？」

「あなたって、他のことは器用なのに、しゃべるのだけは不器用ね」

どきっとした。ほめ言葉にもその反対にも聞こえる。きみだってそうだろ、と彼は言い返そうとして、やめた。昨晩、会話が途切れるたび、彼女は頭の下で腕を組み、天井を見つめるか、彼に背をむけ、足の裏を彼の脚につけてうとうとするかだった。つき放すと同時に、甘えていた。彼は目の前で、彼女が服を脱ぐのを見ていた。今、彼女は裸で、頭に白いスカーフをふわりとかぶっているだけだ。柔らかな布の片方の端は片方の乳房を隠し、もう片方の端は肩にかかっている。

「これは、このままにする？」彼女は言った。彼はすでにわかっていた。彼女は何か新しいことをするときはいつもまず、質問の形で提案する。はじめのうち彼は、本気かどうかをたずねられているのかと思ったが、そうではなかった。「イエス」の返事、つまりその声にあらわれる欲求や要求を聞きとるのが、彼女には大事だったらしい。聞かれて彼は返事に詰まったが、体は反応していた。そのとき彼女は、白いスカーフの上から片方の乳首に触れていた。色のコントラストが目立つ。彼が手をのばすと、彼女は身を引き、また同じことを聞いた。「うん」彼は言った。

「それがいい」

　そして今、彼はソファに置いた白いスカーフを拾い、腰布のように体に巻きつけ、胸をたたいてゴリラの真似をしている。彼女はフラットを出る直前、頭をぴっちり覆うキャップをつけた。彼女はそれを「ボンネットキャップ」と呼んでいる。彼がその呼び方はくどい、「チャイティー」とか「ナンブレッド」みたいだ、とからかっても*無視した。そして、玄関のクローゼットから青いスカーフを出して頭に巻いた。「どうしてそれをつけないといけないの?」と彼が言うと、彼女はスカーフの端で彼の喉をくすぐってからこう言った。「だってこれからは、あたしのどこまでを他人に見せて、どこをあなただけに見せるのかを決めないといけないでしょ」彼は不本意ながら、彼らしくもなく、素敵な科白《せりふ》だと思った。自分がまぬけな類人猿に思えた。

　朝食の後、太陽の光が降り注ぐ四角形の中、二人はソファに横たわっていた。ソファの寸法のせいか、あるいはもうすぐ帰らなければならないという思いからか、彼女は最後に体を丸めて彼にくっつき、その胸に顔をうずめた。

「ところでイスマは」彼はためらいがちに言った。「きみとはすごく仲がいいみたいに言っていたんだ」

　しばらく沈黙が続いた。イスマの話をするのは、まずかったのかもしれない。なぜか、彼はイスマに悪いことをしたような気がしていた。お堅い、信心深いイスマ。彼女は、二人がここでしたことを許さないだろう。彼がそう思っているくらいだから、もちろんアニーカもそう思っている。彼はアニーカの髪を指でとかした。姉がよく思わないことを理由に、この子はぼくのところに二度と来ないかもしれない。彼は彼女をぎゅっと抱きしめた。

「昔は仲良かったの。でも今は、あたしの生活に一歩も近づいてほしくない。お姉ちゃんと連絡とってる?」

「あっちを出てからは、してない。だけど、簡単に知らせようかなとは思う。ナシームおばさんのところに寄ったって。それとも連絡しないほうが……?」

「そうしてくれる? あたしが頼んだら」

「きみに言われたらきっと、どんなすごいことでもしてみせるよ」彼はそう言い、アニーカの手の甲にある色っぽいほくろを指でなぞった。「だけど、このことに関しては、ぼくをあまり買いかぶらないでほしい。イスマからはさっぱり連絡が来ないんだ。これはありふれた、バカンス限定の友情だって、お互いわかってるんだと思う。それを、これからの人生で引きずったって、なんの意味もないってね」父親同士の因縁など、裸でくっつき合っているときに持ち出すことはない。

またしばらく沈黙が続いたが、彼女が口を開いた。「今日、あたしが帰っちゃっても、また会ってくれる?」

「なに言ってるんだ。当たり前じゃないか」

「もしこれからもこんなふうに会うなら、あなたにすごいお願いがあるの。あたしのこと、誰にも話さないで」

「なんで?」

＊　もともと「チャイ」は「茶」、「ナン」は「パン類全般」を指す。

彼女は手のひらを彼の顔に当て、ゆっくり下に滑らせた。「あたしはあなたのこと、誰にも言わない。あなたもあたしのこと、誰にも言わない。お互い、内緒の存在でいたいから」

「どうして?」

「あたし、『どうして?』なんて聞かずに、あなたの妄想をかなえてあげたでしょ?」彼女は言い、裸の太ももを彼の脚の間にすべりこませた。

「うわ、これが妄想?」頭の中が真っ白で何も考えられない。彼女は体をそっと揺らし始めた。肌が触れ合う。

「いつあなたに会わせてくれるのって、友だちに言われ続けるのが嫌。ナシームおばさんがあなたを食事に招待したがるのが嫌。イスマがあなたを利用して、あたしと連絡とりたがるのが嫌。他の人にあたしたち二人のこと、いろいろ言われるのが嫌。ただ、あたしだけをほしがって。ここで、あなたと二人っきり。わかった、わかった、って言って」

「わかった」わかった、わかった、わかった。

*

それからほんの数日間で、アニーカの言う秘密主義がどういうものかがエイモンにもわかってきた。電話番号も教えてもらえないし、SNSなどを使った連絡もとれない（こっそり検索してみたが、ネット空間に彼女はいなかった）。いつ家に来て、帰るつもりかを教えてももらえない。彼女はただ一日のどこかでふらりとあらわれた。来てもあまりにも時間がなくて服を全部脱いでいる余裕もないときもあれば、朝までいることもあった。秘密主義は媚薬だ。長引くほど効果を発揮し、一瞬一瞬が、彼女が今にもあらわれるんじゃないかという期待で満たされていた。だから、出かけても常に、家に戻りたくなったし、家にいればいたで、足音やブザーの音が聞こえた気がするたびに玄関に飛んでいった。そのうち気づいたら、アニーカのこと以外何も考えられなくなっていた。たしかにセックスのことばかり考えていたが、それだけではない。他のこともよく思い出す。歯を磨くときは真剣そのもの。指で流し台をリズミカルにたたきながら、上の歯と下の歯、それに横の歯を磨く回数を数えている。シャワーの前には必ず、彼のアフターシェーブローションをスプレーする。そうすれば、シャワージェルをそのあとに使っても、その香りが自分にしかわからないほどかすかに残るからと言い張る。一瞬にしてアニメキャラみたいになる顔。目を細め、唇をすぼめ、鼻にしわを寄せる——朝の紅茶を飲むとき、塩漬けレモンのスライスを食べるときはそんな顔をする。レシピを見て料理するときはレシピを厳密に守ろうとして、唇を噛んで材料を計る。そのくせ、即興で料理が作れる彼の腕に感動してくれる。タオルで髪を乾かしているアニーカ、キッチンのスツールの上で足を組んで座るアニーカ、足をマッサージしてやると気持ちよさそうにするアニーカ。

最初のころエイモンは、アニーカがいきなりぱたっと来なくなるかもしれないと恐れていた。アニーカの情緒には波があり、大胆にふるまったかと思うと、急によそよそしくなる。

一度、途中でいきなりやめたこともあった。うろたえ、抗議の声をあげるエイモンを残し、アニーカは「だめ、もう無理」とだけ言い、服を着て出ていった。なんの説明もなかった。

エイモンは考えた。アニーカの信じる神と、その神の要求のせいだ。だから、アニーカはブレーキをかける気なんてなかったのに、ブレーキをかけたんだ。この件についてはアニーカと言い争っても負けるのは目に見えている。今はおとなしく待つしかない。かたくななアニーカもそのうち、抽象的な存在に自分の人生のルールを決めさせてはいけないと、納得するはずだ。

ときどきイスマに電話したくなった。とにかく、アニーカを知っている誰かと話をし、その人の口からアニーカの名を聞きたかった。ところがアニーカはそれを望んでいない。それに、エイモンも姉妹のいざこざに巻きこまれたくなかった。どうやら問題の根っこには親の遺産のことがあるらしい。「あたしがもらえる分がちょっとあったの。イスマにも少し権利があった。でも、ほとんどがあたしのだった。母さんが遺してくれたの。それをお姉ちゃんにとられた」エイモンにはイスマが何かを横取りするとは思えなかったし、経済的事情で一族の相続財産の一部を売ることにしたのだと想像できた。それでイスマは、そのことをわざわざ妹と話し合うこともないと思ったのだろう。アニーカはまだまだ世話のやける子どもだと何度か言っていたくらいだ。

「それで、弟さんはそのこと、なんて言ってるの?」エイモンはたずねた。

エイモンの頭の中では、弟のパーヴェイズは謎めいた幽霊で、味方にも、ライバルにも思えた。謎めいているのは、アニーカから聞く彼のエピソードが断片的だったからだ。アニーカから聞く限り、子ども時代、パーヴェイズはいたずらに欠かせない相棒で、ときには前を元気に歩き、ときにはアニーカの後ろからついてくる影であり、双子として切り離せない存在で、アニーカが誰かと(「いつも上の学年の人よ、もちろん」)つき合うのを嫌がる内気な少年だ。そのくせアニーカに彼氏ができると、イスマやナシームおばさんから隠すのに協力した。一方、彼自身はいつもアニーカの友人の誰かに恋をしていたが、どの相手からも口をそろえて、大好きだけど弟としか思えないと言われていた。(その悩みはエイモンには覚えがある。妹の幼なじみ、ティリーでそんな思いをしたことがある。ティリーは脚が長く、唇がぷっくりとしていて――「そんなの、聞きたくない」アニーカにそう言われると、「上の学年の人」の話を聞いたときの嫉妬がおさまった)。ところが高校を出たあと、双子は別々の道に進んだ。パーヴェイズはアニーカと違い、奨学金をもらわなかった。社会人になって早々、借金を背負って行動をしばられたくなかったのだ。それよりも、昔からよくいる「さすらいのイギリス青年」になろうと旅に出た。ここから、彼はアニーカの話に出てこなくなる。

「弟にはイスマのしたこと、言ってないの。戻ってきたら話す」

「ところでパーヴェイズは、いつごろ帰ってきそう?」

アニーカは肩をすくめて、エイモンのPC画面で写真をクリックし続け、子ども時代から今に至る経過を追っている。家族との休暇すべて、今までのガールフレンドすべて、ヘアスタイルやファッションの変化、そして無防備な瞬間のショット。

「なんとなくお姉さんより、弟さんと仲がいいみたいだね」

アニーカはエイモンの写真を一枚、拡大した。父の肩に手を回し、そろいのTシャツを着ている。Tシャツの胸に「ローン・スター」というロゴがある。笑顔といい立ち姿といい、二人は何もかもそっくりだった。アニーカは姉とは違って、政治家であるエイモンの父に言いたいことがそれほどなさそうに見える。もしかしたら、父親が亡くなった当時、アニーカはまだ幼くて、カラマット・ローンがアニーカの父親のことをなんと言ったか、聞かされていないのかもしれない。

「お姉ちゃんがアメリカに行くって、弟は知ってたのに。さっさと自分もいなくなった。帰ってきたら、許してやってもいいけど。それまでは許さないつもり」

　エイモンはとっさに、あんまりだと思った。家でおとなしく女きょうだいと暮らすより世界を見たいというのは十九歳の青年として、ごく当然のことだろう。ところがそのとき、アニーカが次の写真をクリックした。ローン家の両親と子どもたちがハロウィンのときに『アダムス・ファミリー*』のコスプレをして撮った写真だ。それを見てエイモンは思い直した。親に早く死なれたら、子どもはきょうだいで助け合って成長するしかない。ぼくにも妹がいて仲はいいけど、離れて暮らしているからそれがわからないんだ。

　そもそも、アニーカについて、エイモンには理解できないことが多すぎた。ふだんはそれが、アニーカの魅力の一部だった。ところが、出会ってから二週間もたたないある朝、彼は目覚めたときから腹立たしくてしょうがなかった。前の日の午後、近所のパン屋から戻ると、アニーカのメモがあった。フラットの玄関ドアの郵便受けに入っていたメモには、「来てみたけど、帰る」とあった。彼は夜の予定をとりやめた。彼女が戻って来るかもしれないと思ったからだ。ところが、来なかった。すると、それまで楽しかった秘密ゲームがいきなり、最悪のゲームに思えてきた。ルールはすべて、アニーカが決める。エイモンは衝動的にバッグに一週間分の荷物を詰め、電車に飛び乗り、元同級生の家があるノーフォークに行った。最初は、アニーカがフラットの玄関にいくら来ても自分がいない場面を思い浮かべては、楽しんでいた。じりじり待つのはどういう気持ちか教えてやる。ところが二日目の夜、泊まらせてもらっている家の人が寝ついたころ、エイモンは父の個人秘書に電話をかけ、ロンドンまで乗せていってくれるタクシー会社がこの近くにないか、探してもらった。

エイモンが明け方の三時近くに自宅に着き、ねぼけまなこでフラットの玄関ドアに続く階段を上ると、玄関の前で何かが丸まって寝ていた。ドアマットを巻いて枕にしている。エイモンは隣にしゃがみこんだ。アニーカが目を開け、ほっとした表情を見せた。エイモンはひどいことをしたと思いながらも、心打たれた。

家の中に入るとエイモンはまっすぐリビングに行き、棚にあった陶製のボウルから鍵の束を出してきてアニーカに渡した。持って行って、いつでも使っていいよ、昼でも夜でも。彼女は彼の肩に頭をつけた。「そんなに優しくしないで」彼がどういう意味か聞くと、彼女は答える代わりにキスをした。ゆっくり、情熱的に。

その夜を境に、二人の間の何かが変わった。次の朝、エイモンは起きるとキッチンに向かった。アニーカが朝食を作っている音が聞こえてきたからだ。スムージーを作りかけていたアニーカはブレンダーから手を離し、彼に時間表を見せてこう言った。会えない時間帯、ここに書いたから。たとえば、大学の講義の時間とか、勉強会の時間とか、ナシームおばさんの家で夕食を食べることになっている水曜日の夜とか。他には午後三時から午後五時まではどの日もNG。「その時間は、なんで?」と聞くと、肩をつねられた。「女子には秘密がつきものなの!」

「わかったわかった。だったら、毎週日曜日の午後もなしだね」

アニーカはさっきつねったところにキスした。「ホーランドパークに毎週ローン家の人が集まってランチをするんでしょ。すごくお上品なの?『どうぞ』とか、『ありがとうございます』と

＊　お化け一家が登場する、アメリカのコミック。ドラマ化・映画化されている。

か、『失礼します』とか言って、お天気の話をするの?」

「そのうち日曜日に来て、その目で確かめればいいのに」

アニーカがあとずさった。裸にエイモンのTシャツを着ただけの色っぽい肩がこわばり、弱々しく見えた。お互いの父親の話をアニーカは知っていることがはっきりした。彼は彼女の両手を握り、いつかは話さなくてはいけないとわかっていたことを、切り出すことにした。「きっと、きみにとってはむずかしいことだよね。イスマから聞いてる。きみのお父さんのこと。それと、ぼくの父がきみのお父さんのことをなんて言ったかも」

「父さんのこと、知ってるんだ?」

「ああ」

「イスマはなんであなたに話したの? うちの家族はそのこと、誰も話さないのに」

「またイスマと話せることがあったら、聞いてみたらいい」

アニーカはその場を離れ、作ったスムージーを全部容器に注ぎ入れ、それをブレンダーの横に置いてからエイモンのそばに戻ってきた。まだ肩をこわばらせ、彼をじっと見るその目には、初めて会ったときの不信感が垣間見える。

「他に誰のことをお姉ちゃんから聞いてる?」

「どういうこと?」

「『誰の』じゃなくて、『何を』かな。父のことで、他に何を聞いてる?」

「大丈夫」エイモンはアニーカの手に触れた。「心配ないから。きみはお父さんに会ったこともないんだし。誰もお父さんのことできみを判断したりしない」

「あなたのお父さんも?」アニーカは、キッチンカウンターの前に並んだ背の高いスツールのひとつに腰かけ、思いつめた顔で彼を見た。

「父こそそんなことはしない。父の口癖は、『どういう人間になるかは本人の努力次第』だから」エイモンは両肩をすくめ、そしておろした。「ただし、相手が自分の息子だと話が別らしい。息子のこととなると、甘いんだ。たとえ息子が努力していなくても」

「そんなに甘やかされてるの?」

「うん。妹は父に似た。だから、期待を全部引き受けている。ぼくは、過保護とフリーパスを引き受けてる」

「それって嫌じゃないの?」

「すごく嫌だよ。ところで、初めてだな。そうかもしれないって思ってくれた人は」

アニーカは片足をエイモンの両脚の裏側に引っ掛けて引き寄せた。「あなたのお父さんを恨んだことなんかなかった。うちの父さんに関しては、あなたのお父さんの言ったことは正しかった。アーディル・パーシャがいないほうが、うちはみんな幸せだった。でも今は気になる。だって、あなたのお父さんは厳しいって気がするから。あなたに厳しいお父さんがいるなんていや。息子にはそうじゃないって思いたい」そう言いながら彼女はエイモンにキスした。彼の口、首筋、あごに、軽く熱に浮かされたように。

エイモンは体を引き、両手でアニーカの両手を包んだ。「話せてよかった。そうだね、父は厳しいときもある。とくに、祖国を裏切った人間にはね」

「もしあなたが、お父さんに誰かを許すように頼んだら、どうなる?」

「それって、父に頼んで、きみのお父さんのことを調べてもらえないかってこと？」しかしアニーカはきっぱり首を横に振った。いや、知りたくない。父のことは、アニーカにはどうでもよかった。息子に何が起きたかをどうしても知りたかったのは祖母だ。もしかしたら母も、イスマも。でも、アニーカは違う。アニーカが知りたかったのはエイモンのことだ。カラマット・ローンの息子であることが何を意味するのか、その実像を、写真からは見えない実像を知りたかった。

「父には政治家としての一面がある。また父親としての一面もある。ぼくのためなら父は何でもしてくれるはずだ」

「素敵ね」と言ったアニーカの声に、今までとは違う響きがあったが、それが何なのかはエイモンにはわからなかった。「そうでなくっちゃ」アニーカが両腕を回してきたので、彼は自分がどれだけ内心ほっとしたかを考えないことにした。アニーカは父親の件について内務大臣に聞いてほしいとは思っていない。もちろん、この関係が続いたら――そしてエイモンはそうしたいと心から望んでいた――いずれ父に言わなくてはならないだろう。ジハード戦士の娘とつき合っていると。しかし、今じゃない。まだ大丈夫だ。アニーカに秘密主義ゲームを続けさせて、できるだけ長く、ことをシンプルにしておこう。

＊

数週間が過ぎた。日々の暮らしは、アニーカの決めたルールに合わせて動いていた。彼女が来ない時間帯にジムに行き、買い物をすませ、実家にも頻繁に顔を出して、母がいきなりフラットに来るのを防いだ。通いの掃除婦は実家にも通っている人だったので、断ることにした。表向きには、また稼げるようになるまで一時的にと言っておいて、別の人を雇った。この人の求職情報は、近所の小さな店のウィンドウで見つけた。家にいて、アニーカがいないときにはウルドゥー語を勉強した。手強かったが、語彙が増えるとアニーカが喜ぶのでそのかいはあった。アニーカがオンラインレッスンでは学べない単語をいろいろ教えてくれたから、語彙はさらに増えた。アニーカが契約法に関する、驚くほど興味深い記事をメールで送ってくるようになった。すると、どちらにとってもうれしいことに、エイモンは仕事の世界での短い経験から、アニーカの大学の資料でもなかなかお目にかかれない洞察力を身につけていたことがわかった。料理をするときは、交代で片方がシェフになり、もう片方は盛り上げ上手のアシスタントになった。これと並行して、エイモンの友人は彼の「二重生活」をだんだんからかわなくなり、郊外への週末旅行、金曜日の夜のパブ、公園へのピクニック、どのメンバーの家からも半径約三キロメートル以内のところで開くディナーの集まりにも誘わなくなった。彼女オンリーになったら、友情に致命的なひびが入るのは、エイモンにもわかっていた。しかし今友人とつるんだら、流されてばかりだったかつての生活に逆戻りしそうだ。アニーカがあらわれたおかげで、生活の軸と方向が定まったのだ。

「また戻りたくなったら、言ってね」と元彼女のアリスが心配そうに言った。アリスは今、親友のマックスの婚約者だ。ある水曜日の夜、エイモンはマックスとアリスが住む家に学生時代の仲間と押しかけ、テラスのソファの座り心地の悪さをピムスのカクテル*でまぎらわせていた。二、

＊　イギリス人が夏に好むリキュールカクテル。カットフルーツやハーブなどを入れる。

三杯ひっかけたところでわかってきたのだが、仲間はどうやらエイモンが落ちこんでいると決めつけているらしい。原因は、仕事を辞めたこと。父が出世し続けているので、挫折感が増したと考えていた。週の真ん中にブルックグリーンで仲間が集まったのは、アリスが電話をかけてエイモンを引っ張り出すのに成功したからで、相談会のようになった。ヘレンはうるさいことを言わず薬を処方してくれる医者をすすめた。ハーリにはテムズ川で活動するボートクラブに誘われた。ウィルは無茶な仕事を押しつけない「理想の」仕事のパートナーを紹介すると言い、アリスは家族が経営するPR会社の仕事をすすめてくれ、マックスはエイモンの肩に手を置き、ぼくは人騒がせが得意な男だが、誰かの話を聞くのも得意だってことを忘れるなよと言った。

「みんな、本当にありがとう」とエイモンは言った。心からそう思った。何もかもがうれしかった。ピムスも、テラスソファも、庭を飾るあまのじゃくな大地の精霊《ノーム》も、夕焼け色に染まりゆく空も。「だけど、本当に大丈夫だから。ただやりたいことをやってるだけなんだ。こっそりね」

「どうなんだ、それ」とマックスが言った。「ムスリムの家系の二十歳そこらの無職の男が、いきなり行動パターンを変えた、昔の仲間を避けて、こそこそしはじめた。それに、自分の顔を見てみろ。無精ひげじゃなくて、夕焼けの日差しで顔に影ができたって言うのか？　当局に通報したほうがいいんじゃないか」

「すぐに内務大臣に直接言ったほうがいい」ハーリが言った。「とりあえずこいつは今、ピムスを飲んでる。ってことは、昔のこいつもまだ残ってるってことだ」

エイモンはほとんど、酒を飲まなくなった。アニーカに止められたわけではない。ただ、アルコールが少し残っている状態で初めてキスをしようとしたら、アニーカは強烈に嫌がった。歯を磨いても、まだにおうと言われた。「ごめん」彼女は言った。「他のことはいいけど。キスはやめて」そうなると、結論はひとつしかない。彼は椅子にもたれ、友人を眺めながら想像してみた。この庭にアニーカを連れて入ってくる。ヒジャーブをつけ、アルコールはNG、ウェンブリー出身。みんなそつなく礼儀正しく接するだろう。しかし翌日ふとマックスかアリスが電話してきて、こう言うだろう。「かわいい子ね。でも、わたしたちとノリが違うみたいね」これまで仲間に「わたしたちとノリが違うみたい」などと言われて、破局しなかったカップルはない。

「ぼくがもし、あごひげをのばして入ってきたら、みんなどうしてた？」エイモンは言いながらピムスからリンゴのかけらをつまみ出して、マックスにぶつけようとした。

アリスはそういうときよく、わざとらしく鼻歌を歌う。そうやってそれとなく、なおかつ実際にマックスがエイモンに何か言おうとするのをさえぎった。それからエイモンのそばに行ってその頭を自分のお腹に押しつけ、子どもを扱うように、彼の髪をなでた。

「そしたらみんなで押さえつけて、ひげを剃《そ》り落とすわ、大好きなエイモン。友だちなら、仲間がチャラい男になるの、ほっとけないもの」前のエイモンだったら、そういう冗談も面白がったが、今はそれにも、アリスにも、ここにいる全員のまったりとした内輪受けにもうんざりだった。年がら年中、似たもの同士でつき合ってなんになる？

エイモンは、無駄なぜい肉がほとんどないアリスのお腹に頭を押しつけられたままでいた。こうしていれば、仲間が目くばせして言いたいことを伝え合うことができる。そして自分は、考えていた。アニーカの前は、アリスがいた。この体、この手、この香り。別れてから二ヶ月もたたずに、マックスがそのすべてを独占しようとしたとき、エイモンは二人を心から祝福した。アリスに対する気持ちを、愛はともかく、情熱だと思ったことがあっただろうか？　アニーカがあらわれる前は、感情をとりつくろっていた。それが今エイモンはのめりこみすぎて、アニーカ以外の人はすべてぼやけ、よく見えない。どいつもこいつもうわべだけの哀れな生き物でしかなく、その声はどんどん遠ざかる一方だった。

＊

アニーカは続けて来たかと思うと、いきなり来なくなることが、よくあった。エイモンには他にうまい表現が見つからないのだが、それは突然の変化で、まるでひじで間違えてラジオのボタンを押したみたいに、演奏の途中でジャズがぴたっと止まるような感じだった。彼女は冷たくなったり、悲しんだり、怒ることもあった。理由を聞き出そうとしても、無駄だ。ある晩の出来事はとくに、不可解だった。エイモンが明け方に目を覚ますとアニーカがベッドの足元のほうに立ち、彼を見つめていた。よく見せる、何を考えているのかわからない表情だ。呼びかけると、彼女はこう言った。「いいから寝て。これは夢だから」しかし、彼は話しかけた——何が気に入らないのか言ってくれと詰め寄り、自分でも説明できない不安にいら立った。結局、彼女は出て行った。エイモンはアニーカを追い、ボクサーショーツにサンダルで外に飛び出した。彼女が通りかかったタクシーを捕まえ、中に乗りこむまで見守った。

さらに不可解なことが、その数日後に起きた。けだるい午後、二人は毛足の長いラグに寝そべり、子どものころ好きだった曲を交代でかけ、当時のことを思い出しては相手に聞かせていた。

アニーカはエイモンを、軽くからかっていた。あなたの親は大金持ちで、両親ともにしょっちゅう新聞に載るほどなのに、自分の人生はかなり「普通」だと思っているのね、と。あの不思議な夜のいさかいのわだかまりはすっかり消えていたから、二人は幸せな状態が戻り、ほっとして少しじゃれあっていた。アニーカが彼の腕に口をつけ、音楽に合わせてラッパのような音を出していた、そのとき、彼女のスマホが鳴った。スカイプ電話の着信だ。アニーカは普通、電話には出ない。それが誰からでも。とりわけ嫌な顔をしたときは、たいがいイスマからだと彼は想像した。とはいえ、着信音を聞いたら彼女はいつも、画面を見て発信者を確かめていた。

「スマホ、出ないよね。条件反射するの、やめなよ」エイモンはそう言い、慌てて立ち上がろうとするアニーカの足首をつかむふりをした。ところが動くのがおっくうでわざわざ振り向かなかったので、彼女がスマホに手をのばしたのを見なかった。次にかかった曲はエイモンのお気に入りで、しかも何年ぶりかに聞くので、彼はボリュームを上げて歌いだした。数秒後にようやく彼女が部屋にいないことに気づき、彼女を探しに行った。電話に出たときにボリュームを上げたのは悪かった、と謝ろうと思った。きっとそれで、部屋から出て行ったに違いない。

アニーカは廊下にも、ベッドルームにもいなかった。ただし、閉まったバスルームのドアの向こうから音が聞こえた。しかし、はっきりとは聞きとれない。彼はドアに近づいて、耳をつけた。

「こっちはあたしが今、手はずを整えてるから」アニーカの声が聞こえた。

最後のほうで、アニーカの声がドアに近づく気配がしたので、エイモンはドアから離れ、慌ててリビングルームに戻った。しばらくして、アニーカが戻ってきた。泣いたあとのように目が赤く腫れ、しかも異常にぎらついている。エイモンはこれまで躁状態の人か、酒やドラッグでハイになった人以外に、こんな目を見たことがない。

「誰と話してたんだい？」

「いつか話す」彼女は答えるといきなり笑いころげ、彼を抱きしめた。「もうじきね。うまくいけば、もうじき」

エイモンにとってアニーカは、重荷で、迷惑で、足手まといだった。その瞬間、彼女のことを愛していない自分を想像できた。人生から消えてほしい日が来ることを想像できた。彼女の秘密も、不可解さも、感情の起伏の激しさも、めんどうくさいだけのことも、一緒に消えてほしい。ところが彼女が体を離し、いったん片手を両目の上に置き、またエイモンを見たとき、いつものアニーカに戻っていた。

「あたしのやってること、めちゃくちゃよね」アニーカは言った。「ごめんね。がまんして。お願い」彼女は手の甲を彼の頬に当てた。彼女がそんなふうに触れてくれたことは一度もなかった。彼は少しうつむき、頭をアニーカの頭につけた。この愛情があれば、どんな障害も乗り越えられる。彼女の胸の奥に渦巻いている障害だって。

4

いくつもの白いクッションにうずもれて外の雨音を聴きながら、エイモンは列車の屋根の上で踊っている男がウルドゥー語で、字幕つきで女の子に訴えているのを見ている。きみの頭が愛の影に覆われているなら、そこは間違いなく天国だ。この感動的な科白を自分も一緒に唱え、アニーカが来るまでに正しく発音できるようにしたかったが、今日は背中に負っている世界が少し重かった。彼はリモコンをクリックして動画を切ると、父の動画に戻した。ブラッドフォードにある、生徒のほとんどがムスリムの学校でスピーチをしているところだ。この学校の卒業生にはカラマット・ローンがいて、この年の初め、アメリカ軍によるシリア空爆で死んだ二十歳の青年二人もいた。父はその学校に出向き、原稿を持たず演説台も使わずに、ステージ中央の前方に立っていた。母校のネクタイを締めていると、外見の変わらなさがさらに際立つ。後ろのスクリーンに映し出された主席の生徒だったころの写真と比べると、生え際に白髪が混じり、顔にあらわれる個性が少し強くなったことくらいしか変わらない。「この国では、なりたいものになれる。オリンピックのメダリスト、クリケットチームの主将、ポップスター、リアリティテレビ番組の人気者。そのうちのどれにもなれなくても、内務大臣にはなれる。みなさんは――われわれは、イギリス人です。イギリスはそれを認めている。きみたちのほとんどがそう思っている。そのことを少しでも疑っている人がいたら、こう言いたい。自分の服装や考え方、かたくなに守っている時代遅れのしきたり、忠誠を誓ったイデオロギーにこだわって、自分を国家から切り離さないでください。というのも、切り離せば、疎外されるからです。差別がいまだにあるのは事実ですが、これは人種差別ではありません。そういうことは、この多民族、多宗教、多様性を誇るわが大英帝国で、自分を特別視しようとするから起こるのです。その結果、どれだけ多くの機会が失われているかをよく考えてください」

　この言葉で締めくくったスピーチが終わって二十四時間以上たっても、メディアの反響はいっこうにおさまらなかった。極右や極左を除くあらゆる政治的スタンスの人々が、内務大臣に喝采を送った。彼のスピーチがじつにまっとうで情熱的だったからで、そして自分の所属する政党の反移民主義を認めつつ、自分が育ったコミュニティの孤立主義的側面も認めたからだった。ソーシャルメディアでは「＃みなさんはわれわれはイギリス人」というハッシュタグがトレンド入りし、カラマット・ローンのあだ名「一匹狼《ローン・ウルフ》」をもじった「＃Ｗｏｌｆ‐ｐａｃｋ《オオカミの群れ》」、そのアジア人向けバージョン「＃Ｗｏｌｆｐａｋ」というハッシュタグが登場した。「未来の総理大臣」と誰もがつぶやいた。

　一ヶ月前のエイモンだったら、誇りに思っただろう。それが今頭の中で、メディアで繰り返し流される父の「服装にこだわって、自分を国家から切り離さないで」という声と、アニーカの映像が重なっていた。アニーカが礼拝用のマットから立ち上がり、歩いてきて、エイモンの腕に飛びこむ。途中で服を一枚一枚脱ぎ、最後はヒジャーブだけになる。この映像からはこのときのアニーカの一番の魅力は伝わってこない。それは、素晴らしい集中力だ。数歩歩く間にきっちり自分の対象を、神から彼へ切り替えてしまう。なすことすべてにおいて迷いがない。愛することも祈ることも。覆った髪も裸体も。ドアが開く音が聞こえる――アニーカが玄関から入ってくる。あたし、これからシャワーを浴びるから、という声が廊下から聞こえてくる。

今ではもう、待っているときにアニーカが来ないのではないかと不安に思うこともなければ、来てほっとすることもなくなった。アニーカが一緒にいたいのは自分だと、実感できるようになったからだ。その喜びに朝から晩まで包まれ、どんな瞬間も輝いていた。まさに今、ソファでくつろぎ、さまざまな雨音を聞いているこのひとときも、そうだ。雨が窓ガラスを打つ音、木の葉をたたく音、レンガの上で跳ねる音。アニーカと一緒にいるうちに、エイモンは世界にあるいろいろな音に、耳を傾けるようになった。「ほら、聞いて」と最初のころは、彼女が先に切り出していた。命令にも質問にも聞こえた。そのうち、自分から言うほうが楽しくなってきた――ほら、聞いて。ぼくらが一緒に出歩いたことのない、ロンドンの町だよ。庭の隅で砂利を跳ね飛ばしている芝刈り機。外の通りを走る乗り物は、重さで音が変わる。バイクは軽快で、ライトバンはがたつく。酔っぱらったイギリス人のカップルの声。音の高さは同じだけど口調は違う、カフェインとりすぎのイタリア人観光客。ほら、聞いて。ベッドのフレームがきしむ音っていろいろあるんだ。きみが帰ると悲しくて短くきしむ。きみが来るとうれしくて長く低い音できしむ。ほら、聞いて。きみに触れられるとぼくの呼吸が、脈拍が、速くなる。気をつけて聞いて。アニーカにせがまれ、エイモンはひとりでいるときのちょっとした音を短時間録音するようになり、それをあとでアニーカに聞かせてなんの音だか当てさせた。そういった音をきっかけにして、彼女がいないときにどんなことをしていたかを話した。開閉する地下鉄の改札の音、バラが咲いている庭で枝を剪定《せんてい》する母のはさみの音、実家に新しくできた緊急避難室《シェルター》の重いドアが閉まる音、ジムでトレッドミルに乗り、スピードとスタミナをひそかに競っている男たちの音。オンラインのウルドゥー語レッスンでの会話、アニーカのことを思い浮かべながらクライマックスに達するときのエイモンの手の音。どうしてきみも日々の暮らしの音風景《サウンドスケープ》を録って聞かせてくれないのかとたずねると、彼女は肩をすくめてこう言う。あたしが遊べるゲームを、考えてよ。あたしの真似しちゃだめ。しかし彼には何も思いつけなかった。

「雨に降られた？」エイモンは言い、部屋に入ってきたアニーカにキスをしようと近づいた。アニーカは、エイモンの青と白のストライプのナイトガウンをはおり、濡れた服を山ほど抱えていた。彼女はすぐ体を離し、わかるでしょと言いたげに濡れた服を見せた。彼女が衣類を乾燥機に放りこみ、キッチンカウンターの前のスツールに腰を下ろしたところで、彼はタオルで髪を乾かしてやろうと隣に行った。

「嫌がらせをされなかった？　ヒジャーブのせいで」

アニーカは頭をそらしてエイモンの胸にもたれ、そのまま彼を見上げた。「十九歳の女子って、何を着てたっていろんな嫌がらせにあうの。たいがいが、すぐに忘れちゃえるようなことだけど。でもたまにね、あからさまにひどいことされるときがある。テロ攻撃で、ヨーロッパ人の犠牲者が出たときとか。内務大臣とかがスピーチで、服装で自分を国家から切り離してる連中がいるって発言したときとか。そんなとき」エイモンはそれには何も答えず、アニーカの髪を片手で束ね、少しずつ上からしぼった。水のしずくが床に落ちる。「それから、シャワーを浴びたのは雨に降られたからじゃない。知らないやつにつばを吐かれたから。地下鉄で」

「知らないやつに――なんだって？」

アニーカはスツールの上で、くるりと回ってみせた。「ああいうスピーチをしたお父さんに、なんて言う？『父さん、これで、服装で誰かを非難してもよくなったね』？『ティーンエイジャーの集団の前で同調しろって言うなんて、まぬけだ』？『この国ではなりたいものになれるって言われたけど、こんな目にもあうんだよね。拷問、他国への強制引き渡し、裁判なしの拘束、空港での取り調べ。モスクにスパイを送りこまれ、イギリスで不平等のない世界を望む子どもがいたら教師が当局に通報しているのはどうなの』？」

「ちょっと待って。父は絶対……」こういう話を彼女が持ち出すのは、二人が初めて会った日以来だ。そのとき彼女は「GWM」、つまり『ムスリムがググる』と言ったが、エイモンはそのときのことを今の今まで、考えまいとしていた。「わかってないな。人種差別主義者に立ち向かうってことがどういうことか、父が知らないとでも思ってる？　父の願いは、きみみたいな人たちがそういうやつらから受ける被害を減らすことなんだ。増やすんじゃなくって。だから、ああいうスピーチをした。一〇〇パーセント伝わらなかったかもしれないけど」

弱々しい、悲しげなほほえみ。「『きみみたいな人たち』？」

「言いかたを間違えた」

「ううん、間違えたんじゃない。世の中にはあたしみたいな人たちと、あなたみたいな人たちがいる。ずっと前からわかってた。どうしてあたしが『秘密主義』にしたがるかわかる？　あなたの家族や友だちにあたしのこと、話さなきゃならなくなったなら、あたしは五分もたたないうちに、あなたの人生から消されるはずだからよ」

「そうだね」この言葉に、二人とも驚いた。「だけどそれは、昔のことだ。今世界が、アニーカとそれ以外の人々の二つに分かれるなら、僕がどちらに立つかは、わかりきっている。いや、ひざまずくと言ってもいいかもしれない。本当は今すぐ、そうしたい。ただ、ぼくは今、心に思っていることがあるんだけれど、きみに少しでも受け入れる気があるかどうかわからない」

「『心に思っていること』って？」

「ぼくは今、きみにプロポーズをしてもいいかって聞いてるんだ」

一瞬、エイモンは恐ろしい過ちをおかしてしまったような気がした。アニーカがこっちを見て、あきれはてたような顔をした。と思ったら、ふたりの唇が重なり、エイモンの両手はシャワーの温もりの残るアニーカの体を抱きしめていた。エイモンが世界に望むすべてがまさに今、まさにここにあった。この女性。この実感、他には何もいらない。

＊

二人がマンションの住人専用の小さな中庭から、外に出ることはなかった。その代わり、エイモンの寝室の窓から出られる幅一メートルほどのテラスが、天気がよいときの二人のお気に入りの憩いの場になった。エイモンはここに住み始めた四年前からここをテラスにしようと考えていたが、なんとなくそのままになっていた。アニーカに少しせっつかれ、エイモンは丈の高い観葉植物をいろいろ買った。サボテン、赤唐辛子、キンカンの鉢植えを屋上のまわりに並べた。こうすると、下の中庭は見えないが、外にいてもプライバシーは守られる。

「プロポーズしていいか、プロポーズされた」とアニーカが面白がって名づけた出来事のあった翌朝、ふたりは屋上に座り、ジャムにするチェリーの種を抜いていた。前日の雨は激しかったが、今日は日差しが強烈だ。エイモンはカーキ色のショートパンツを履いていた。アニーカはまた青と白のナイトガウンを膝上までたくし上げている。二人とも派手な柄のクッションの端に、足を組んで座っている。屋上のコンクリートの熱が伝わってくる。クッションはどれもアニーカが、エイモンのフラットの地味さに反発して二週間ほど前に持ちこんだ。そのときはエイモンをにらみ、ここはきみの部屋じゃないとは言わせないという目つきだったが、エイモンはほぼ最初から、好きにしてもらっていいと思っていた。彼はチェリーをひとつ口に入れた。彼女にキスして、口移ししあいたくてたまらなかったが、そうせずに彼女を見ている。アニーカが手際よくチェリーの種を抜くのを眺めながら、うれしそうに、にこにこしている。ほんの一時間ほど前アニーカは、その道具をばかにし、お金の使い道を知らない金持ちのおもちゃだと言っていた。「これは、チェリーの種を抜く道具。チェリーの種抜き専用。すごい無駄づかい」そう言って彼女はキッチンの引き出しを開け、調理用具を次々に取り出した。「チェリーの種を抜く道具、ニンニクの皮をむく道具、ジャガイモをつぶす道具。レモンを絞る道具。リンゴの芯を抜く道具」彼を見てにっこりする。「普通のナイフとフォーク、それに、ちょっとしたコツを知ってればいいだけなのに」そう言っていたくせに、アニーカは今、すごっ、と喜びながら、片手に持った道具でチェリーの種をひとつひとつ抜いている。黒くたっぷりした髪はひとつにまとめ、首の後ろでゆるめのアップにしている。エイモンはそれを引っ張って、髪がほどけるのを見たくてしかたがない。

「何考えてるのか知らないけど、答えはひとつ。チェリーが終わってからね」

エイモンはにやりとして片脚をのばし、アニーカの片方の膝の上にクロスさせると、ナイフを拾った。エイモンはこのナイフでチェリーに切りこみを入れては、種を親指の爪ではじき出している。「懐かしいな。イタリアのトスカーナ州での夏休みを思い出す。十歳か十一歳のころだ。チェリーとジェラート。それだけを、夏のバカンスの間ひたすら、妹と食べた。少なくともぼくの記憶ではね」

「バカンスでは普通、何するの？　チェリーとジェラートを食べる他に」

「もしかして、今まで……？」

「ローマに一度だけ。母さんが死ぬ前の年にね。母さんが働いていた旅行代理店が、無料チケットをくれたの。でも、なんだかバカンスっていうより、遠足みたいだった。母さんはできるだけお金を使わず、わたしたちにたくさん観光させようとしてたから」

「どんな人だったの、きみのお母さん？」

「気苦労ばかりしてた。いつも。そのせいで死んだの。イスマが言ってた。昔はそうじゃなかったって。昔っていうのは、まだおじいちゃんが生きていて家計を助けてくれたころ。父さんがまだテロリストじゃなかったころ。父がテロリストになったら、家族の誰かが間違った相手に間違ったことを言ったら、家族全員が家から追い出されちゃう状況になった」

「そんな状況でよく、子ども時代を生き抜いてきたね」

「母さんが死ぬまでは、子ども時代を『生き抜いて』いかなきゃいけないなんて、思わなかったな。他のことは避けて生きていけるけど、死は違う。誰かの死は、乗り越えて生きるしかない」アニーカはほほえみ、肩をすくめた。「でも、それにしても、あたしがチェリーとジェラートざんまいのバカンスを経験しそびれたってこと、今まで誰も教えてくれなかった。もし知ってたら、もっともっと不満だらけだったかも」

「じゃ、どこかに一緒に行こうよ。きみの夏休みが始まったらすぐ」アニーカはあきれ返った顔でエイモンを見た。彼はこれに慣れていた。このフラットから出るようなことを言い出すと決まって、この顔だ。「いいじゃないか、そろそろ一緒に外の世界に出ようよ。うちの両親の前にマックスとアリスに会おう。それなら、きみも気が楽だろ。それにそろそろ、きみからイスマに話したら？　弟くんにも？」

「まだだめ」

エイモンはむっとし、チェリーの種をひとつ、ボウルに投げつけた。種は勢いよくはね返ってアニーカのナイトガウンに飛び、白いストライプに赤いしみができた。

「今まで通り、ゲームのふりをしようよ」アニーカは言い、ナイトガウンについた種をエイモンの脚に飛ばした。「なんで他の人を入れたがるの？　ほしいものはすべてこのフラットに揃ってるのに、なんでヴァカンスのためにロンドンから離れたがるの？」

「ぼくはせっかくの夏に、ここにとじこもってる気なんてない。きみだってそうだ。一緒にトスカーナに行こう。バリ島に行こう。他の人が邪魔なら、それでもいい。どこか遠くの島を探そう」

「もし一緒に海外に行ったら、あなたのお父さんの下で働いている人たちに気づかれる」エイモンは怪訝そうな顔をした。「ＭＩ５[*]よ。その人たちがあたしの通話を盗聴して、メッセージの内容も、インターネット履歴も監視してるの。あたしが内務大臣の息子とバリ島行きの飛行機に乗ったら、あたしにはなんの悪意もないってあの人たちが考えると思う？」

エイモンはアニーカを愛していた。だから、アニーカが前日にぶちまけたムスリム的被害妄想を聞いても、守ってやらなければという感情しか抱かなかった。「アニーカ、保証する。ＭＩ５はきみのお父さんのことで、きみを監視したりしていないはずだ」と優しい声で言った。

「それはわかってる。あの人たちがわたしを監視しているのは、弟なの。弟はシリアに、シリアのラッカに行って、戻ってきてないの。去年から」

「意味がわからない」彼はあまり考えずに言った。

「わかるはずよ」

エイモンは脚についたチェリーのしみをこすった。頭蓋骨のなかで脳が思考停止している間、なんとなく動いてみただけだった。脳はアニーカが今言ったことの説明になりそうなヒントを、何もくれない。

「そこで戦ってるの？」

「パーヴェイズが？　まさか！　あの子はあの組織のメディア部門にいるの」

あの組織。黒と白の旗。その旗の下に英国訛りで話す男たちが立ち、人の首を斬り落とす。メディア部門がそれを、一部始終撮影している。

エイモンは立ち上がり、屋上の端まで歩いた。できるだけアニーカから離れた。生まれてから今まで、こんな感情は味わったことがない。怒り？　恐れ？　なんなんだ？　止まってくれ。彼はキンカンの木を蹴り、倒した。両手で押して、サボテンの鉢植えも倒した。キンカンの木はコンクリートの床に落ち、植木鉢が粉々になった。ほんの少しの間、根の張った土はそのままの形を保ったが、すぐに幹が傾いて横倒しになり、オレンジ色の実が庭に散らばった。サボテンはそれとは対照的に半回転して、逆さまに落ちた。両手を広げ、頭から墜落する人間の姿そっくりだ。落ちた衝撃で首から、ぽきりと折れた。

エイモンはふと我に返り、住人専用の中庭にいた人がみな、こちらを見上げていることに気づいた。屋上に取り乱した男がいる。そこにナイトガウンを着た女が近づいて彼の手を取り、窓のほうに引っ張っていく。エイモンはされるがままになっていたが、部屋の中に入ったとたんその手を振り払い、大股でキッチンに入ってビール瓶の栓をひねって開け、喉を鳴らしてたっぷりふた口流しこんだ。その間もずっと彼女から目を離さない。

「けんかするなら、男らしくやって。子どもみたくするんじゃなくて」

「そういう家訓を、きみの家では父から息子に伝えるのかい？」

その言葉はビールくさい空気の中で気まずく漂った。彼は瓶を下に置き、背中を丸めてスツールに座り、両手についたチェリーのしみを見ていた。開け放たれた窓から、ひときわ大きな声が聞こえてくる。下の住人がひとり出てきて、自分のベランダの被害状況を見ようとしている。アニーカは彼のほうを向いてスツールに座っていた。彼女の後ろには、趣味の良いインテリアの奥

＊　情報局保安部。国内の治安維持を担当。

行きのある部屋が広がっている。レール式の照明が天井に取りつけられ、高価なアート作品が飾られている。どれも彼の母が手がけた。インテリアのすべてが、違和感なくなじんでいる。エイモンが部屋に入れた、この女性だけが浮いていた。

「弟は帰国したがっているの」

「そんなこと知るもんか。好きで飛び出していった砂漠に戻ればいいだろ」

「お願い、エイモン」

「お願い、何が？　ああ、そうか」親指の先がビール瓶の王冠の縁に深く食いこんで、血が流れた。「だいたいきみはなんであの日、内務大臣の息子と地下鉄に乗った？」

アニーカがエイモンの手をとって親指を口にくわえて血を吸うと、彼は指を引っこめた。よせよ。

「地下鉄に乗ったのは、あなたが素敵だと思ったから」

「嘘だ」エイモンは手のひらをキッチンカウンターにたたきつけた。フルーツボウルが飛び上がり、アニーカも飛び上がる。

ほとんど聞きとれないほど小さな声で、アニーカは言った。「地下鉄に乗ったのは、内務大臣の息子なら助けてくれると思ったから。弟を帰国させ、罪を問われないようにしたかったから」

「今までのことはすべて、そのためだったのか？」これほど傷ついたことは今までなかった。

「違う！」彼女はまた彼の手をとろうとしたが、今度ばかりは彼は彼女を実際におしのけた。

「信じてくれって言っても無理よね。でも、ほんとに……ほんとに……」

「せめて、『キスした瞬間に恋に落ちたの』なんて科白はやめてほしい。せめてそれくらい、気をつかってくれ」

「あなたは希望だった」とだけ彼女は言った。「世界が真っ暗だった。そこに、あなたがあらわれた。きらきらして。誰だって希望を愛したくなるでしょう」

「愛？　希望が弟に何かしてくれるかによって、どうとでもなる愛なんだろう」

「何週間もこんなこと、続けられたはずがないでしょう、あたしのあなたへの愛情が本物でなかったら。信じるかどうかは、あなた次第よ。ここであたしが何を言ったって、納得しないいんだから」

「出ていけ」

アニーカは部屋を出た。無言だった。彼女が二人の――エイモンの――寝室にいるのが物音でわかった。アニーカの姿がはっきりと想像できる。バスローブの紐を解いて身をかがめ、光沢のある下着をしまってある引き出しを開けている。彼はシャツを着ると、ほうきとちりとりを持って階段を下り、下の階の住人のドアをノックした。出てきたラヒーミーさんの妻に、うっかり植木を倒してしまって、と普段通り話せている自分に驚き、それから、はい、鉢植えの代わりに自分が落ちなくてよかったですと言った。はい、前々から奥さんに言われてましたよね。テラスに手すりをつけておかないと、こういう事故が起きるって。妻は、いいのよ、と言ったが、エイモンが手伝わせてくださいと言うと、夫はベランダに呼んだ。エイモンはかいがいしく、手早く掃いたが、思ったより時間がかかった。陶器のかけらや土のかたまりが、ほうぼうに落ちていた。キンカンは植え直せば大丈夫だろうが、と、ラヒーミーさんは言った。かわいそうに、サボテンはゴミ箱行きだね。そのあと、役所から支給される生ゴミ用の箱は小さすぎて用をなさないという話が続き、エイモンはがんばって話を合わせた。次はまた、キンカンの話になり、キンカンを使ってもおいしく作れるペルシャ風柑橘煮こみってあったわね、と妻が言った。エイモンはすかさず、ノッティング・ヒルに昔から伝わることわざを披露した。「近所の庭に木を落としたら、なっている果実はすべて、その家のもの。とくに訴えられずにすむ場合は」これを聞きラヒーミーさんの表情がゆるむのを見て、エイモンはふと思った。こんなふうに人づき合いをして、好かれ、あたりさわりない世間話をするのってこんなに気楽だったのか。

　そのうちラヒーミーさんは、またクリケットの国際試合の続きを見るんだが、よかったら一緒に見ないかと誘った。エイモンはそうですねと答えた。このときまでに、アニーカがマンションを出ていく物音は聞こえてきていなかった。

「学生時代初めてイギリスに来たとき、クリケットを理解すれば、イギリス人気質の繊細なところがつかめるとわたしは思っていたんだ」ラヒーミーさんはそう言いながら、エイモンをテレビのある部屋に連れていった。唇に人さし指を当てながら、小型冷蔵庫から瓶ビールを二本取り出し、一本をエイモンに手渡した。「そして、イアン・ボサムというすごい選手を知って気づいた。イギリス人というのはじつは、世界中にそう思わせているほど繊細じゃないんだってことにね。それにひきかえきみたちパキスタンチームは、レッググランスとグーグリーが得意だ[*1]」

　こういうとき、エイモンはいつもこう答えていた。「パキスタンには一度も行ったことがないんです」しかし今は、それを言いたくなかった。

　そこにラヒーミーさんの奥さんが入ってきて夫からビール瓶を取りあげ、代わりにヨーグルトのようなものが入ったグラスを渡した。ラヒーミーさんはファルシ語[*2]で何かを言ったが、優しくたしなめている感じだ。二人は両家の家族の反対を押し切って、三十年前に結婚したらしい。身分の違い――ラヒーミーさんの家族にとって、これだけは許容できない問題だった。スンニ派のイラク人と結婚したほうがまだましだとラヒーミーさんの母は言っていた。[*3]それが今ではロンドンに来たら何ヶ月も滞在し、誰かをつかまえては、この嫁に比べたら他の義理の娘はちっとも気が利かないと話す。最初はこの嫁に、ひどくつらく当たっていたのに。

エイモンは立ち上がりつつ、謝った。帰らなくては。すみません。お二人が温かくもてなしてくださったので、家に人が来るのをつい忘れていました。エイモンはテレビの前に座ったままのラヒーミーさんを残し、帰った。ラヒーミーさんはエイモンの置いていったビールを飲み、妻はさきほど夫からとりあげた瓶のビールをひと口ずつ飲んでいた。

エイモンは一段飛ばしで階段をのぼり、アニーカの名前を呼びながらドアを開けた。返事がないから帰ってしまったと思ったそのとき、彼女を見つけた。アニーカは二人のベッドの端に座り、しみのついたナイトガウンをまだ着ていた。

エイモンはアニーカの隣に座った。体に手を触れないようにした。彼女は手を差し出した。手に持っていたスマートフォンのホーム画面は初期設定の画像になっていて、暗証番号が要求されている。それがないと、着信やメッセージ履歴は見られない。アニーカは番号を入力し、写真を

＊1　いずれもクリケット競技のテクニック。敵の裏をかく繊細なテクニックが求められる。イアン・ボサムは逆に大胆な競技スタイルで有名。
＊2　イランを中心とする中東で使われる、現代ペルシア語。この夫婦はイラン出身ということ。
＊3　イランは「シーア派大国」といわれる。

一枚出した。ヘッドフォンをつけた少年がカメラを見て無邪気に笑い、親指を立てている。この少年の肌の色と整った目鼻立ちはアニーカと同じだ。ただし、それがアニーカに黒ヒョウのようなどう猛な印象を与えるのに対し、この少年には壊れやすい雰囲気を与えていた。眠たげな目をして、肩幅も狭い。もし姉たちと同じ部屋に立っていたら、人の目は彼をすり抜けてアニーカの美貌とイスマの生真面目さにいくだろう。「これがパーヴェイズ」アニーカは聞かれてもいないのにそう言い、彼のほうに身を乗りだした。「わたしの双子のきょうだい。この六ヶ月間毎日、この子が心配でしかたなかった。今は帰りたいって言ってるの。でも、あなたのお父さんは厳しいわよね。とりわけ、あの子みたいな人たちには。だから、あたしは弟を取り戻せない。だから、本当にどうしていいかわからない……あたしの半分はいつも弟のところにいる。生きてるのか、今何してるのか、これまで何をしてたのか考えてる。もう、こんなの嫌。あたし、全部ここにいたい。あなたといたい」

彼女がまだエイモンを操ろうとしているとしても、そう言うだろう。彼女が本当に彼を愛しているとしても、そう言うだろう。

「結婚って、大きいことの積み重ねだと思うでしょ」ラヒーミーさんの奥さんが前にそう言った。「小さいことの積み重ねなの。家事のことでけんかしてもやっていける？　見たいテレビ番組をゆずり合って暮らせる？」エイモンの頭に、こんなアニーカが浮かんだ。キッチンの引き出しを開け、チェリーの種を抜くためだけの道具やリンゴの芯を抜くためだけの道具を見て笑っている。小さいことの積み重ねの生活が、二人の間にはできていた。

「あたしのせいでもう終わり？」アニーカは言った。

エイモンは片手をアニーカの体にまわし、頭のてっぺんにキスした。「いや」そのとたん、安心感が彼女と、そして自分の体に広がったのがわかった。「弟さんのこと、全部話してほしい」

＊

ブラッドフォードでのスピーチが世間で話題になり、警護が厳しくなったことは先に母から聞いていた。とはいえ、庭の奥の木立しかなかった場所に要人警護部の警官が何人も立っているのは、さすがに異様だった。ここまでやれば、テロリストがこっそり侵入する心配はほぼないからと、エイモンが朝食を食べに家に寄ってもいいか電話をしたとき母は言った。それから今、後ろがうるさいのは、あなたが子どものころ大好きだったツリーハウスと下の柱を警護のためにばらしているからなの。母は電話で、こともなげにそう言っていたが、ここにきて実際に会ってみると母の栗色の眼のまわりにはくまができ、腕を組んで両手を脇の下に入れていた。そうするのは、いつもは完璧に手入れした爪を噛みすぎ、短くなったのを隠したいときだ。母は父にとっての『ドリアン・グレイの肖像』*だ。つまり、あの物語の肖像画のように、父が感じているはずのありとあらゆる不安が、母の顔にあらわれる。

エイモンの母テリー・ローンは、息子が警官を見て浮かべた心配そうな表情を読み違え、警官に背を向けてからエイモンのポケットに小切手をすべりこませた。エイモンが首を横に振って小

＊　オスカー・ワイルドの小説のタイトル。

切手を返すと、母は意外そうな顔をした。「それでこんなに朝早くうちに寄ったんじゃないの? 責めてるんじゃないのよ。あのね、親って頼られるとうれしいの」

エイモンは自分のジャケットを母の肩にかけた。早朝冷えこんで寒そうに見えたからというより、愛情表現だ。「まいったな。だけど、何年か前にぼく名義で買ってくれた債権が一部、満期になったばかりだし。いずれにしても、じきにまた働くよ。アリスに言われたんだ。PR関係がいいんじゃないかって。仕事も紹介してくれるって」それが自分のやりたいことかどうか、エイモンにはさっぱりわからない。だが、無職のままアニーカの婚約者としてナシームおばさんの家に行ったら、まずいことくらいはわかる。

「そう。働かなきゃいけないからとりあえず働くっていう考え方は、ママは疑問だけど。でも、パパは喜びそうね」母がそう言ってくれたので、エイモンはすかさず、肝心の父はどこにいるのか聞けた。

「書斎よ。きまってるでしょ。引きずりだせるか、やってみて。わたしは庭でバラの世話をしているから」エイモンはしばらく、バラの茂みのほうに歩いていく母を見ていた。テリー・ローン。旧姓テリー・フリン。出身は、マサチューセッツ州アムハースト。ヨーロッパでも指折りの人気インテリア・デザイナーで、その名をブランド名につけた店舗がヘルシンキからドバイまで、各地にある。テリーが十六歳のとき、両親は学期が終わるのを待たずに娘に学校を休ませ、ロンドンに連れて行った。「本物の文化」を持つ都市に来れば、スミス大学のキャンパス界隈で当時活発だった、あぶなっかしいフェミニスト活動にかぶれかけた娘の熱も冷めると思ったのだ。一家がサヴォイホテルにチェックインしたのは、一九七八年四月二十九日。その翌日、時差ぼけの両親がまだ寝ている間に、テリーはまずは定番のナショナルギャラリーを見てみようとトラファルガー広場まで歩いた。そこで、ロック・アゲインスト・レイシズム*のデモ行進に集った数万人の群衆に出くわした。この人たちはこれから、ヴィクトリア・パークで開かれるライブで「ザ・クラッシュ」をはじめとするミュージシャンが、国民戦線の連中による差別的な大合唱に負けじと熱唱するのを聞きに行くところだった。「きみも来る?」とスペイン人風の青年に声をかけられた。黒い髪が黒い革ジャンの肩までのびていた。その革ジャンはバッジだらけで、「ナチスなんてくそくらえ」、「白人至上主義のやつらは下手くそ」とロゴで訴えていた。二人がしばらく一緒にデモ隊と歩いているうちに、この青年の両親の出身はじつは、今まで聞いたこともないパキスタンという国だとテリーは知った。その日かなり時間がたってからふと、彼女の良い子の部分が目を覚まし、両親のところに帰らなければと言うと、この青年はサヴォイホテルまで送らせてくれと言った。「ザ・クラッシュ」を見逃すことになってもいいと言って、ゆずらなかった。やがてテリーはこんなにわくわくする相手と別れなければならないことを思い、いきなり泣きだした。このとき、青年は将来、この娘と結婚しようと心に誓った。それから二年間二人は文通を続け、テリーはロンドンにあるチェルシー美術学校に入学した。そのころには彼は大学を卒業し、革ジャンを脱ぎ捨てて銀行マンらしいスーツを着ていた。それを見てテリーはがっかりしたと同時に、ほっとした。

テリー・ローンは黄色いバラの花びらを一枚摘みとると、それですっと自分の鼻の頭をなで

＊　一九七〇年代後半に若者たちが支持した人種差別に反対するムーブメント。

た。エイモンは思った。真っ昼間にいきなり、この人と結婚したいなんて決められるはずがない。きっとドラッグでもやっていたんだろう。何年か前、エイモンと妹のエミリーはそう決めつけたが、今なら、エイモンにも理解できた。そしてふと思った。ママはそのままナショナル・ギャラリーに行けばよかったと後悔したことがあるんだろうか。両親の結婚生活はうまくいっていないわけではなかったが、それぞれが自分のペースで暮らしていた。父が忙しくなり、休みはおろか朝食もままならないようになってくると、母は自分の仕事の時間を減らし始めた——どうやらこれが、この夫婦がたどり着いた適正なペースだったらしい。エイモンは今日、なんとなくこう考えてしまった。パパとママがもっと、ラヒーミーさん夫妻みたいだったらいいのに。

テラスを見回しながら、エイモンは想像してみた。今年の夏の終わりごろ、しのぎやすくなった夕暮れどきに、ふたつの家族が外で夕食のテーブルを囲んでいるかもしれない。パパとママ、それにエミリーとエイモン、アニーカとイスマとナシームおばさん、それにパーヴェイズもいるかもしれない。あらためて考えてみると、今この場所から、この想像の世界にどうすれば行けるのかがわからない。わかっているのは、全員で何か方法を見つけない限り、絶対にそうならないということだけだ。

エイモンは家に入り、地下にある父の書斎に向かった。その部屋には母が得意とするすっきりしたデザインの要素はなく、代わりに暗い色調の木材、どっしりとしたランプ、窓のない密閉空間がある。長年にわたる、徹夜勉強の名残だ。カラマット・ローンにとっては、自然光がないほうが仕事がはかどった。

「うちの息子はいつから、ノックして部屋に入るようになった?」父はそう言いながら立ち上がり、キスをして抱きしめようとした。この挨拶の習慣を、エイモンはずっと恥ずかしいと思っていたが、いつの間にか平気になった。

「うちのパパが、最高機密書類を家に持ち帰るようになってからだよ。本当に、表に最高機密って書いてあるの？」

「いいや。ここには本書類について機密情報開示権限を持つ重要人物以外が本書類を閲覧したら、ただちに殺すとある。ごく細かい活字でな。小さくしないと、スペースが足りなくなる。それにしても早起きだな。しかもここに来るとは。どうした？」

「話があるんだ、パパ。ちょっと座ってもいい？」エイモンは父に、すり切れた革椅子に戻るよう手で示し、自分は机の端に腰かけた。父のほうを向いて。この位置関係で、エイモンはこれまでもよく長々と、父と真剣な話をした（全国統一試験の科目、マックスとのバックパック旅行、つき合っていたガールフレンドの中絶手術など）。当時エイモンは思春期だったが、カラマット・ローンはまだ駆け出しの国会議員だったので、妻よりも子育ての時間があった。エイモンと妹が新しいおもちゃ、車、そのうちひとり暮らしをするフラットを欲しがったときに頼ったのは、母のほうだ。母との駆け引きはイエスかノーの二択で、たいがいはイエスで決まる。しかし、父と息子との駆け引きは何もかもがもっとややこしく、奥底に愛情はあるものの相反する感情が入り混じり、その振れ幅の大きさに家族の女性はうんざりしていた。「わたしと同じ顔をしたこの気取ったイギリスのぼっちゃんは、どこの誰だ？」父はよく言った。残念そうなときもあれば、自慢気なときもあった。「パパの子だよ。だからパパのせいだ」と息子が答えると、父の答えは二通りあった。「いやいやパパのせいじゃない。ジャアアン、[*1]『わたしの命』のおかげだ」と言うときもあれば、「ママのせいだ。わたしじゃない」と答えるときもあった。

「つき合ってる人がいるんだ」とエイモンが言うと。父の両眉がつり上がった。ある朝、エイモンがまだアリスに未練たっぷりだったころのこと。父がエイモンの寝室のドアを蹴り開けて入ってきた。両手に大きなヒラメを抱え、やや中腰で足元がおぼつかない。魚の表面には小さな氷のかけらが残って、きらきらしている。息子のベッドの上にそのキングサイズの魚を置き、父はひと言、こう言った。「代わりだ」父がそんな荒っぽいことをするなんて、家族の誰も見たことがない。母も妹も、ぎょっとした。「女性差別者」だの、「男尊女卑のブタ」だのという言葉が家じゅうに響き渡った。エイモンは父の肩を持つふりをしたが、案外と、面白がっていた。これを境にエイモンは、アリスをきっぱりあきらめた。しかし、父の言う通りだと思えるようになったのは、アニーカと出会ってからだ。アリスはまさしく、その「凍った魚」だったのだ。

「そんな顔して、見ないでほしいな。今までつき合った子とは違うんだ」

「どんなふうに?」

「まず、このへんの子じゃない」

「イギリス人じゃないのか?」

「ウエスト・ロンドンの子じゃない」

この答えに、父は大げさに鼻で笑った。エイモンと妹がいつも感心するのは、父はこれを公式の場ではやらないことだ。「そうか、それは新鮮だな。なら、どこの子だ? チェルトナム? リッチモンド? ――まさか、テムズ川より南はやめとけ!」

「ウェンブリーだよ」

父は驚いたようだった。しかも、うれしい驚きらしい。エイモンはライオンとユニコーンが彫りこまれたペーパーウェイト[*2]を手に取り、それを両手でひっくり返した。照れかくしだ。世界一愛する人に、世界一愛する女性の話ができた。これで、他の心配は全部横に押しのけられた。アニーカっていうんだ。エイモンは続けた。そう、パキスタン人。お母さんはカラチ育ちで、お父さんはおじいさんの代からのイギリス人。もともとはグジュラーンワーラー（パキスタンのパンジャーブ州の都市）の人なんだ。十二歳のときに親を亡くして、お姉さんに育てられた。プレストンロードだよ。美人で、すごく頭がいい。だって、奨学金をもらってLSEで法律を勉強しているんだ。まだ十九歳だけど、その年齢よりずっと大人だ。うん、真剣につき合っている。「イェ　イシュク　ハエー[*3]」なんだ。ウルドゥー語で言うと父はエイモンの片手を強く握り、笑顔で息子を見た。

「そうか。そうなら、すぐうちに連れてきたらどうだ。次の日曜日は？」

「それが、ひとつパパに言っとかなきゃいけない。その子、ちょっと——ムスリムなんだ」

「ちょっとムスリム？」

「お祈りをする。一日五回じゃないけど。だけど、毎朝、祈りから始まる。アルコールは飲まないし、豚肉も食べない。ラマダーンには断食をする。ヒジャーブもかぶる」

「なるほど。だが、その子は問題ないんだろ——」父はそう言うと、両手のひらを合わせて、そして開いてみせた。

＊1　「わたしの命」という意味のウルドゥー語。最愛の人を呼ぶときに使う。
＊2　ライオンとユニコーンはイギリスの国章に使われているモチーフ。
＊3　ウルドゥー語で「これが（は）愛だ」。

「なに？　本？」

「セックスだ」

「まったく！　全然、問題ない。なんの問題もない。あのさ、もしセックスのことジェスチャーであらわすなら、こっちのほうがいい」

「それなら議会でも使えそうだ。助かる。それはそうと、その子はヒラメじゃない。そう聞いて安心した」父はにやっとして歯を見せた。「ウルフ」と呼ばれるのはこの笑顔のせいでもある。

「思っていたより理解があるね」

「なに？　おまえがムスリムとデートするのをとやかく言うと思うのか？　長ったらしい名前の複合姓[*1]のお嬢さまたちが相手のときのほうが、ずっと大変だったぞ。そういう娘の父親ときたら、すかさずこう言ってくるんだ。わが家は昔からインドと縁があり――どこかの州知事だっただの、あの総督の副官だっただの、反乱の鎮圧に功績があっただの。『反乱の鎮圧に功績があった』！　言い方は完璧に丁寧だが、要は『おたくの息子はうちの娘にはもったいない』ってことだ」エイモンは父親が不満を吐き出すのを待った。気の毒なアリスのパパ。一族の姓の由来になった「反乱の鎮圧に功績があった」という言い方が、ここまで攻撃されると知ったら心外だろう。その言葉を伝えたのはアリスで、それを聞いて呆れたのはハーリだけだったが、のちにハーリ自身も少しこれと似た目にあう。[*2]「とにかく、その子がまだ十九なら、そのうちヒジャーブをやめさせられるかもしれん。今度その子がうちに来たら、エミリーに頼んで美容院に連れていってもらえ。まあ、半分冗談だが。わたしはもとは敬虔なムスリムだった。それでさしつかえがあったのは他の誰でもない。自分だけだ」

「いや、知らなかったよ。おじいちゃんとおばあちゃんに言われてモスクに通って断食とかしていたのは聞いたけど。本当に信じてたんだ」

「知らなかったか？　そう、信じていたとも。そう育てられたんだからな。今でもストレスを受けたら、ほとんど無意識に『アーヤット　アル　クルーシー』[＊3]を唱えるぞ」

「それってお祈り？」

「そうだ。おまえの彼女に聞いてみろ。いや、いかん。このことは誰にも言わないほうがいい」

「そういうこと、隠さなくたっていいと思うんだけど」

「わたしなら、心配になる。内務大臣が世間には無神論者だと言っているのに、裏でこっそりイスラム教の祈りを唱えていたら、そう思わんか？」

「ぼく、不安そうに見える？」

「さっきから話している間、ずっと不安そうだった。エイモン、その子がおまえの彼女なら、わたしは最高に行儀正しくふるまう。いつも通りにな。ただし、その子と別れたらわたしが何を言うかは、また別だ」

「もうひとつあるんだ。その子には学校に、仲がいい男友だちがいた。その子がシリアに行ったんだ。――人道支援のボランティアとかじゃなくて」

「パーヴェイズ・パーシャだな」

＊1　夫と妻それぞれの姓をハイフンなどでつなげてつくった苗字のこと。
＊2　「ハーリ」はサンスクリット語由来の名前。
＊3　「王座の節」とも呼ばれるコーランの一節。不安や心配事のあるときに唱える。

「どうしてわかるの？」

「そういう連中は洗い出してある。名前も、出身地も、行く前は何をしていたかも。プレストンロード出身ではひとりしかいない。この国のあそこでだけは、そういうことが起きそうになかった。しかしそいつは、ちょっとわけありだった。家族にテロリストがいる。これでわかるだろう。こういうことは、根本から断たないとだめなんだ。つまり文字通り、根っこをつかんで引っこ抜く。子どもたちをそんな環境から、引き抜かないといけない。大きくなって、その毒にどっぷり染まる前にな」

「そうじゃない、違うんだ」

「何が？」

エイモンは立ち上がった。ここはなんだか暑くて、息苦しい。あらかじめ考えておいた科白はすでに、父の前にいるだけでぼろぼろになってしまった。その子自身もまずいことをしたとわかってる。洗脳されてたけど今は目が覚めて、帰国したがっている。戦闘には参加していないし、リクルーターとして誰かを無理に引き入れてもない。まだ十九歳だ。こんなことで、彼の人生を台無しにしていいわけない。まだ、名前は新聞に出てない。だから、このまま表に出なければ大丈夫だ。新しいパスポートさえあればいい。そうすれば、こっそり帰国できるし、罪にも問われない。友だちはみんな、今までずっとパキスタンにいたと思ってる。だから、誰にもばれない。誰にとってもベストだ。だって、考えてみて。メディアは大騒ぎするよ。内務大臣の息子が結婚しようとしている相手のきょうだいがシリア入りした少年だって嗅ぎつけたら。パパは絶対に乗り切れない。

ぼくにまかせて。エイモンはアニーカにそう言って来ていた。父のことはよくわかっている。どう話を持っていけば、賛成してくれるかを知っているから。しかしこれは、話の持っていき方というより、脅しだ。これまでいつも無条件の愛を注いでくれた父に、そんなことできるのか？　それになぜパパはこんな、見たことのない表情でぼくを見てるんだろう？　まるで、息子が心に裏切りを秘めてここに来たとわかってるみたいだ。

「おまえの彼女は十二歳のときに親がいなくなって、姉に育てられたと？」

「うん」

「パーヴェイズ・パーシャと同じだな」

「わかった。そうだよ。彼女はパーヴェイズの双子のきょうだいだ」

「エイモン！」父は息子の首筋に腕を回した。首を締めたいのか、抱きしめたいのかよくわからない。「なんてばかな、ばかなことをした。まったく、ばかな子だ」

父に話しに行くと伝えたとき、アニーカはエイモンをわたしの命《ジャアン》と呼んでエイモンの目、口、頬、鼻にキスした。ジャアン、わたしの宝。今父はそのまさに同じ言葉を、息子を抱きしめながら口にしている。と思ったらいきなりカラマット・ローンは腕をゆるめ、一歩下がって手で顔をこすった。父の顔が突然、内務大臣の顔になった。

「その娘とはもう、連絡をとるな。以後おまえには警護特務部隊をつける」

「パパ！　とにかく彼女に会って。いいだろ？　ぼくがここに連れてくるから。今夜、今日の夕方に、それで……何がそんなにおかしいの？」

「これだけ厳重に家のまわりを警護しているのに。アルカイダと『イスラム国』の組織の一味が、うちの息子に案内されて踊りながら入ってくるとはな」

「彼女のことを二度と、そんなふうに言わないで。ぼくの結婚相手なんだ」

何を言っても、父の表情は変わらなかった。「この部屋から出るな」

「なんなの、ぼくを逮捕するつもり？」しかし内務大臣はエイモンが言い終わるのを待たず部屋から出て行き、ドアを力まかせに閉めた。

エイモンは父の椅子に座り、コンピューターの画面を見た。パスワードを要求していた。腹立たしくなって、その日の朝刊の記事の切り抜きのファイルをひっかき回した。しまった。スマホはさっき、母にはおらせたジャケットのポケットに入れたままだ。アニーカは今フラットにいて、その後の報告をするぼくの連絡を待っている。やっとアニーカの電話番号を教えてもらったというのに、それを暗記することまでは考えなかった。ママには固定電話も部屋につけなさいと言われていたのに、笑い飛ばさなきゃよかった。

ここを出なきゃ。エイモンは頭の中で言い続けた。せめて上で何か食べよう。

エイモンはそのとき、いいことを思いついた。そうだ、パパの電話から番号案内に問い合わせれば、ラヒーミーさんの家の番号がわかる。

「エイモンです」電話に出たラヒーミーさんの妻に、かすれ声で言う。「お手数ですが、お願いがあります。友だちがひとり、ぼくの部屋にいます。その子をそこに呼んでもらえないでしょうか。どうしても、伝えなくちゃいけないことがあって」

「ヒジャーブをした、あのきれいな子？　あら残念。ついさっき帰ったわ。わたしがごみを出しに行ったら、ぶつかりそうになったの。すごく急いでいたみたい。あなた、大丈夫？」

エイモンはソファまで歩いて行って横になり、急所を守る動物のように丸まった。少しすると母が書斎にきて、横に座った。だめだ。母はスマホを持ってきてくれない。だめだ。父がいいと言うまで、本当にここから出られない。母は息子に目を閉じるように言うと、寝つくまでずっと背中をさすっていた。長いこと眠っていたような感じがしてエイモンが目を覚ますと、父が机の前に座っていた。こちらをじっと見ている。

「わたしのせいだ」父は言った。エイモンは体を起こし、両手で目をこすり、いったいどういう意味なのかを理解しようとした。

「わたしのせいだ」、父はまた言った。悲しそうだった。「母親のせいだと言いたいが、わたしのせいだ。おまえには目の前でドアを次々にぴしゃりと閉じられる気持ちや、闘わなければ前に進めない気持ちを絶対に味わわせたくなかった。そのせいでおまえが妙に自信をつけ、いい気になり、そういう娘が名門校出身のおぼっちゃんとつき合うということを疑いもしなくなるとは思ってもいなかった。そのおぼっちゃんは母親のすねをかじって暮らせ、コンピューターゲームで自己最高スコアを出すほか、なんの野心もない」

「パパ、いったい何をしてくれたの?」

「何もしてない。その娘の弟がイギリスを出たときに通報を受けた警察の連中は、その娘のことが気になっていた。聞くところによると、娘は弟のしたことに明らかにショックを受けていた。ただしシリア入りしたという事実より、自分に知らせず行動したことに怒っていたらしい。警察は彼女が危険をおかして弟と合流する可能性が高いと考え、それからはずっと彼女を監視していた。彼女の命を守るためだ。しかしどうやら電話も、メッセージも、わたしの息子と連絡をとっていたことを示す傍受可能な通信記録も、まったくなかったらしい。警戒させるようなことは何もなかった。だからかえって、警戒した。そして今、これだ」父はエイモンのスマホを机の上に置いた。「二三件の不在着信。アニーカ・パーシャからだ」

エイモンは立ち上がった。「何かあったんだ」

「少なくともそれは間違いない」

パーヴェイズ

PARVAIZ

5

二人の男が、イスタンブールの電気屋に入っていった。二人とも同じくらい偉そうな態度だったが、南アジア人風の顔立ちを見れば、この土地の人間ではないとわかる。白いチュニック（丈の長い上着）、肩までの髪とたっぷりのばしたひげ*がよけいに、わがもの顔の空気を際立たせていた。若いほうの男がマイクの並んでいる壁に歩いていき、箱に目を走らせた。商品が入っていない見本陳列用の空箱だ。連れは店員のいるカウンターにもたれかかり、スマホを左右の手で持ち替えながら、他の客を見ている。おじけづいた客たちがそそくさと店を出ていくと、この広い店は二人の男と店主だけになった。

「すっげえ！」若いほうが言った。「ロードのＳＶＭＸだ。ゼンハイザーのＭＫＨ８０４０もある。こっちは、ノイマンのＵ８７だ（いずれも高感度のマイク）」

「そうか、わかったわかった。とにかく、アブー・ライースに言われたものを受け取ったら、行くぞ。腹が減ってるんだ」

店主はカウンターの下に手を入れ、音響機材の入った箱を取り出した。「サウンドデバイスの

788T（デジタル音声録音機）が届いてる。アブー・ライースはおれからのメッセージを受け取ってないのか？　ここに届いたのは、もう二週間以上前だ」

「アブー・ライースに伝えておこうか。あんたがイスタンブールで指を鳴らしたら、シリアのラッカで踊れって？」年上の男ががっしりした体をそちらに向けると店主は青ざめ、しどろもどろに言い訳を始めたが、若い男のおおっといううれしそうな声に、途中で口をつぐんだ。若い男は788Tの箱を手にとり、その重さを確かめている。

「ごめん、ファルーク。もうちょっとかかる。アブー・ライースに言われたんだ。この機材にマイクコンボセットを何種類かつっこんでみて、一番音がいいのはどれか確かめてこいって」彼はマイクの並んだ壁の前に戻り、ディスプレイ用の空箱を棚から出すと店主のほうに投げた。店主は大声で言った。「どれを試したいのか言ってくれたら、こっちで出す！　うちの店のディスプレイをぐちゃぐちゃにしないでくれ」

ファルークは舌打ちした。「そこの角にあるカフェにいる。あと三十分で、空港に出発するからな」

「了解。じゃあ、何かテイクアウトできるものも買っといて。新人たちの分。ここにぼくが着いたときは、なんにも食べさせてもらえなかったよね。何時間も」

ファルークはにやりとした。「あのときは、まだガキだったよなあ、パーヴェイズ。びびって、パンひと切れ頼むこともできなかったんだから」

＊　敬虔なムスリムやイスラム原理主義者や過激派は、ひげをのばすことが義務づけられている。

「ぼくはもう『パーヴェイズ』じゃない」
「なんとすばらしい、マーシャーアッラー」[*1]と年上の男が言った。皮肉っぽく聞こえる。
「マーシャーアッラー」と若いほうの男が言った。片手を心臓の上に置いていた。

*

彼が今、イスタンブールの電気屋にいる理由——それは、前の年の秋にさかのぼる。その夜、イスマはキッチンにやってきて、アメリカに行くと言いだした。それを機に、きょうだい三人が全員、実家を出ることになったのだ。

その晩まだ早いうちは、この先何が起こるのか、なんの兆しもなかった。そのころ、アニーカは大学に入学してまだ二、三週間目で、パーヴェイズは進学しなかった。このときにはもう、この双子のそれまでの日常は過去のものになっていたので、その日アニーカが家にいて、その週初めて夕食を作ってくれるというだけで、お祝いのような雰囲気があった。アニーカは、油じみのついた料理本と首っぴきで、いつものように真剣に取り組んでいた。まるで、四九回目に作ったときと五〇回目の間に、レシピが変わったかもしれないと言わんばかりだ。パーヴェイズは手伝いでタマネギを切ったが、涙が出ないように水泳用のゴーグルをつけていた。パキスタンのカラチでギタリストをしているいとこが作ってくれたプレイリストの音楽が、ノンストップでスピーカーから流れていた。チムタ（小さなシンバルがたくさんついた楽器）とベースギター、ドーラク（インドの両面太鼓）とドラム。その音に、他のいろんな音が重なった。パーヴェイズの包丁の刃がすっとタマネギに入って下の硬いまな板に当たる音。材料を計るアニーカの手首で二本の細いブレスレットがぶつかる音。冷蔵庫の低いモーター音。プレストンロード駅でほぼ同時に発着する電車の音。双子がふざけあう声。その晩はもっぱら、アジア人向け婚活サイトにパーヴェイズのプロフィールを載せるとしたらどんな内容にするか、アニーカが遊び半分にアイデアを出していた。姉のことが大好きなイケてるロンドンっ子「それだと、きょうだいでデキてるみたいに思われる」姉のことが大好きなイケてないロンドンっ子「終わっちゃってる感じがする」「家族命」のイケてるロンドンっ子「なんでつかみのところで、アニーカが出てこなくちゃいけないんだよ。『陰のあるイケメンのロンドンっ子』とかどう?」だめ。〈陰のあるイケメン〉って、肌が浅黒い人を遠回しに言うときの言葉だから。「なんで?」〈ヒースクリフ〉[*2]とか。「それにあいつ、乱暴でちょっとイッちゃってる感じだよね」そうそう。でもさ、どういう子たちがこれを読むのか考えなよ。肌が浅黒いって、めっちゃ問題。

そう言っているところに、イスマが入ってきた。姿をあらわすより先に、ドライクリーニングの薬品のにおいがした。イスマはこう言った――仕事に就ける見通しがまったくたたないことが、「めっちゃ問題」なんだけど。パーヴェイズはまな板を脇にどかし、ゴーグルを外して自分のスマホをとりあげた。画面には、近所の友だちからのメッセージ通知もない。友人たちは卒業後、それぞれに新しい道を歩み出し、気持ち的にも地理的にも離れればなれになってしまった。「音を

＊1　「アッラーがお望みになったこと」の意。美しいもの、嬉しいことの恵みを神に感謝するときに用いる表現。
＊2　エミリー・ブロンテの小説『嵐が丘』の主人公。

小さくして。話があるの」イスマが言った。その真剣な様子にパーヴェイズも言う通りにしたが、いつもだったらわざとボリュームを上げていただろう。アニーカも真剣な様子に気づいて、姉の手首にそっと手を置いてこう言った。「なあに？」

アメリカのビザがとれたの。一月の中旬にマサチューセッツに行くから――イスマはそうひと息に、他の女性なら婚約を発表するような調子で言った。誇らしげに、照れつつ、思いがけない知らせを受けた家族の反応を気にしながら。

アニーカが姉に飛びつき、抱きしめた。「さびしくなるなあ。でも、やったね。お姉ちゃん、すごい。ね、Pちゃん？」

「アメリカ」パーヴェイズが言った。この言葉を声に出すと不思議な感じがした。

「まじでビザ、取れたの？」

「本当にね。わたしだって、許可が出るなんて思わなかったもの」

シャー先生が手紙で、博士過程の奨学金に応募してみたらどうかとアドバイスを――ほとんど命令する勢いで送ってきたとき、それをイスマが双子に相談すると、パーヴェイズはこう言った。「やるだけ無駄だよなあ？」イスマもすぐ、そうよねと答えた。たしかに、パーヴェイズの言う通りだ。パーヴェイズもイスマも、そもそもビザがとれそうもないのに何をしても無駄だとは実際に口には出さなかったが、父のことが会話の裏にあるのは三人とも十分にわかっていた。ところがアニーカは、応募すべきだと言ってゆずらなかった。「やってみなきゃわからないじゃん」アニーカは言った。「それに、やらなかったらこの先ずっと、うじうじ考えちゃうよ。申し込んでたら、どうなってただろうって」アニーカになんでやらないのと何度も言われ、イスマはそのうち、申し込みだけでもしないとシャー先生に悪いみたいと言った。たしかに、イスマには不可能に見えることにぶつかっていく底力がある。パーヴェイズは初めてそのことに気づき、いらだちと悔しさの両方を味わった。

「そしたら」アニーカが言った。「この家、どうしよっか？」

パーヴェイズは、双子の姉の肩をこづいた。「イスマのベッドルームは、ぼくが使うから。スタジオがほしいんだ。アニーカだってもう、ぼくほど家にいないし」

姉二人は顔を見合わせ、それからまたパーヴェイズを見た。イスマはある数字を言った。この家の毎月の家計費だ。イスマがこの数字を持ち出すのはいつも、八百屋の手伝いをして稼ぐだけじゃ足りないと弟に言いたいときだ。つまり、定職も探さず、自作の音データを作ることに時間を費やすのは、無駄だと言いたいのだ。好きなことで稼げる仕事が見つかるほど、弟に才能があるとはイスマには思えなかったし、弟の音データがアニーカの法律の学位ほど、将来の投資になっているとも思えなかった。「イスマはね、うちには夢を追っかけてる余裕なんてないって言ってるの」アニーカは言った。その言い方はイスマの意見を非難しているようでも、認めているようでもあった。

これまではなんとか、みんなでやってこられた。イスマは続けた。でも、アメリカに行ったら、大学からもらえるお金でわたしひとりがやっていくので、せいいっぱい。アニーカだって、奨学金でまかなえるのは最低限の生活費だけなの。となると、住宅ローンもこの先、払えない。

「なら、行くなよ」パーヴェイズが言った。アニーカがサイコロ型に切ったジャガイモを投げると、パーヴェイズはヘディングで返した。ねらったというより、反射的に頭が動いただけだ。

イスマは食器棚の扉を開け、皿やグラスをテーブルに並べて夕食の支度を始めた。さっきちょっと、お向かいのナシームおばさんの家に寄ってきたんだけど、とイスマは切り出した。おばさんももう、歳よね。だから、家のことも、ひとりじゃ無理なんですって。娘さんたちがお孫さんを連れてよく顔を出してくれてはいるけど、もういっぱいいっぱいだってこぼしてた。家事を手伝ってくれる人がいてくれると、すごく助かるらしい。それでね、ナシームおばさんに相談されたんだけど。

「どんな相談?」とパーヴェイズ。

アニーカが言った。「あたしたちがナシームおばさんのところに引っ越せばいいよ。それで、この家は売っちゃおう」まるで、新しいタオルセットでも買うような気軽さだ。今度はイスマがショックを受けた。そしてこう言った。この家を賃貸に出すことまでしか考えてないの。来年、ウェンブリーに新しくフランス人学校ができるでしょ。そしたら、資産価値がどんどん上がるから、今売るなんてばかげてる。それに、あと数年のうちにわたしも博士課程が終わるし、アニーカも弁護士になっている。そのときまたみんなで、この家に戻ればいいじゃない。いつもならパーヴェイズは自分が会話に出てこないことに胸が痛むところだが、そのとき、アニーカが姉の話を聞いて肩をすくめた。パーヴェイズは動揺した。気心知れていると思っていた相手が、いつの間にか身につけた新たな一面をさらけ出した瞬間だった。いつから、そんなやつになったんだ?

アニーカは、ぼくらと住むつもりはないらしい。さっき肩をすくめたのは、そういう意味だ。アニーカは大学を出たら、この家できょうだいと一緒にいるつもりはない。法律の学位が取れたらいくらでも、他の生き方ができる。

「ぼくらのこと、勝手に決めんなよ」パーヴェイズはイスマに言った。だが、「ぼくら」と言ってみたのに双子の姉は無反応で、イスマを手伝ってテーブルの準備を始め、パーヴェイズと目を合わせようとしなかった。

「裏切り者」パーヴェイズはそう言い、キッチンカウンターからさっと離れた。それからしばらくはわざとらしく鍵やスマホ、録音マイクを探すふりをしてみせて、自分が出ていこうとするのをどちらかが引き止めようとしてくれないかと待っていたが、どちらも止めてくれない。引っこみがつかなくなり、家を出ていくしかなくなった。とはいえ、その晩は外に行く気がまるでしなかった。

夏の名残より、冬の気配が感じられる秋の夜だった。パーヴェイズがとりあえず持って出たジャケットでは夜の冷気がしみこんで、たちまち鳥肌が立った。近所の街灯の光が雲に当たり、夜空がほんのり赤い。そんな日は、世界中の音が普段より少しだけ大きく聞こえる。自分が音に敏感だと自覚したきっかけのひとつは、どんより曇った日に飛行機の音がいつもより大きく聞こえるのはどうしてなのかと先生に質問したときだった。先生はそんなふうには聞こえないと言い、教室にいたクラスメイトも笑った。ところが翌日先生はわざわざ来て、パーヴェイズの言う通りだったと知らせてくれた。

道の途中で、母の昔からの友人グラディスに呼び止められた。グラディスは図書館サポーター活動について最新の情報を教えてくれ、そのあとこう聞いてきた。今日、もしかしてあんたのうちのドアベルはいつもと違って聞こえたりしなかった？　うちは違ったの。いつものチャイムの音じゃなくって、警報ベルみたいな音がして。玄関に行ってみたけど誰もいないから、部屋に戻ってテレビをつけたの。そしたら、好きな霊能者が出ていて、「家のドアベルが普段と違って聞こえたら、それは悪魔だから出ないように」って言ったのよ。

「じゃあ今、家に悪魔がいるの？」パーヴェイズはそう言って、にっこりした。「イスマだったら、悪魔を追っ払ってくれる祈禱《きとう》師とか知ってるかも」

「今晩、寝る前までに、原因がわかるといいんだけど。だから、お姉ちゃんたちをうちに、来させないでよ！」パーヴェイズはボーイスカウト式に三本指を立てて敬礼しながら、ふと気づいた。笑ったときのグラディスの、目元のしわが深くなった。グラディスと亡くなった母さんは同い年で、誕生日も数ヶ月しか違わない。

悪魔で頭がいっぱいのグラディスと別れ、パーヴェイズはプレストンロードに出て歩いた。通りにあるほとんどの店は閉まり、しんとしていた。ウェンブリー・スタジアムの上にかかるアーチ状の鉄骨が見えると、パーヴェイズはいつものように頭を軽く下げ、挨拶をした。それから、親しみをこめて公証人事務所のドアを拳で軽くたたいた。図書館サポーター活動で前に、期間限定の図書館がここで開かれたことがあった。パーヴェイズはそのまま競技グラウンドに向かった。今日はほぼ一日、雨だったから、今作業中の音源素材の「濡れた芝の上を歩く靴」のパートの音をいじってきれいにできるかも。それはある音響賞をとったビデオゲームの映像に、彼がかぶせようとしていた音源だ。年明けまでには、大手と中小、両方のゲーム会社に送ってみよう。そしたら――神さま、頼む！　――仕事のオファーが来ますように。

パーヴェイズは駐車場を横切りながらスマホにマイクをつなぎ、そのマイクに手製のウインドスクリーンを取りつけていたせいで、一台ぽつんと停まっていた車にまったく注意を払っていなかった。そのドアがいきなり開き、三人の少年が降りてきた。このグラウンドでサッカーの試合があったときに見た顔だ。デザイナーズスニーカー、しみひとつない真っ白で丈が長くゆったりした上着、「生態系ひげ」（アニーカがそう名づけていた。その中にさまざまな生き物が巣を作れるほどぼうぼうにのびたひげという意味らしい）。少年たちは悪ぶってこの界隈をうろついていたが、その行動と自分たちのつけたグループ名がまったくもってミスマッチなのをわかっていなかった。グループ名は、「US THUGZ《アスサグズ》（オレたち、悪党）」なのだが、彼らはよく耳にするアラビア語の「アスタグフィルッラー（神の赦しを乞う）」の省略形とかけたつもりでいたのだ。「アッラーにいったい何を赦してもらいたいの？」と、この少年たちにイスマが聞いたことがある。ある日、道で声をかけられ、女はそんなに肌を出すもんじゃないと言われたときのことだ。そのときの少年たちの反応で、「アスタグフィルッラー」の意味をまったく知らないことがはっきりした。

「それ、よこせよ」ひとりが言い、パーヴェイズのスマホとマイクに手を突き出した。

「おまえの母親に言うぞ」パーヴェイズは言った。

その少年――パーヴェイズの幼なじみのアブドゥルは、いったん出した手を下ろし、こいつのスマホはどうせ古すぎるとか、もごもご言ったが、隣にいた見かけない年上の少年が前に出てきて、パーヴェイズの急所にひざ蹴りを食らわせた。そして、痛そうにうずくまったパーヴェイズの手からスマホを引ったくった。そのとき、高価なマイクのほうは放り捨てた。頭の悪さをみすみす証明したようなものだ。

パーヴェイズは駐車場の地面の上に仰向けになり、痛みが薄れるのを待った。少年たちの乗った車はタイヤを派手にきしませてそばを走り去っていく。音量の変化曲線《エンベロープ》が頭に浮かぶ。スローモーションサウンド、短いサステイン、長いフェイドアウト。初めて聞く音はひとつもない。もう嫌だ。こんな生活も。この町も。自分ではどうにもならない何もかも、全部。

*

翌朝、ファルークが訪ねてきた。そのときパーヴェイズは八百屋の裏手で空の木箱に囲まれて立って、手のひらに刺さったとげを抜こうとしていた。

「アッサラーム　アライクム」[*1]聞き慣れない声が、嘘くさいアラビア語訛りで話しかけてきた。アラブ人ではないムスリムの、妙に力んだ話し方だ。パーヴェイズが顔を上げると、小柄だがごつい体つきの男が立っていた。盛り上がった筋肉のせいで、ぴっちりしたボンバージャケットの形が崩れかかっている。三十歳前後で、肩まであるカールした髪は、ヒッピー系でも「生態系」でもない男らしいあごひげとうまくバランスをとっている。相手をひきつける魅力があり、どんな訛りで話そうが気にならない。男はスイスアーミーナイフから毛抜きを出し、パーヴェイズに差し出している。見かけによらず、細やかな気配りだ。パーヴェイズはそれを受け取ってとげをつまもうとしたが、左手ではうまく扱えず、皮膚を何度もつまんだ。男は黙ってパーヴェイズから毛抜きをとると、自分の手をパーヴェイズの手の下に重ねて動かないようにしてから大げさな手つきでとげを抜き、ウィンクした。それからにじんだ血のしずくを親指で押し出し、小さな傷口の止血をした。

「おれのクッターない[2]とこがおまえのものをとった。すまない。やつはおまえが誰か、気づかなかったんだ」男はカーゴパンツのポケットに片手をつっこみ、パーヴェイズのスマホを返した。

ぼくが誰だって？　パーヴェイズはそうたずねたかったが、答えは聞くまでもない。アニーカの弟だからだ。年上で、パーヴェイズがぜひ仲良くなりたいと思うようなタイプの男子が声をかけてくるのは決まって、アニーカの弟だからだ。とはいえ、弟がすすめる相手をアニーカが気に入ったためしはない。アニーカが好きなのはなんでもわがままを言える、おとなしいタイプだ。

「うちの姉貴を知ってるの？」

男は顔をしかめた。「姉だか妹だか、そんなの知るか。おれが知ってるのは、アブー（父）・パーヴェイズだ[3]」

「ぼくはパーヴェイズだ。アブー・パーヴェイズなんて知らない」

「おまえ、知らないのか。自分の父親だぞ？」

パーヴェイズは目や鼻や口を総動員して、顔色を変えずにほんのわずかな戸惑いをにじませた表情を作った。こいつ、誰だ――ＭＩ５か？　それとも特捜部か？　あのときの捜査員たちもこんなふうに、優しそうに見えた。昔、パーヴェイズがまだ幼いころ、そういう連中が家に来た。ひとりは部屋に入ってきて彼のベッドとアニーカのベッドの間の空間をいっぱいに使って、一緒

＊１　世界中のムスリムに共通のあいさつ。「平和があなた方の上にありますように」の意。
＊２　ウルドゥー語で「犬」。「愚かな」、「ばかな」など、さげすみの意味も。
＊３　アブーはアラビア語で「父」の意。アラビア語圏ではもともとの名前とは別に、男親が子の名前に「アブー」をつけて名乗ることがある。

にレーシングカーで遊んだ。そのあと、父がパーヴェイズに送ってきた写真のアルバムを持って部屋から出ていった。捜査員が押収した物品のほとんどは返されたが、アーディル・パーシャの写真は戻らなかった。写真の父は山を登り、焚《た》き火のそばに腰を下ろし、小川を歩いて渡っていた。ひとりのときもあれば、仲間の男といるときもあった。いつもにこやかで、いつも銃を肩にかけるか、膝の上に置いていた。息子よ、おまえが大きくなったら、と父はそのアルバムのなかにメッセージを書きこんでいた。これに母は猛烈に怒ったが、当時、パーヴェイズはその理由を理解できなかった。アルバムが初めて家に届いたときは祖母が嫁である母にとりなし、パーヴェイズから取り上げるのをやめさせた。パーヴェイズは今でも、疑っていた。母があの優しい捜査員にアルバムのことを話したのは、父さんの——アーディル・パーシャの写真を、ぼくの人生から取り除いてくれるだろうと期待していたからではないか。そのことと、小さいころからいつもいらいらしている母さんを見てて、これじゃ父さんが出てったのも無理ないと思っていたことを考え合わせると、やりきれない気持ちになった。

「父さんのことは何も知らない」そう言うように、母に繰り返し教えられていた。近所でアーディル・パーシャのことが噂されているのは、知っていた。そのうちある日、校庭で男の子数人に声をかけられ、おまえの父親はジハード戦士で、グアンタナモで殺されたって本当かと聞かれた。「父さんのことは何も知らない」パーヴェイズは消えそうな声で答えた。男の子たちは次にアニーカに歩み寄り、同じことを聞いた。アニーカは肩をすくめ、そっぽを向いた。九歳ですでに、相手を見下す態度が堂に入っていた。だがそのあと、一番口の軽い友だちにそっとこう言った。「うちの父さん、映画に出てくる人みたいじゃない？　カラチで、マラリアで死んじゃったって言うよりかっこいいよね」

「おまえの父親は悔やんでいた」この見知らぬ男は言った。「息子が自分を知らないってことをな。おまえの父親はうちの父と一緒に戦った。だから、偉大な戦士、アブー・パーヴェイズのことを父からいろいろ聞いている」

「父さんはそんな名前じゃない。アーディル・パーシャって言うんだ」

「いや、だから――」男は、「にぶい野郎《ナム・ディガー》」みたいな言葉を言って、こう続けた。「フランス語で『ジハード戦士名』のことだ。* すごい英雄の名前だとおれは思う。仲間のなかにはそれが気にくわないやつもいるが。だが、間違いなく、おまえの父親だ。おまえの父親が正義のための戦いに初めて参加したとき、「アブー・パーヴェイズ」、つまり「パーヴェイズの父」と名乗ったんだ。そうやって、おまえの父親は自分なりに息子のそばにいようとした。だから、誰かがおまえの父親のその名を――敵なら畏れ、身内なら愛情をこめて、同志なら敬意を払って――呼ぶときはいつだって、おまえの名も呼んでいたんだ」

パーヴェイズはものすごい勢いで、涙がこみあげてくるのを感じた。しかもよりによって、両脚を戦車に轢かれても涙ひとつこぼさなそうな男の前で。しかし、男はパーヴェイズをばかにしてはいないらしい。それどころかパーヴェイズに近寄り、コロンの香りでむせそうになるほどしっかり抱きしめ、こう言った。「うれしいよ。やっと会えたな、兄弟」

＊ ファルークは「ジハード戦士名」のことを気取ってフランス語で“nom de guerre”（本当は「仮名、あだ名」の意味）と言ったのだが、パーヴェイズにはそれが“numb digger”（にぶい野郎）に聞こえた。

その晩パーヴェイズは、胸の奥できらめく美しい秘密を抱えて帰宅した。ひとりで料理を全部引き受け、ふたりの姉がキッチンで食事をする間も自分の皿を持ってテレビのある部屋には行かず、マサチューセッツに行ったらアメリカ訛りになっちゃうんじゃないかとイスマをからかった。

「なんかあったの？」アニーカが聞いた。パーヴェイズはひとり、ほほえんでいた。ぼくの人生にもやっと、ちょっと秘密ができた。姉貴たちも、知らない秘密だ。

*

その晩遅く、ファルークから電話がかかってきた。

「あれからずっと、おまえのことを考えていたんだが。なあ、なんでアブー・パーヴェイズの息子が父親のことをほとんど知らないんだ？」

これにはパーヴェイズも、どう答えていいかわからなかった。そんなことはそれまで、考えたことがなかった。子どものころから、父のことは恥ずかしい秘密だと思っていた。それは世間に漏らしてはいけない秘密で、もし知られたらプレストンロード中に隣人の正体、知っていますか？と書いたポスターが貼られて、窓に石を投げつけられる。自分も姉も同級生の家に呼んでもらえなくなるし、つき合ってくれる女の子など決してあらわれなくなる。この秘密主義は、家の中でも変わらなかった。母とイスマはアーディル・パーシャに言葉にできないほどの強い怒りを抱いていたし、アニーカは、父になんの感情も興味もなかった。それが、自分とアニーカが一卵性ではなく、二卵性の双子である何よりの証拠だ。祖母だけが、普段の生活の中で自分の息子の不在に触れたがった。ぼくとばあちゃんが仲良かったのも、ばあちゃんがたまにぼくを部屋に呼んで、自分が育てた元気でハンサムで、目がいつも笑っている男の子のことをこっそり話してくれたからだ。だがそれはいつも子ども時代の話で、大人になってからの話は一度もなかった。ぼくが生まれたころ——父さんが——どんな人物になっていたのか知ろうとすると、いつもばあちゃんは「ああ、何かあったんだろう。あたしにゃよくわからない」と言っていた。

「今まで誰も教えてくれなかったから」パーヴェイズは男にそう答えた。

「知りたいか?」

「もちろん」

「そんなにすぐ答えるもんじゃない。知ったら、考えなきゃならなくなる。そういう男の息子だってことの意味を。父親のことは考えないほうが楽かもしれないぞ」

パーヴェイズはこれまで、どこかの父親と息子が連れだっていると、ひどく物欲しげに、食い入るように見ることがあった。そのくせ、その父親が——首の後ろに手を置いて「きみ《サン》」という言葉をかけてきたり、サッカーの試合に誘ってくれたり——すると、さっと身を引いた。それは、恥ずかしさと不安がごちゃ混ぜになって、わけがわからなくなるからだった。その傾向は時がたって男女の世界の垣根がますますはっきりしてくると、さらに顕著になった。そのうち、双子のひとりというより、家族で唯一の男という立場に立たされることも増えた。それでいて、女同士の秘密はなんでも知っているが、父親が息子に教えるようなことは何も知らなかった。

「ぼくは父さんのことを、毎日考えてる」パーヴェイズは小声で言った。

「いいぞ。それでこそ男だ。明日はバイト、何時に終わる?」

＊

これが、始まりだった。毎朝、昼前にファルークからメッセージが届き、場所を指定される。ケバブ屋[*1]のときもあれば、通りのどこかを指定してくることもある。だがだいたいが、ハイロードにある賭け店だった。パーヴェイズの仕事が終わるころには、ファルークはたいがいそこにいる。場所がどこだろうと、二人は夢中になって話した。いや、正確にはファルークが話をし、パーヴェイズは父に関する話をじっと聞いていると言ったほうがいい。それがパーヴェイズの長年の望みだった。勝手気ままな少年でも、無責任な夫でもない、不正と闘う、勇気ある男の話を聞くことが。国境などというまやかしの向こうを見つめ、苦境にあるときには同志を励まし続けた男。地震のあと、対岸で足止めを食らわされた仲間に物資を運ぼうと、なおも続く余震にもひるまず山あいの橋を真っ先に渡った、アブー・パーヴェイズ。弾を撃ち尽くしても、カラシニコフ銃[*2]の台尻を武器にして戦うアブー・パーヴェイズ。ロシア南西部、チェチェンの山奥で身を清めようと渓流に頭をつっこみ、顔を上げると、ひげがつららだらけになっていた男、アブー・パーヴェイズ。しかも彼はそのまま、川岸で踊りだした。「チェチェンにいるアブー・パーヴェイズ」ではなく、「ディスコにいるアーディル・パーシャ」だと言わんばかりに。彼が首を振るたびにつららがぶつかり、風鈴のような音を響かせた——いくつも聞いた逸話のなかでこれが一番、パーヴェイズが知ることのなかった父の姿を鮮明に思い描かせた。ほとばしる川の流れ、踊るつらら。まわりの男たちも同じように勇んで冷たい水に飛びこむ。そうやって彼らは、愉快な戦士アブー・パーヴェイズと共に戦意を高めるのだった。

「男なら、誰でもこんな親父がほしいと思う」ファルークが言った。

「だけどぼくは、父親としての父さんを知らない」パーヴェイズは答えながら、手のひらのしわを手榴弾の安全ピンでなぞった。本物だろうか？　ファルークがケバブ屋に持ってきたものだ。

「おまえの父親は世界がこのままでいいと、考えていたと思うか？　ノーだ。だが、あるがままの世界を見つめた。そして、悟った。男には、もっと大きな責任がある。女房やおふくろが負わせようとする責任より、もっと大きなものがな」

そういう「もっと大きな責任」をわからせるために、ファルークはパーヴェイズに歴史について話した。キリスト教世界がイスラム世界の勢力拡大を、恐怖の目で見つめていたこと。ムスリムは千年にわたる支配ののち、腰抜けのオスマン帝国と節操のないムガル帝国のせいでついに、力を失ったこと。すると、数世紀にわたる雪辱を果たそうと、キリスト教徒が流血の欲望をあらわにしたこと。帝国主義は、「啓蒙的使命」をかかげる人種差別主義者に支えられ、独立「させる」ふりをするというきつい冗談をしかけたが、実際はただ依存国家を作って経済モデルを変えるために、ばかげた国境を引いて不安定を引き起こしたこと。ファルークには、イスラム世界のことで知らないことはないようだった。インド、パキスタン、アフガニスタン、アルジェリア、エジプト、ヨルダン、パレスチナ、トルコ、チェチェン、カシミール、ウズベキスタン。パーヴ

＊1　「ケバブ」とはトルコを中心とする、中近東のロースト料理。主に肉のローストをファストフード形式で売る店。

＊2　ソ連・ロシアの軍用自動小銃。紛争地やテロ事件で使われる。

エイズの集中力が切れてくると、ファルークは話題を変えた。サッカーの話（ファルークはレアルマドリード、パーヴェイズはアーセナルのサポーターだった。しかし、元ドイツ代表のエジルはすごい、ということでは意見が一致した）や、パーヴェイズの日常の他愛もない話題をふってきた（「昨日の夕食はなんだ？」、「バイト先に面白いやつはいるか？」、「録音音源、また聞かせてくれ。今度はなんの音か当てるから」）。他には、アメリカのリアリティ番組の話もした。そういう番組をファルークが夢中で見ていたから、パーヴェイズも話を合わせるために見るようになった。だが、なんの話をするにせよ、話題は必ずファルークの人生の中心にあるこだわりに戻った。つまり、「いかにして男らしく生きるか」

「姉さんたちのせいだな」とファルークは言った。ある午後、二人は賭け店の店内の緑のバケットシートに隣り合って座り、ずらりと並んだモニタースクリーンを見ていた。画面にはレース中のグレイハウンドの姿や、遠い異国の地でスポンサーの広告掲示板のほうにクリケットボールを思いきり打つ、汗まみれの男たちが映っている。音は出ていなかったので、映像と周囲の音が偶然シンクロするうれしい瞬間があった。たとえば、犬がケージからいっせいに飛び出す瞬間の映像にこの店に来た酔っ払いが入り口のドアを乱暴に開けた音が重なったり、店の天井にある細長い蛍光灯から聞こえだしたノイズにグラウンド審判が顔にたかった羽虫をたたく映像が重なったりする。ファルークはパーヴェイズの片方の腿《もも》の上にスマホを三つ置いた。そのどれかのメッセージ着信の通知音が鳴るたびにちらっと下を見てメッセージを読み、カウンターに行って次のレース券を買った。おまえの貧乏ゆすりを直すいい訓練だ——初めてスマホをパーヴェイズの腿に乗せたとき、ファルークはそう言った。そうやって賭け店で試合を見ている間、パーヴェイズは両脚をひどく緊張させていたので、そのあとは歩くのもひと苦労だった。「姉さんたちはおまえに家にいて買い物をしたり、庭の芝刈りをやったりしてほしい。だから、おまえを坊やのままでいさせようとしてきた。母親に都合のいい子どものままにな。上の姉さんはとくにそう思ってる。どういうことか、わかるか？　自分は敬虔なムスリムだと主張しながら、弟が自分の家に住むかどうかを決める権利は自分にあると思っている。姉さんに言ってやれ。コーランにこう書いてあるんだ。『男は女の世話をする。それは、アッラーはこの二者に優劣をつけたからだ』。それに、アッラーの掟《おきて》もこう定めている。おまえのうちの財産を処分するのはおまえであって、おまえの女たちではない」

おまえの女たち。ファルークが次のレース券を買いに行っている間、パーヴェイズはその言葉を口の中で繰り返した。その感覚が、気に入った。だからといって、イスマに向かってコーランをそのまま引用するような、ばかなことはするつもりはない。とくに男女の役割の部分は。パーヴェイズはムスリムなのでもちろん、神を信じ、イードの祭りの祈りを捧げにモスクに行き、稼いだお金の二・五パーセントはザカート*として使わずにおき、半分を国際支援機関『イズラミックリリーフ』に、もう半分を図書館サポーター活動に寄付していた。しかし、それ以外は、幼いころから信心深いほうではなく、宗教からは一歩引いてきた。それも、イスマという保護者の陰に隠れる感じで。しかし、ファルークといると「イスラム教もふがいなくなった。イギリス政府

＊　困窮者への慈善的贈与（喜捨《きしゃ》）。ムスリムの五行（崇拝義務）のひとつ。ザカートはとくに、義務的な贈与をさす。

がモスクに資金供与するのは、ムスリムを片っぱしからおとなしくさせようとしてるからなのに」といったことがわかるようになったし、それがわかる喜びはまんざらでもなかった。

「最近、どこにいるの?」ある晩、アニーカがはしごをのぼってくるなり、聞いてきた。そのはしごは、パーヴェイズがスマホとヘッドフォン、それに彼の誇りであり、喜びでもある中古のショットガンマイクを持って屋根に上がれるように、物置小屋にいつも立てかけていた。ここは、パーヴェイズが子どもだったころからのお気に入りの場所だ。ここからだとプレストンロード駅を発着する電車が、よく見える。電車はあたりが暗いと影にしか見えないが、横長の窓に、明かりに照らされた人生のひとコマがあらわれては、過ぎ去っていく。折々に、人の世のありふれたドラマがいびつに切りとられる。殴りかかる男。車両の中なのかゴンドラの中なのか庭の寝室の中なのかわからないほど、熱烈なキス。誰かが窓ガラスに手のひらを押し当て、庭の物置小屋の上にいる少年のほうに身を傾けていることもある。まるで運命は引き合わせようとしているのに、陰謀の歯車がそれを妨げているかのようだ。二年ほど前に始めたプロジェクトで作った音源は今では、一四四〇分になった。それだけあれば、彼が想定するリスナーは二日にわたたって夜通し聞ける。これは、このお気に入りの場所から毎日一分間拾った音が綴る風景、サウンドスケープだ。今日までに一四四〇日以上、音を拾い続けている。

パーヴェイズは録音を止め、ヘッドフォンを頭から外し、ノートにメモをとった。20:13から20:14の「最近、どこにいるの?」は残しておいたほうがよさそうだ。アニーカの声だけは、この音声ファイル物置小屋で拾ったプレストンロード駅の音にところどころ混じっている。他の人の声はいっさい入れていない。

「ここにいるよ。そっちだろ。家にいないのは」

「そういう意味じゃない。パーヴェイズ、ここがお留守でしょ?」アニーカは手をのばして弟の頭をつついた。「それからこっちも」と言っていつもの子どもっぽいやり方で、弟の手首の脈をとる位置に手を置いた。しかし、パーヴェイズはアニーカの手首をとらなかった。「ナシームおばさんの家に引っ越すのが嫌なの? このお気に入りの場所がなくなることにむかついてるのは、わかる。でも、まだいいじゃん。あたしたちはこの近くにいられるんだから」

パーヴェイズは思った。「あたしたち」って言うけど、アニーカはこの先、どれだけ家にいるんだろう。最近ではほとんど週一回はジータの家に泊まってる。アニータのことだから、この先もっとちょくちょく外泊できるよう、今から根回しをしてるのはわかってる。そもそも、いつもジータのところに行っているのかどうかだって、わかったもんじゃない。

「ここはぼくたちの家だ」

アニーカは舌打ちをした。「またそういう、あまったれたことをいう。一緒にイスマを説得しようよ。家、売ったほうがいいって。そのお金でパーヴェイズも、大学に行けるんだよ。それなら、**物置小屋で拾った変わり映えしない音が録れなくなったって**、チャラになる。そうじゃない?」

「アニーカが奨学金をもらえたのはただ、支給条件の『寛容性』と『多様性』の項目にうまくはまったからだろ」[*]パーヴェイズは言った。傷つくことを言われてつい、本音が出た。最近、フ

＊ イギリス政府が掲げる政治の重点項目。国際開発省がこの二つの項目に関する年次報告書を出している。

アルークに掘り返されたばかりの、今まで意識していなかった感情があらわになった。

「いつからそんな、白人みたいな考えになったの?」アニーカが親指と人さし指でパーヴェイズの耳たぶを軽く引っ張った。

「ムスリムの女は——とくに美しい女は、ムスリムの男に救ってもらうべきだ。ムスリムの男は拘束され、苦しめられ、かかとで喉を踏まれ、地面に押しつけられなければならない」

「そんな目にあったこと、ないくせに」

「ぼくがこれまで何度、警察に止められて持ち物を調べられたと思う?　アニーカより多いよ」

「二度でしょ。たった二回よ、Pちゃん。それに二度とも、言ってたじゃない。こんなのたいしたことないって。だったら、あとからうじうじ言うの、やめなよ」アニーカは、はしごから飛び降りた。本人は運動神経に自信があっても、パーヴェイズには危なっかしく見え、息をのんでしまう。「ほんっと、イスマの言う通り。大人になりなって」

これまでだったらパーヴェイズはそこでアニーカを追いかけ、どなり合いのけんかが始まり、二人ともへとへとになってようやく言い合いを止め、仲直りするところだ。しかし今、パーヴェイズはそこから動かなかった。闇に沈む線路の上を通過する、細長いフレームの中にいる人たちを眺めながら、胸の傷がうずくのにまかせていた。明日になったら、ファルークに話せばいい。新しい親友が一緒に憤ってくれたら、この痛みは癒える。

＊

ファルークから、メッセージが届いた。ウェンブリーにあるアパートに来ないかという誘いだ。ファルークはそこに、いとこ二人と住んでいた。ただし、パーヴェイズからスマホを奪ったあのいとこではない。パーヴェイズはファルークに招かれるなんてすごいと思い、八百屋からいったん家に帰ると、爪に入った汚れをかき落とし、洗濯したてのシャツに着替えて出かけた。

ファルークに教わった住所に行って鍵のかかっていないドアを開けると、階下のファストフード店からチキンの脂身のにおいと、いつものコロンのにおいがした。窓ガラスが窓枠の中でがたついているのは風のせいではなく、下の通りを車が行き交うせいだった。ファルークの低い響く声がした。そこで待ってないで入れよ。

部屋の中には、マットレス三枚が重ねられて壁に寄せられ、緑のプラスチック製の椅子二脚が、端末につないだ薄型テレビのほうに向けて置かれていた。キッチンスペースには電子レンジと電気ポットがあり、食器棚の扉の開いたすき間から丸めた黒いTシャツと黒い靴下が少し見えた。天井にごついボルトで留められた、パンチバッグがぶら下がっている。かすかにきしみながら、ほんの少しだけ揺れている。床にもボルトが一本。天井と似たようなボルトだが、何に使うんだろう？　パーヴェイズはファルークがよこしたメッセージを思い出した。なんと返事をすればよいか、わからない内容だった。アメリカのリアリティ番組に出てくる女どもを、鎖でしばりあげたいとか言っていた。パーヴェイズはそのボルトから、目をそらした。アイロン台はテーブル代わりに使われ、その上に照明器具とボクシングのグローブがひと組置かれている。その横の床には、パン容器くらいの大きさの台にアイロンが置かれていた。

パーヴェイズがアイロンをじっと見ているのに気づいて、ファルークは「アイロン界のフェラーリだ」と言って、胸を張った。「設定がひとつしかないから、布を焦がすことがない。アイロンをかけたいものがあったら、ここに持ってこい。さあ、座れ。くつろいで、楽にしろ。いや、椅子に。そこの椅子に座れ」

パーヴェイズは椅子に腰かけ、シャツのしわを直した。ファルークは笑みを浮かべてパーヴェイズの頭の横を軽く手のひらでたたくと、紅茶の入ったマグカップを渡した。

「待ってろ。すぐ戻る」ファルークはそう言って部屋から出た。

パーヴェイズは紅茶を少しずつ飲んだ――味が薄い。それから部屋を見回し、わが「ヤール」の暮らしぶりをうかがわせるものはないか探した。こういうときの、ファルークへの気持ちは、「友だち」よりウルドゥー語の「ヤール」[*1]のほうがしっくりくる。いや、「ジグリードスト」[*2]のほうが近いかもしれない――この友情は、体の奥深くに埋め込まれているから、切り取られたら致命傷になりかねない。

写真が一枚、壁にテープで貼ってあった。アイロン台のちょうど上あたりだ。三人の男が肩を組み、どこかの空港で「出発」と書かれた表示板の下に並んで写っている。アーディル・パーシャ、布地屋で働いていたアーメッド――この男が一九九五年にボスニアに一緒に来いとパーヴェイズの父をくどいた――そしてずんぐりした体格の三人目の男。これがきっと、ファルークの父だ。ボスニアで一週間も戦わないうちに、恐ろしくなって家に逃げ帰った男。夜になるとうなされ、幼い息子をあきれさせた、だめな男。ほんの数日前に、ファルークが何もかも打ち明けてくれた。「布地屋のアーメッドがうちによく来ていた。そのたびに『アブー・パーヴェイズ』となった男の武勇伝を聞かされることが増えていった。うちの父は絶対に聞きたがらなかったが、おれは聞きたがった」アーメッドは二、三年前に引っ越していた。パーヴェイズはアーメッドのことを、母が通りの反対側に渡って避ける近所の男としか見ていなかった。

パーヴェイズは手をのばして写真の父の腕に触れ、父の顔をじっくり見て自分と似たところを探した。しかし、パーヴェイズとアニーカの顔は母方の顔だ。父に似たのは、イスマだ。本当に不公平だ。イスマが父親の大きな顔と薄い唇を受け継いだ。パーヴェイズは写真に顔を近づけた。これまで父さんが自分の生きがいとなる道を歩み出す瞬間を撮った写真なんて、見たことがない。うれしそうだ。記憶にない父さんの写真を見るのは、何年ぶりだろう。気づくとパーヴェイズは父の手首にある、バンドを巻いたような白い部分を見つめた。あれ、腕時計はどうしたんだろう？　金属検知器を通る前に外し、着け直すのを忘れちゃった？　そのころ、空港に金属探知機があったんだろうか？　もしかしたら写真を撮ったとき、父さんはまだ手荷物検査エリアに腕時計を置いてきたことに、気づいていなかったのかもしれない。気づけば、取りに戻っただろうから。きっとそのときは、ちょっと心配そうな顔をしたんだろうな。そういう顔は前に、イードの祭りの写真で見たことがある。父さんはカメラから目をそらし、ちょっと横を見てた。パーヴェイズは父の写真を片っぱしから思い返した。ボスニアに行く前、そして行ったあとの数枚の写真も。そうか。銀色のベルトの腕時計なら、このあとの写真では、たしかにはめてた。やった、思い出したぞ。ちっぽけだけど、事実のかけらがつながった。

＊1　仲のよい友人、またその友人への呼びかけ表現。
＊2　ウルドゥー語・ヒンディー語で『親友』のこと。

どれくらい時間がたっただろう。父の写真の記憶をたどっていると、やがてドアが開いて、知らない男が二人入ってきた。ひとりは、ファルークの身内とわかるくらいよく似ていたから、二人が一緒に住んでいるいとこだとすぐわかった。

パーヴェイズは挨拶をしたが、返事がなかった。いとこたちはパーヴェイズを無視したまま床のボルトまで歩き、そこに鎖を通して輪にした。

「来いよ」とひとりがいらだった声で言った。パーヴェイズは近づいていったが、いったい何を手伝えばいいのかわからなかった。

気づいたら、床に仰向けに倒されていた。ひとりがパーヴェイズの両脚に、もうひとりが胸の上にまたがっている。脚の上にいるほうが両足首に鎖を巻き、胸の上にいるほうはもがくパーヴェイズの顔に平手打ちを食らわせ、おとなしくさせた。それから二人はパーヴェイズをしゃがませ、足首に巻きつけた鎖の両端で両手首をしばった。パーヴェイズがファルークの名前を大声で叫ぶと二人はさもおかしそうに笑ったので、パーヴェイズは黙った。

「どうするつもりだ?」

「見ての通りだ」いとこのひとりが言った。

二人は立ち上がり、テレビのところまで行くとビデオゲームで遊びだした。音をひどく大きくしているので、また叫んでも、誰にも聞こえないだろう。そのうち、このいとこが言った意味がわかった。鎖が短く、体をのばすことも、全身を横に倒すこともできない。しゃがんだ格好で体を丸めているしかなく、背中がじわじわとつらくなってきた。最初の不快感がついに痛みになり、背中から足へ走る。動こうとして、なんとかして横に倒れようとすると、鎖が肉に食いこむ。苦痛だけではない。なぜ自分がこんな目にあうのか、どうしたらやめさせられるのかがわからない不安も耐えがたかった。助けてといくら必死に叫んでも、男たちはパーヴェイズのほうを見ようともしない。このビデオゲームの音響デザイナーは、安物のスピーカーで再生することを想定していなかったらしく、ノイズやひずんだ音は銃声や断末魔の叫びより、はるかに耐えがたい。パーヴェイズは祈りを唱えようとしたが、なんの役にも立たなかった。

部屋がすっかり暗くなった。雲のせいなのか夕暮れなのかわからない。気を失って楽になることすら、かなわない。炎でできたサソリが何匹も皮膚の下にいて、必死に逃げようとしている。肩からふくらはぎまで這いながら、毒針のついた尾を鞭のように打ちつける。スピーカーからのノイズがどんどん大きくなり、パーヴェイズの耳を実際に殴り始める。パーヴェイズは痛みに悲鳴をあげ、長いこと、強烈な痛みに悲鳴をあげ続けた。

いとこのひとりが、一時停止ボタンを押した。

日常の音が、一気にパーヴェイズを包んだ。がたつく窓、通りを行き交う車やバイク、自分の息。二人が近づいてきて、鎖を外した。ほんの一瞬体が楽になり、パーヴェイズは床に倒れた。だが、すぐに二人が彼を抱え起こし、立たせてからキッチンの水を溜めたシンクのところまで連れていった。それから、彼の頭を水に沈めた。

そうか、死ぬのか。家からたった一、二キロの、チキン屋の二階で。イスマもアニーカも、たまらないだろうな。弟までいなくなるんだから。そのとき頭を引き上げられ、胸いっぱいに空気を吸ったが、また水に沈められた。これが繰り返された。次は息を吸えまいと、パーヴェイズは覚悟した。しかし、体は生きたがっていた。頭を引き上げられて水から顔を出すと、空気に混ざるファルークのコロンのにおいが強くなっていた。パーヴェイズはまた頭を沈められる覚悟をしたが、今度はそうはならず、積み上げたマットレスのところまで連れて行かれて放り投げられ、マットに突っ伏した。

誰かがパーヴェイズの頭にそっと触れた。「これで少しはわかっただろう」ファルークの声だ。悲しみに満ちた声だった。

パーヴェイズは涙を流すことしかできなかった。ファルークは相手の頭を自分のほうに向けさせた。年上の男も泣いているのがわかった。

「やつらは何ヶ月も、おまえの父をこんな目にあわせていた」

いとこたちは、部屋からいなくなっていた。ファルークだけが残り、パーヴェイズの腕をさすり、座るのに手を貸した。ファルークが立ち上がるとパーヴェイズは手をのばし、ファルークの片脚をつかんだ。

「心配するな、今度はすぐ戻る。ちょっとキッチンからいいものを取ってくる」

パーヴェイズが頭を少し動かせば、ファルークが何をしているかわかっただろう。だが、その場に座ったまま、息を吸っては吐き、刺すような痛みが背中から肺、そして脚へと走るのを感じていた。ファルークが戻ってきた。湯たんぽをパーヴェイズの腰から背中に当ててやり、チョコレートコーティングしたアイスクリームバーを手渡した。パーヴェイズはそれにかぶりついた。口の中に広がる甘さを味わい、喜びの感情を思い出した。

パーヴェイズがアイスを食べ終わり、バーについたかけらまで舌でなめていると、ファルークは壁から例の写真を外して、パーヴェイズに両手で持たせた。

「バグラムの捕虜がどんな目にあったか、どれくらい知っている?」*

パーヴェイズは首を横に振った。頭を動かすことしかできなかった。

「調べようと思ったことはないのか?」

さっきよりも早く首を振った。今度は、ばつが悪かった。それはいつも身近に、目の片隅にあったが、いわゆる「強度の尋問方法」と呼ばれるものの中身を、今まで一度もじっくり調べたことはなかったからだ。だって、どうしてそんなに興味があるのかって誰かに聞かれたら困る——そんなふうに、自分に言い訳をしていた。

ファルークはパーヴェイズの肩に手を置いた。「気にするな。おまえはまだガキで、ひとりぼっちだったんだから。まだ心の準備ができていなかった。だが今はそうじゃない。だろう?」

まだガキで、ひとりぼっち——ぼくはひとりぼっちだったことなんかない。いつもアニーカがいた。アニーカは変わってしまったが、まだそばにいる。パーヴェイズは床に固定された鉄のボルトを見ながら、アニーカが家を売るべきだと言ったことを思い返した。アニーカはぼくらをつなぐ鎖を外し、ぼくだけを暗闇に放りこもうとしてる。その暗闇では、いつも一緒だったアニーカの心臓の音は聞こえない。そんなことは生まれてから一度もなかった。まだ生まれる前、ぼくの心臓が恐怖にかたまり、気づいたらそれが四つの部屋に分かれだし、感じることのできるひとつの器官になりかけていたとき、やがて、心配が消えた。ぼくの心臓のすぐそばで恐怖の一瞬一瞬を、驚きの一秒一秒を味わってる心臓が、もうひとつあるのがわかったからだ。

* アフガニスタンの米軍基地に隣接する捕虜収容施設。

足がまだふらついていたが、パーヴェイズは立ち上がった。「帰らなきゃ」

ファルークはパーヴェイズのそばに立って、抱き寄せた。「おまえは強い。これに耐えられるんだから。なんといってもあの男の息子だからな」

パーヴェイズはファルークから離れて外に出た。ひと言もしゃべらなかった。帰ってきてと双子の姉にメッセージを送りながら、階段を降りた。

数分後、家に向かう七九番のバスに乗っているときに、アニーカから返事が届いた。急ぎ？授業、あと二〇分。

パーヴェイズは額をバスの窓に押し当て、見慣れた景色が過ぎて行くのを眺めていた。「ヤバいやつ」、「キモい男」――アニーカならファルークをそう呼んだだろう。そして、母の墓の前でファルークには今後いっさい、関わらないと誓わされる。ところが、バスがファルークのアパートから遠ざかるにつれ、パーヴェイズは自分が場違いな場所にいるように思えてきた。背中の痛みが薄れてくると思い出されるのは、あまりの痛みに、今、この自分の苦しみ以外考えられなくなる前に、壁のほうに顔を向けたときのことだ――父さんの写真を見て、ふっと理解した。ぼくは、父さんなんだ。初めてそう思えた。

パーヴェイズはメッセージを返した。ハハ、ちょっと甘えてみただけ。かんべんしてほしいよ。またイスマと二人で夜、家でテイクアウト。

ばっかじゃない。心配させないで。レポート、明日までなの。だから、遅くまで図書館で追いこみ。夜はジータんとこ。

パーヴェイズはスマホをポケットにすべりこませた。バスの前のほうで男が指にはめた結婚指輪で、黄色い手すりをたたいている。金属がぶつかり合う音が、鎖が外れていく音に聞こえた。

＊

パーヴェイズは八百屋のレジ横にあるスツールに腰かけ、手の甲で口をぬぐっていた。だまされたという気持ちでいっぱいだった。アスパラガス、プランテン（料理用バナナ）、オクラ、スコッチボネットペパー（カリブ産の激辛唐辛子）、小粒唐辛子、サンファイア（セリ科の葉野菜）、キャベツ、ニガウリ。店主のナットはこう言った。世の中は二種類の人間に分けられる。新鮮な食材をいつも食べてきた連中と、食べてこなかった連中だ。このあたりに移民がどっと入ってくるたびに、ナットはその人たちがどんなものを食べるのか聞き、それを店の棚に加える。パキスタン人でも、西インド諸島の国々の人間でも、アルバニア人でも、ナットにはまったく関係なかった。店の棚はみずみずしさと色にあふれていた。家族で囲む食卓を支え、この界隈で暮らす人々を歓迎する心意気があらわれていた。

パーヴェイズはナットのスマホを秤《はかり》の上に置き、目盛を見てその軽さに驚いた。両手で持っているときは、鉄の棒みたいに感じたのだ。そのスマホをパーヴェイズは、ナットの冬用コートのポケットから抜き取っていた。そのコートはナットが隣のカフェでトーストと紅茶の朝食をとりに行っている間、奥の部屋にかかっていた。パーヴェイズはブラウザを「プライベート」モード＊

＊ 検索履歴を残さないようにする設定。

に切り替え、検索バーに「バグラムの虐待」と入れた。出てきた情報を読み、画像を見ているうちにたまりかねて外に飛び出し、キャベツくさい空の木箱に嘔吐した。

パーヴェイズはこれまでずっと、こんな話を自分に言い聞かせていた。誰に言われたかは忘れたが、今でもよく覚えている。グアンタナモはひどいことが行われた場所だが、パーヴェイズの父はともあれ、それをまぬがれたというのだ。なんてうまい、つまらない嘘だ。ぼくが今朝、洋ナシの置き方が重要だと言わんばかりに慎重に並べた果物とか野菜の山と同じくらい、見てくれがいい。

ナットは戻るなり、パーヴェイズの顔をひと目見てこう言った。「どうした?」

パーヴェイズは立ち上がった。「気分が悪くて。帰ってもいいですか?」

「もちろんだ。イスマに連絡してやろうか? 薬かなんか、持ってくか?」

パーヴェイズは首を振った。ナットの優しさが耐えられなかった。

その少しあと、パーヴェイズはファルークのアパートにいた。足かせに近づき、手で持って重みを確かめた。この冷たい鋼鉄は手のひらの中ではおとなしく、鎖の輪がぶつかりあい、音をたてた。

「ぼくをまた縛って。味わいたいんだ。父さんの痛みを」

「おれの勇敢な戦士」ファルークは言った。パーヴェイズは床に膝をつき、激しい苦痛が再び始まるのを待った。

＊

「そろそろ、彼女のこと話してくれる気になんない?」アニーカは言った。ソファのひじかけに腰を下ろし、しゃべれと言わんばかりにパーヴェイズの足首を片足でぽんぽんとたたいている。パーヴェイズはお気に入りの青い毛布を頭からかぶってうつぶせに寝そべり、湯たんぽを腰に当てている。

「彼女って?」

「まじ? そんなの、あたしが信じると思う? ひどく落ちこんだ顔してそこで、ごろごろしてるのは、このところいっつも午後になると会いにいって、夜遅くまでずっとメッセージを打ってる相手のせいじゃないって? もう——えーっと——二週間になるよね? もっと? 誰なのよ? なんで隠してばっかなの?」

「なんで法律?」

「何が?」

「なんで法律をやるって決めたの? 法律ってなんの価値がある? 法律が、父さんを助けてくれた?」

アニーカは眉をつり上げて弟を見た。たじろがなかった。「誰とつき合ってるかはまだ言えない、ってただ、そう言えばいいだけじゃない。結婚してる人? うわ、まさか、その人、あの、ろくでもない名誉殺人*をするような家の人じゃないよね?」

＊ 夫以外の男性と関係を持った女性は家族が殺害してもよい、とする因習。

「なんで、ぼくがまともな質問をしてないみたいな話しっぷりするわけ?」

「だって実際そうでしょ。これまでアーディル・パーシャがあたしたちの人生に関わったことなんて、ある?」

パーヴェイズはアニーカに背を向け、ソファーのクッションに顔を押しつけた。「まあ、アニーカはしょせん、女だから。わからないよ」

アニーカは両手でパーヴェイズの片方の足をつかむと、両手の親指で足の裏を押した。「失恋で落ちこむの、やめなよ」

「うるさいなあ。ほっといてくれ。なんにもわかってないくせに」

*

数日後、図書館サポーター活動の資金集めのイベントが予定されていた。パーヴェイズは中高生のころからずっと、この活動に関わっていた。きっかけは、地元の図書館を閉鎖するという地元自治体の発表だった。パーヴェイズは以前、この図書館に週に一回は放課後、母に連れられ、アニーカとよく来ていた。だからチラシを配り、地元の新聞に何度も投書し、今後の方針を話し合う会議があればグラディスと出席した。自治体が予定通り図書館を閉じることがはっきり決まると、すぐに次の段階——ボランティアが運営する図書館の立ち上げと、その運営に関わった。地下鉄の駅の外で讃美歌を歌って資金を集め、地元住民が寄付した本を運ぶのを手伝い、毎週日曜日には図書館でボランティア活動に参加した。ところが資金集めのイベントが近づくにつれ、パーヴェイズはだんだん心配になってきた。US THUGZ《アスサグズ》の誰かに見つかったらどうしよう。グラディスと焼き菓子のブースに立ち、アニーカの作ったブラウニーや、ナシームおばさんの作ったヴィクトリアスポンジケーキやナットのアップルパイを売っているのを見られ、それをファルークに言いつけられたら。不正の渦巻く世界でパーヴェイズ・パーシャが身を捧げようと心に誓った活動は、地元の図書館だと報告されたらどうしよう。このことで信用を落とすのを食い止めたかったら、先に自分から打ち明けるしかない。

ファルークのアパートに行ってみると、ファルークは下着のパンツ一枚という姿でアイロンをかけていた。開け放した窓からは季節外れの暖かい太陽の光と、チキンの脂のにおいのする空気が入ってくる。洗いたての衣類が、足もとのカゴの中にまとめて重ねられている。彫像のように形のいい両肩に、四角く切り取られた日光が、肩章のように当たっている。その日のファルークは機嫌がよく、アイロンをかけた服を筒状に巻くやり方をパーヴェイズに教えながら、これがしわのつかない裏ワザだと知っていたかとしきりにたずね、こんなふうに衣類を巻かないでたたむ「まぬけ」を鼻で笑った。パーヴェイズはふと、ファルークがクリーニング屋でイスマと働き、しみぬきのコツを教えあっているところを想像した。

パーヴェイズはおそるおそる、図書館サポーター活動のことを話してみた。学校に行っているころから続けている「習慣」だと言った。ファルークはアイロンを立て、アイロン台の真ん中の一点を指し示した。

「手をここに置け。手のひらは上だ。その手に、アイロンをかけてやる」

パーヴェイズはシューシュー音を立てるアイロンを見て、それからファルークの顔を見たが、冗談を言っている様子はなかった。ただ用心深く、これから何か判断を下そうとしていた。パーヴェイズは一歩前に出て両手をアイロン台の上に置き、覚悟を決めてじっとしていた。するとファルークがアイロンを持ち上げ、一瞬、手に近づけたが、パーヴェイズがひるまなかったので、にやりとした。それからそのくさび形の凶器でパーヴェイズの手のひらに軽く触れた。アイロンは熱かったが、がまんできないほどではない。

「熱よりも、蒸気がいい仕事をする。どんなに薄いシルクでも焦がさない」ファルークは言った。まるで、販売員のような物言いだ。パーヴェイズの首根っこをつかみ、額にキスをした。

「おれの忠実な戦士」ファルークがまたアイロンをかけ始めたので、パーヴェイズは左右の手をポケットにつっこんだ。

「図書館は」とファルークは言った。「もちろん大事だ。国民健康保険とか、生活保護とか、そのほか役所の連中が取り組んでいることと同じだ。知っているか。この国は昔、立派だったんだ」

「いつの話？」

「そんなに昔じゃない。福祉国家ってのは、ばらすものじゃなく築き上げるものだと考えられ、移民は歓迎すべきで、追い払うべきではないとみなされていたころだ。考えてみろ。そういう国の暮らしはどんなだったか。おい、にやにやしてるだけじゃだめだ。おまえも何か行動を起こせと言ってるんだ。考えてみろ」

パーヴェイズは戸惑いながら首を振った。何を言われているのかわからなかった。

「そういう場所がある。今からだって、おれたちはそこに行ける。そこでは、移民が来たら王様のように扱われ、地元のやつらより手厚い恩恵を受けられる。すべてを投げ打ってそこにやってきたことが、認められるんだ。そこでは、肌の色なんか関係ない。学校も病院も無料だし、金持ちも貧乏人も同じ施設を使える。そこでは、男が男でいられる。そこでは、食いぶちを稼ぐために、ハラーム（ムスリムの禁忌事項）である賭博場に入りびたらなきゃならんやつなどいない。それどころか、威厳をもって家族を養えるんだ。そこでは、おまえみたいなやつがあっという間に最新鋭の機材のそろったスタジオで働き、王子様みたいに暮らせるようになる。一軒家だって、車だって持てる。おまえは父親の話を堂々とできる。誇れるんだ。恥じるんじゃなくて」

　パーヴェイズは声をあげて笑った。こんなに明るく、機嫌のいいファルークは初めてだ。「なら、早くそこに行こうよ。黄色いレンガの道を歩いていく？　それとも、白ウサギが案内してくれる？」

「ウサギってなんだ？　真面目な話をしてるのに、なにがウサギだ？」

「ごめん。ほんとにある場所の話？」

「おまえも知ってる場所だ。『カリフ国家[＊1]』

——『イラク・レバントのイスラム国』、ＩＳだ[＊2]」

　パーヴェイズは身構えるように、両手を上げた。「ちょっと待って。ぼくをからかわないでほしい」

　ファルークはアイロンのスイッチを切り、カーゴパンツを履き、Ｔシャツを頭からかぶった。

＊1　「カリフ」はイスラム共同体の最高権力者。
＊2　イスラム過激派組織。

「おれはそこにいたことがある。おまえに出会ったのは、そこから帰ったばかりのころだ。そこが実際にどういうところか、おまえは誰の話を信じる？　イラクには大量破壊兵器があると言い、おまえの父親を自由という大義名分で拷問した連中の同類か、それともおれか？」

パーヴェイズの心臓が胸をふさぐほどふくらみ、激しく脈打っている。なのに、どうしてシャツは動いていないんだろう？　ファルークの表情が和らいだ。

「その目で実際に確かめてみろ。ちょっと待ってろ」ファルークはキッチンに入ると、少ししてからタブレット端末を持ってあらわれた。「心配するな。おまえがこれを見ても、誰にもばれない。完全にオフラインだ。おれはアイロンを終わらせる。わからないことがあったら、聞け」

パーヴェイズは重ねたマットレスの上に座り、タブレットを膝の上に置いた。ファルークはフォトブラウザを立ち上げ、黒と白の旗の画像を彼に見せた。その旗をパーヴェイズが初めて見たのは、ほんの数ヶ月前だ。地下鉄に乗っていてその旗の写真を新聞で見かけた。そういうときパーヴェイズは、ムスリムの若者が妙に興味を持っていると見られないよう、すぐに目をそらすコツを身につけていた。パーヴェイズが顔を上げてファルークを見ると、彼は指でスワイプしろと指で示している。パーヴェイズは画像を次々に見た。美しい日の出を背に、釣りをする男たち。遊び場のブランコで遊んでいる子どもたち。毛並みのよい雄馬の背にまたがって街中を駆け回る男。通りには、箱に入った新鮮な野菜が並んでいる。老いてはいるが力のありそうな男が生い茂る緑のブドウの枝葉の下で手をのばして、その実をひと房もぎ取ろうとしている。野原に絨毯を広げ、身を寄せ合って座るさまざまな人種の若い男たち。銃を持って立つ男たちと、ひざまずいて頭に銃口を向けられている男たち。車のヘッドライト、まばゆい電灯の光でにぎわう夜の通りを空から写した画像。大きなプールで泳ぐ男や少年たち。テーマパークにあるエアクッションの城の外、順番を待つ少年少女。献血クリニック。きれいな道を掃きながらほほえんでいる男たち。野鳥の保護区。血まみれになった子どもの死体。

パーヴェイズは最後の写真を見て、自分が言葉を発したことに気づかなかったが、きっと何か言ったらしく、ファルークが「なんだ？」と言って、見に来た。「クルド人――西側諸国に英雄扱いされているやつらのしわざだ。この女の子は、ライラ。三歳だった」

「それと、別の画像の、これから処刑されそうな男たちは？」

「ライラをそんな目にあわせた連中か、そうでなければ、その一味だ」

「他の画像は？　みんな本物？」

「もちろん本物だ。見ろ！」ファルークが最初の釣りの画像に戻すと、パーヴェイズはそこに写っている男のひとり――リールで引き寄せている魚の重さに、太い筋肉をこわばらせているのが――ファルークだと気づいた。

「まあ、多少の嘘もある。このでかい魚、おれが釣ったように見えるがこれは、水に沈んでた誰かの上着だ。おれたちが釣りをしているのはユーフラテス川。おまえもこの川で釣りをしないか？　おまえの他の仲間もいるぞ。こいつはアブー・オマー、これはイリアス・アル・ルス、それからこれがかわいがっていたアブー・バクルだ。こいつはＦＳＡ（自由シリア軍*）に、殺された。

＊　シリア軍からの離反者を指導者とする統一武装組織。

「だったら、本当じゃないってこと？　ここに写ってる暴力の画像も？　こんな目にあうのは敵兵だけってこと？」

ファルークは深いため息をついてパーヴェイズの隣に座ると、首に腕をまわした。「なあ、歴史の授業で何を教わってきた？」

フランス革命。これがその日のファルークの授業だった。この革命が、啓蒙主義と自由主義と民主主義、それに西側諸国が他の国より優れているといううぬぼれの基盤で、根底にある。百歩ゆずって、この革命が生んだ理想は善きものと認めよう。自由、平等、博愛――これに文句のあるやつなんているか？（いや、じつはファルークには言いたいことがあったが、それはまた別の機会に教わることになる）とりあえず、そういう理想を理想として認めよう。だが、「恐怖政治」がなかったらそういう理想はどうなる？　そんな理想を育て、守れたのは、血を流し、新しい「ユートピア」を脅かす敵を根こそぎ、国内の敵も国外の敵も抹殺したからだ。しかも公開処刑で。やるほうもつらかっただろう。そりゃあ、敵の首をはねるより、友だちと魚でも釣っていたい。だが、必要だったんだ。恐怖政治はいずれ終わる。新しい、革命的な局面を守る役目を果たしたら終わる。たとえ今は、その高潔な力を恐れる敵に包囲されていてもだ。

だからおまえへの質問はこれだ。この新しい革命を守る気持ちはあるか？　おまえの父親が生きていたらきっとやっていたはずの役割を果たすつもりはあるか？

パーヴェイズはファルークから、画面に目を戻した。指でスワイプし、残りの画像を見ていく。秩序と美と生命力と若さの土地。肩にカラシニコフ銃をかつぎ、同胞と肩を組む。そこは別の惑星だ。そこではパーヴェイズはきっと、地球から来た少年のままだ。驚きと恐ろしさに満ちたその惑星の大気圏では、息をするのもおぼつかない。

*

ところが次第に、ロンドンの大気圏での息の仕方がわからなくなっていた。バグラムにはMI5の職員もいたとファルークは言い、それを裏づけるさまざまな証拠を見せた。この国の政府、つまり、おまえの家族から税金を巻き上げ、国民の代表だとうそぶくお偉いさんは、バグラムで何が起きていたか承知している。それはもうわかったはずだ。それでも甘んじて、ここで生きていけるのか？　こんなまやかしの、民主主義と自由の中で暮らせるわけがない。男として、息子として、どうなんだ？

この問いが四六時中、頭から離れなかった。どこもかしこも腐敗と堕落、嘘偽りと隠蔽の証拠だらけだ。姉たちも、あえてその一部になった。ひとりはよりによって、アメリカに行こうとしている。父さんや、他にも大勢のムスリムの父親を殺した国に。もうひとりの姉は自分たちが住んでるのは市民が訴える権利とその場を有する国だなんて、でたらめを言う連中の片棒をかつごうとしている。

夜になると、ファルークが信頼できるといったプロキシサーバー（インターネットへのアクセスを代理で行うサーバー）経由でネット情報をどんどん掘り下げ、記事を読んだ。バグラムでは犬に捕虜を襲わせている話、拷問を受けた体の写真。さまざまな「強度の尋問方法」が心身に及ぼす影響についての医学的説明。ある晩、彼は電気スタンドの光が直接自分の両目に当たるようにベッドに横たわり、持っている中で一番大きい音の出るヘッドフォンをつけて大音響のヘヴィメタルの曲を鳴らしてみたが、二〇分もたずに根を上げ、みじめになり、部屋を元の通りに暗く静かにしなければならなくなった。そのうちに、昼間にちょっとした動作──客にセロリを手渡したり、バスを待っていたり、紅茶の入ったカップを口に持っていく──の途中でふと、動きを止め、こういうことすべてに違和感を覚え、自分の生き方が間違っていると思うことが増えていった。

「その子と別れなって。ふさわしくない」アニーカはずっとそう言っていた。うまくいかない恋よりもつらいことがこの世にあるなんて、彼女には想像できない。パーヴェイズはアニーカが彼のスマホの暗証番号を何通りか試しているところを一度ならずも見つけたが、暗証番号はとっくにアニーカと同じ誕生日の日付から、ファルークに出会った日付に変えてあった。

ある日ファルークに見せられた写真には、見覚えがあった。白人の男が砂の上にひざまずいている。処刑される直前のショットだ。それは、「イスラム国」の残酷さがひと目でわかる画像だった。その写真を初めて見たとき、喉にナイフの刃を突きつけられても勇敢にふるまおうとしたこの勇気ある男に胸を痛めた。その男の唯一の罪は、その男が生まれた祖国にあるのに。しかし今回、何よりもショックを受けたのは男の服だ。父が死んだ収容所の捕虜の着るジャンプスーツと同じ、オレンジ色だった。視野が開けた。砂漠にひざまずく男の表情の先に、「イスラム国」が男の死をもって発信したメッセージを知った。われわれの民に対して行うことを、われわれはあなたの民にする。

そうか、自分のために剣を振りかざし、おとなしく従う以外にも選択肢があることを教えてくれる国家を持つと、こんな気持ちになるのか。親愛なる神よ、その喜びで血が騒ぎます。

＊

こうして、彼の旅立ちの準備がいつのまにか、始まっていた。

具体的に何がきっかけだったかは、彼自身もよくわからなかった。とにかく、次々にいろんなことがあって、立ち止まって振り返る余裕もなかった。ファルークとサッカーやリアリティ番組や八百屋での出来事を話題にしたのは、もうずいぶん前のことだ。今はひとつのことしか話さない。しかも、ようやくわかった。その話題こそが、ぼくが目指すべき場所なんだ。

「本当に、そこが気に入らなかったら帰れるの？」

「もちろん帰れる。おれだって今、ここに帰っている。だろう？」

「なんで帰ってきたのか、話してくれたこと、ないよね」

「家族のことで用事があったんだ。そしたら、おまえに出会った」

「どういうこと？」

「何週間か前に向こうに戻るはずだったが、待っていたら、おまえも来るかもしれないと思ったんだ」

「ぼくのために待っててくれたの？」

「そうだ」

「それから、向こうで父さんのことを知ってる人を探すの、本当に手伝ってくれる？」

「ああ、もちろん」

「ファルークは最高の友だちだ」

「おまえの兄弟だ」

「うん。そうだ。ありがとう」

＊

パーヴェイズはいとこに電話した。パキスタンのカラチでギタリストとして生活しているこのいとこのことは、今まで大嫌いだった。なぜなら、前に一度だけ会ったときに、こう言われたからだ。「ぼくはパキスタン人だ。けど、おまえは『パキ*』だ」そのときいとこは、自分の母が持ってきた仕事のオファーを受けてこれからカラチに数ヶ月滞在し、歌番組で働いてプロとして箔《はく》をつけると言っていた。パーヴェイズは必要な書類をそろえながら、頭の隅で最終的にはカラチに行こうと考え、イスタンブール経由のカラチ便を予約した。これに乗れば、ファルークの便のすぐ後に、かつてのオスマン帝国の首都に着く。そのうちアニーカが復活祭《イースター》の休みにカラチで落ち合おうと言い出すと、彼は一緒に旅行の計画を立てるのを楽しんだ。二人でパキスタンの地図を何枚も広げ、その上で額を寄せ合って相談した。バードシャーヒー・モスク、ザムザマ大砲、タキシラ遺跡、世界最大のガンダーラ美術のコレクションがあるペシャワール美術館。それからカラチには、二人が数年前に始まったときから聴いている音楽番組のスタジオもある。パーヴェイズもそのうち、そこで働くつもりだ。

「行ってみて気に入ったら、しばらくいるかも。そしたら、アニーカも来れば」パーヴェイズは出発直前の十二月のある晩、イスマに言った。そんな発言が飛び出したのは、家での最後の夕食にとイスマが料理してくれた、マサラオムレツ（スパイスをたっぷり効かせた卵焼き）の香ばしさのせいだ。

母が死んだ週末、パーヴェイズはぱったり食べなくなった。自分でも理由がわからなかった。ナシームおばさんやその娘たち、それにアニーカが何を作ってくれても、何も喉を通らなかった。さすがのアニーカもわけがわからず、途方に暮れた。気づいたのは、イスマだ。家事の中でも料理がとりわけ嫌いだったイスマが、パーヴェイズの部屋にマサラオムレツを運んできた。毎週土曜日になると、母が朝食に作ってくれていた料理だ。イスマはそれを小さく切り分け、弟に食べさせた。フォークでひと口ずつ、口に運んでくれた。

今度はイスマが驚いてパーヴェイズを見上げ、普段はアニーカにしか見せない笑顔を浮かべて言った。「それもいいね」

イスマの笑顔にたまらなくなって、パーヴェイズは家の外に出た。十二月の冷え切った夜空を見上げて星を数え、涙がこぼれないようにした。少ししてアニーカが探しに来たときも、まだ顔を上に向けていた。

「その、のびたひげ、剃らないとだめだよ」アニーカは言った。近づくアニーカを見て、パーヴェイズがさっと目をこすったことに気づいたのか、気づかなかったのかはわからない。「ヒースロー空港の職員はきっと、勘違いする。クールでおしゃれな人とかじゃなくて、原理主義者だって。そしたら、パキスタン行きの便に乗らせてもらえなくなる。しかも、イスタンブール経由

＊　主にイギリスで使われる、パキスタンにルーツを持つ人々を指す蔑称。

にするんでしょ。ジハード戦士、ジハーディ[*1]警報《アラート》！　って騒がれちゃうよ[*2]」

パーヴェイズが大げさに笑うと、アニーカが腕に触れた。「ほんとにほんとに行くの？　あのね、黙って行かせるのは、どう見ても彼女とは離れたほうがいいからよ。最後まで、誰だか教えないつもり？　その女をたたきのめすにしても、手加減するって約束してあげるから」

「ぼくが行くのは、アジア人用婚活サイトの職業欄をバージョンアップしたいからなんだ。けど、プロフィールのつかみは姉のことが大好きなイケてるロンドンっ子にするよ」

アニーカは体がくっつきそうになるほど近づいてきて、頭を弟の肩にぶつけた。「パーヴェイズも、イスマもいなくなる。あたし、どうしたらいい？　ひとりぼっちだよ」

パーヴェイズは親指と人さし指で、アニーカの耳たぶをつまんだ。そうだ。アニーカは、ぼくが家を出ると言ったときからずっと、それを言いたかったんだ。アニーカはまだ、生きている人に別れを告げたことがない。その彼女にとって弟が旅立ち、そのほんの数週間後には、母と同じように自分を――自分たちを育ててくれた――姉に別れを告げなければならない。生みの母が旅立ったのと同じように。ただ、死んだ人は、運命に召されて去った。拒むことはできなかった。

＊

飛行機が滑走路を移動している間、彼はスマートフォンの電源をお切りくださいという指示を無視し「物置小屋で拾った音源の双子の相棒の声」の音声トラックを聞いていた。

そこには、彼女のこんな声が入っていた。

もうこんな時間だよ。鳥だってもう巣に帰っちゃったよ。
あ、ごめん。また邪魔しちゃってるね。
もうちょっとひきこもり系じゃない趣味、ないの？
最近、どこにいるの？
とにかく、夕食できたから。家に入んなよ。

飛行機の車輪が滑走路から離れた。彼は彼女のクラウドアカウントに音声トラックをアップロードすると、自分のスマホからそのファイルを削除した。

＊1　六一頁の＊参照。
＊2　タリバンなど、イスラム過激派組織は男性にひげを義務づけている。

6

パーヴェイズは、ナップサックに入れて持ってきたトルコリラ紙幣で電気屋の男に代金を支払うと、まるで、ついでに思い出したとでも言うように、国際電話のかけられるＳＩＭカード付き携帯電話を売っているかたずねた。

「新入りはきっと、家に電話をしたがると思うんだ。そうすると、話しながら大泣きするやつが必ずいてさ、スマホを鼻水でべとべとにされる。だから、新入りにはもう、おれのは貸さないつもりだから」パーヴェイズは言った。

「おたくの事情なんざ、どうだっていい」店主はそう言うと、ガラス張りの陳列ケースのほうに行った。中には、携帯電話が並んでいる。「これだ」店員はレンガのようにごつい端末を出した。携帯電話の機能が通話とメールだけだった時代のものだが、今でも使われているだろうとパーヴェイズは確信していた。なぜなら、ぶっそうな土地で暮らす人々は路上で強盗に襲われたらそのまま渡せる、おとり用の携帯電話を持ち歩きたがるからだ。「これはおまけだ」店員は間延びした声でそう言いながら、端末のスロットにＳＩＭカードをさしこんだ。

「ジャザー　カッラー　ハイル（アッラーがあなたに良い報いを与えますように）」パーヴェイズはそう言いながら、さきほど大枚をはたいたばかりの機材の箱の山を持ち上げた。「裏口はある？　車を店の裏に停めたんだけど」

「ひとりでそれ全部、運べるのか？　手伝ってくれって電話をかけたらどうだ？　おれが手伝ってもいいが、腰がちょっと……」

「こんなの、どうってことない。軍事訓練でやらされたことに比べたら」

「おたく、戦闘員か？　てっきり、アブー・ライースとスタジオにいるやつかと思った」

「そうだよ。けど、戦い方は教わってるんだ。ぼくなりに戦いで役に立てる、アッラーの御心にかなう戦い方をね。ところでおじさんはなんで、まだトルコで暮らしてるの？」

男は青ざめた。「おれはここで、自分の役割を果たす。裏口は——その先だ。今、開けてやる」

パーヴェイズは太陽の照りつける外に出ると、縦列駐車した車のほうに歩き出し、ドアが閉まった音が聞こえると、後ろを振り返った。そして、男が店の中に戻ったのを確かめた。それから箱の山を路肩におろすとその上に追跡可能なスマートフォンを置き、駆け出した。

*

六ヶ月前、パーヴェイズが午後遅くにシリアのラッカに着いたとき、興奮と恐怖で胃が縮みあがっていた。一台のバイクがバックファイヤーを起こしながら、ピックアップトラックの後ろに取りつけた高射砲（地上から航空機を狙い、撃ち落とすための火砲）のそばを走りすぎていく。兵士がバイクの男のほうに、高射砲を向ける。ふざけてるんだ、とファルークがパーヴェイズに言う。落ち着け！　立ち並ぶヤシが風にそよぎ、葉と葉がぶつかっている。下にいると、それほど風が吹いているようには感じられない。イスタンブール空港にファルークとパーヴェイズを迎えに来た二人組の男のひとりがハンドルを握りながら、耳がよければ、ヤシの葉が「アッラー」とささやいているのが聞こえるだろうと自信満々に言う。この人、この車のなかで一番耳がいいんだね、とパーヴェイズが言うと、やつの言った「耳がいい」は「信心深い」という意味だとファルークが説明した。建物は日に焼けて色あせていたが、鳥のさえずりははっきりと聞こえる。通りの向こうに張りめぐらされた電線にビニール袋が引っかかり、はためく音も聞こえる。自分の腕ほど長い、平たいパンを空中に放ってはつかむ男を見たとたん、パーヴェイズの口の中につばがわいた。窯から出した熱々のパンが歩道に出したテーブルの上に落とされるどさっ！　という音が聞こえる。ひとかたまりに停めたバイクを取り囲むように、ひげ面の男たちが立っている。そのなかの二人は丈の長いゆったりした服の上からボンバージャケットを羽織り、他の男たちはジャンパーにズボンという服装で、アラビア語で言い争っている。モスクのミナレット[*1]がいくつも、空高くそびえている。祈りの時間には、立ち並ぶミナレットの間にアザーン（礼拝の始まりを告げる声）が響き渡るのだろう。一台の戦車が音をたて、頭部のない二つの彫像と記念碑の前を走り抜ける。緑と黄の服を着た、まだいたいけな少女が、黒いニカーブ[*2]姿の女性二人の後ろを歩いている。この二人は顔のヴェールもつけているので、目の位置もよくわからない。ファルークが人気の忍者ゲームの音楽を鼻歌で歌うと、同乗者のひとりが女をからかうのはやめろ、さもないと宗教警察《ヒスバ》[*3]に報告するぞといましめた。パーヴェイズがヒスバという言葉を耳にしたのはそれが初めてだったが、その名が話に出ただけでファルークの顔がかなり、こわばったのがわかった。

音の風景《サウンドスケープ》は、中央広場に近づくと変わったが、それはパーヴェイズが注意深く聞くのをやめたからかもしれない——敵兵の首がいくつも先の尖《とが》った鉄柵に刺さっているのを見て、動揺したからだ。不思議なくらいなんの感情もわかず、テレビ番組で見るようなものという感じだった。いつか、もしアッラーがお望みになれば《インシャーアッラー》、敵はいなくなり、この広場でも子どもが遊ぶ日が来るとファルークは言った。他にも二人同乗者がいて、英語にアラビア語をしょっちゅう混ぜて話していた。おそらくそのせいで、彼の言葉はうさんくさく聞こえた。そのうち、別のエリアに入った。裕福な街並みだ。ヴィラ風の邸宅、高層アパート、建物の正面を彩る黄色と白の塗料も鮮やかだ。建ち並ぶ二階建てのひとつの邸宅の前で車が停まり、ファルークは言った。「着いたぞ」

「誰の家?」パーヴェイズがたずねた。車を降りながら、その広々とした豪華な家に目を見はった。実家の近所の家なら、三軒分の大きさだ。

「メディア部門に入ると、こんな家にも住める」ファルークはそう言って、信じられないという顔のパーヴェイズを見て軽くつつくと、声をあげて笑った。

パーヴェイズよりもほんの少し年上の男が二人、玄関にあらわれた。スコットランド人とアメリカ人だという。二人はジハード戦士としてつけられた名前を名乗ってから、礼儀正しくパーヴ

＊1　モスクに付属する高い塔。そこから礼拝の時を告げる。
＊2　ムスリムの女性が着用する、目の部分以外全身をすっぽり包む黒のヴェール。
＊3　ＩＳの支配地ではＩＳの極端な思想が遵守されるよう、パトロールを行っている。

エイズをハグした。ファルークには、友だちと接するように挨拶した。二人ともカメラマンだと、ファルークは言った。そうそう、車寄せにあったSUV（スポーツ用多目的車）も二人の車だ。車も、メディア部門に入れば支給される。

家の中に入ると床は大理石で、壁には以前、写真か絵が飾られていたらしき色あせた部分がある。とても広い部屋がひとつあった。そこには、背もたれが垂直な椅子と、花柄のクッションを置いたソファセットがある。隣は長方形のテーブルのある来客用ダイニングだ。廊下には箱が並んでいる。「うちの機材だ」男の一人が言った。パーヴェイズは名前をもう忘れていたので、この二人を心の中で「『アブー』名前二つ」と、「『アブー』名前三つ」と名づけて覚えることにした。まるでアイスボックスのような空間だ。ブラインドが下ろしてあったのでよけいに、死体置き場みたいな雰囲気だった。ところがそのうち二人がパーヴェイズを二階に案内し、ここが生活の場だと教えてくれた。そこは明るくて風通しが良い、気持ちよくくつろげる雰囲気だった。

アメリカ人のほう――「『アブー』名前二つ」――に案内され、二階をぐるりと囲むバルコニーに出た。色彩豊かな庭が見渡せた。まだ昼下がりだったが、パーヴェイズはスコットランド人――「『アブー』名前三つ」――に手渡されたショールにありがたくくるまり、冷たい風をしのいだ。目の覚めるほど青いビーズクッションに腰を下ろしたとたん、「ユーフラテス川から」吹きつけてきたのだ。どこからか、男がひとりあらわれ――「イスマイルだ。彼が家のことをやる」――銀のトレイに載せたお茶とビスケットを出してくれた。二階にいると、いろんな音が聞こえる。バイクや車の音、何かをハンマーでたたく音、鳥のさえずり、枝の間を吹き抜ける風の音、バルコニーの欄干に沿って吹く風にブーゲンビリアの花がもてあそばれ、舞い落ちる音。鉄柵に刺さった人の首やヴェールに覆われた女には動揺したが、この青空、そしてビーズクッションに身を沈めた男たちとの連帯感は、彼が求めてやってきたよりよい世界を期待させた。

「名前の由来、またゆっくり聞かせてくれ」アメリカ人が言った。黒人で、背が高く、あけっぴろげに笑う。もうひとりは口数が少なく、メガネをかけている。パキスタン人とスコットランド人のハーフだ。アメリカ人が言った「名前」というのは、パーヴェイズのジハード戦士名「ムハンマド・ビン・バグラム」*のことだ。ファルークがその名を最初の検問所でパーヴェイズの登録用紙に書いた。おれが友人のために選んでやったと言わんばかりの、得意げな顔をしていた。いいか。その名で呼ばれたら、二つのことを思い出せ。まず、おまえの父親がどんな目にあったかということ。もうひとつは新しいおまえが、復讐と正義から生まれたことだ。そう言われると、パーヴェイズはそんな名前は嫌だとは言えなくなった。いずれにせよ、すぐに次に起きたことに気を取られ、つけられた名前のことをあれこれ聞いている場合ではなくなった。ファルークがパーヴェイズのナップサックに手を入れてパスポートを出し、登録カウンターの男に手渡したのだ。その男は世界中どこにでもいる役人独特の、冷ややかな顔つきをしていた。「落ち着け」ファルークは言った。「返してもらいたいときは、おれがとってきてやる。だがきっともう、不要になるだろう。おまえはもう、この国家《アル・ダウラ》、『イスラム国』の住人なんだから」

パーヴェイズはパスポートのことは考えまいとして、二人のカメラマンにいつからこの家に住んでいるのか聞いた。二人はこう答えた。この家で一緒に暮らし始めて二ヶ月ちょっとだが、出

＊「バグラム（アフガニスタンの米空軍基地内にある、捕虜収容所）の息子、ムハンマド」の意。

会ってすぐに深い友情で結ばれた。だから、おれたちの魂は遠い昔に天国《ジャンナ》でも出会っていて、アッラーのお導きでこのラッカで再会したに違いないんだとわかったんだ。二人は人目もはばからず親しげに相手の腕や肩に触れていた。それを見ていると、今の話も荒唐無稽どころか感動的に思えてきた。

「おれとこいつもそうだった」ファルークはそう言って、パーヴェイズの髪をくしゃくしゃっとなでた。「妙な感じがするだろうな。毎日会わなくなると」

「どっか行くの？」

「前線にいく。おれは戦闘員だから。だろ？」

「ラッカには住まないの？」アメリカ人が首を横に振っているのが目に入った。学校の校庭で男子同士が、よく女の子のことで「おまえ、好きなことがばれてるぞ」と合図を送るような感じだった。そこでパーヴェイズはあごを突き出し、声に切実さが出ないようにした。「うん、そうか。だけど、なんで先に言ってくれなかったの？」

「おれはたいてい戦場で不信心なやつらと戦ってる。そのおかげで、おまえたちはエアコンの効いたスタジオでのんびりしてられるんだ」

「おい、大きな口をたたくな。戦闘員がそんなに偉いなら、なんでおれたちの給料のほうが高いんだ？」アメリカ人が言った。

スコットランド人が片手を上げて割って入った。「アルハムドゥ　リッラー。*われわれはみな、アッラーの教えに従ってそれぞれの役割を果たしている。人の優劣を決めるのは、信心深さのみだ」

「おまえはいつもたよりになる。大事なことを思い出させてくれる。神の御心のままに《マーシャーアッラー》」ファルークの言葉は本心のように聞こえた。「いや、おれはほとんど、ここにいないんだ。それにここにいたらいたで、妻と子どもがいる。だろ?」

「奥さんと子どもがいるの?」

「当たり前だ。ここに来てすぐ、妻をあてがわれた――この稼ぎのいいお二人は、結婚相談所からの許可をお待ちだ」

「あんたのほうが先にここに来たってだけだろう」アメリカ人が言った。「近ごろじゃ、長いと六ヶ月は待たされる。とにかく、おれは今、フランス娘をくどいてる。その子はこっちにくる気満々だ」

「あの、だけど――」パーヴェイズは自分の声がかすれているのに気づいたが、もうつくろえなくなっていた。「言ったよね。父さんを知ってる人を探すの、手伝ってくれるって」

ファルークは肩をすくめた。「そのうち、おまえは訓練キャンプで年配のジハード戦士に出くわす。そこで、おまえの父親が誰だか話せ。そしたらそいつらが、おまえの父親を知ってるやつを紹介してくれる」

「訓練キャンプ?」

「何も話してやってないのか」スコットランド人が言った。

ファルークがパーヴェイズに話していなかったのは、こういうことだった。ラッカに着いた新

＊「称賛はアッラーに(こそ属する)」の意。

入りは全員、一〇日間のシャリーアキャンプ*への参加が義務づけられ（「普通はもっと長いんだが、おまえのシャリーア知識は「中級」レベルだと登録用紙に書いといてやった」）、続いて六週間の軍事訓練が課せられる。そのあと、メディア部門のスタッフとして認められれば（「もちろんおまえは大丈夫だ」とファルークは言ったが、他の二人は黙っていた）、メディア研修がさらに一ヶ月ある。話だけ聞くとちょっと大変そうに思えるだろうが——とファルークは心得顔で続けた。おまえならすぐに、スタジオの仕事に就ける。給料をもらい、自分のSUVも持てるし、一軒家をシェアさせてもらえる。うまくいけば、この家に部屋をもらえるかもしれん。それまでに、結婚相談所かそのフランス娘が、今の住人の片方か両方を妻帯者の居住区域に引っ越させたほうがいいと考えればな。

この家に連れて来られて、ここに住めると思ったなどと口にするのはまぬけだし、シャリーアキャンプに行きたくないというのはムスリムにあるまじきことだし、軍事訓練を受けたくないというのは男らしくない。これから自分が飛びこむ生活について具体的なことを何も聞かなかったのは自分の落ち度で、ファルークを責めるのは身勝手だ。パーヴェイズは肩をすくめ、誰に聞かれたわけでもないのに、それで構わないと言った。

「それに、生活が落ちついたら、結婚相談所に申し込めるぞ」アメリカ人が言った。「だが、おれのおすすめは、ネットでヨーロッパ人の娘を探して口説くことだ。アラブの娘より、慣れてるからな。おれの言ってる意味、わかるか。ところがおれの最愛の友人は、おれがそういう話をすると機嫌が悪くなるんだ」

「娘と言えばだ。おまえの姉さんたちに、おまえの居場所を伝えておくか?」ビーズクッションの、中の小さな玉が流れる音が聞こえた。ファルークが体をかがめて、ズボンの後ろポケットに入れたスマホを取り出すところだった。

パーヴェイズは前日の午後にイスタンブールに着いてから、アニーカに立て続けにメッセージを送っていた。カラチ便への乗り継ぎでできた丸一日の滞在時間に、観光していると楽しそうに書いた、嘘のメッセージだ。トルコからシリアに入る国境のあたりで、バッテリーが切れそうだと書き送った。前の晩に充電しそびれちゃって。だから、しばらく連絡できないかもしれない。そのあと、ファルークにスマホを取り上げられた。ファルークは手首のスナップをきかせて、車の窓からスマホを投げ捨てた。パーヴェイズもこのころにはもう、ファルークに試されるのに慣れていたので、ただ笑みを浮かべて肩をすくめた。そしてラッカで音響デザイナーとして収入を得たら新しいスマホを買おうと頭を切り替え、何がいいか考えたのだった。

目の前にある、ファルークが差し出したスマホを受け取った。ホーム画面に表示された時刻を見て驚いた。思ったより、遅い時間だった。イスタンブールからカラチに向かう便は、まだ空の上だ。だが、そのうちいとこがアニーカに電話するだろう。空港に迎えに来たんだけど。乗客はみんなゲートから出てきたのに、パーヴェイズが出てこないんだ。

パーヴェイズが立ち上がろうとすると、「ここで話せ」とファルークが言った。

パーヴェイズはスカイプにサインインし、アニーカに発信した。アニーカのベージュ色のバッ

＊『イスラム法』とも呼ばれる、ムスリムの生活全般をつかさどる、包括的な規範。道徳的義務。コーランと預言者ムハンマドの教えを法源とする。

グの中で、着信音が鳴っているところを想像する。そのバッグは、いつもはリビングの出入り口のドアノブにぶら下げている。パーヴェイズはズボンに手のひらをこすりつけ、アニーカを待った。

アニーカが画面にあらわれた。パーヴェイズは最初アニーカが妙な顔をしているのは、自分がまだ飛行機に乗っているはずの時間だからだろうと思った。「今、どこにいるの？」アニーカが言った。声がとぎれとぎれに聞こえる。

「待った、その質問に答える前に聞いて。約束して、絶対に――」

「ファルークって誰？」

パーヴェイズはファルークを横目で見た。ファルークはすかさずパーヴェイズの手首をつかんでスマホの画面を自分に向けようとしたが、スコットランド人がとっさに彼の肩をつかんだ。

「やめろ。相手はヴェールを外しているかもしれない」*

「誰といるの？　Pちゃん、今、どこ？」

「どうしてファルークのこと、聞くの？」

「飛行機に乗ってるはずだよね。その便は時間通り出てる。あたし、確認したんだから。どうして乗ってないの？」

「落ち着いて。心配ないから。なんで、ファルークのことを聞くの？」

「アブドゥルが母親に話したの。パーヴェイズが友だちのいとこのファルークと一緒に行ったって。ラッカに。ほんとはどこにいるの？」

「これからは、身内も信用できないってことだな。誰にも言うなって言っといたのに」ファルークはそう言ったが、それほど怒っているようには見えなかった。

「アニーカが考えているようなラッカには、絶対に行かないから。ただ、ラッカはそんな場所じゃないんだ」

パーヴェイズは喉を何かにしめつけられているような気がして、まともにしゃべれなくなった。アメリカ人がさっきと同じような目でパーヴェイズを見て、同じように首を横に振った。アニーカの顔が生まれて初めて、他人の顔に見える。そんな表情はこれまで見たこともなく、どう解釈したらいいかわからない。アニーカの口は奇妙な形にゆがんでいる。まるで、とてもまずいものを口に入れ、吐き出すことも飲みこむこともできずにいるみたいな顔だ。そのうちアニーカが画面からいなくなり、イスマがあらわれた。

「ばか。よくもこんな勝手なことをしてくれたわね」イスマが言った。まだこっちのほうが言い返しやすい。パーヴェイズはファルークに向かってあきれた表情をし、二本の指をこめかみに当てて、銃で頭を撃ちぬくふりをした。「ふざけないで。今、ここに人が来てるの」イスマが画面の向きを変えると、二人の男がリビングに立っているのが映った。まわりはすべて、自分の心臓の鼓動と同じくらい知り尽くした風景だ。「ロンドン警視庁のかたよ」イスマの声が続けて話しかけてくる。「お二人が、これからこの家とわたしたちの生活をすみずみまで調べてくれるの。前と同じようにね。何か、この人たちに言いたいこと、ある?」

＊ イスラム教の教えでは、ムスリム女性はヴェールなどで覆われていない頭部を男性近親者以外に見られてはならない。

パーヴェイズはバルコニーにいる、三人の男が自分を見張っていることを意識していた。三人は、警察に居場所を知られた以上、もう後戻りはできないと知ったパーヴェイズがどうするかを見ようと待っている。

「姉たちは何も知らなかったんです」パーヴェイズはロンドン警視庁から来た男たちに言った。二人は無表情だった。

ファルークがパーヴェイズからスマホを取り上げると、「この手で、カリフ国家の旗をバッキンガム宮殿に立ててやる」と吐き捨て、画面に指を強く突いて、通話を切った。パーヴェイズがかっとなって叫ぶと「なんだ?」と言った。「宮殿より、首相官邸と言えばよかったか?」

スコットランド人が身を乗り出し、いたわるようにパーヴェイズの膝に触れた。「大丈夫だ。きみがここでアッラーの御心にかなう務めを果たすなら、家族はアッラーが守る。もしアッラーがお望みになれば《インシャーアッラー》」

パーヴェイズはこの男のきらきらした目を見た。そこに強い確信を読みとると、祈るように頭を垂れた。こうすれば、パニックに陥っているのを他の人に悟られない。

*

数ヶ月後。毎日のパニックに慣れた男が、カフェの奥の席に座っていた。そこには、六月の午後のまぶしい光が届かない。男はときおり旅行ガイドブックに目を落とすように気をつけながら、アップル味のフレーバーティーを少しずつ飲んでいた。

カフェの出入り口は開け放たれていて、イスタンブールの狭い路地のさまざまな人の動きが垣間見える。観光客や住人が、ガラタ塔と金角湾の間を行き来する。ささいなことが、特別なものに思えてくる。女性の手首で日ざしを受けて輝く銀色のブレスレット。その女性の手首。この町のモスクから流れるアザーンの音をかき消すほどの話し声。商いのにぎわいは何にも邪魔されずに続き、大声で礼拝の時間を告げる時報係のムアッジンたちの声など、車のクラクションと同じで、まるで気にならないと言わんばかりだ。

テーブルに置かれた鏡のようなトレイに、プレストンロードから来た線の細い、さえない少年が映っている。ここからいくつか通りを隔てたところにある床屋で髪を切ってもらい、以前の姿になっていた。今みたいな、少年の姿だったころの彼を知っている人なら、必ずひと目でわかる顔に戻り、身を隠そうとしていた。きれいに剃った顎を片手でなでた。他の場所との色の違いが目立つのが気になり、短く刈りこんだ頭に野球キャップを目深にかぶり、背中を丸めた。「ここからできるだけ遠い、服を買えるところまで」とタクシーの運転手に頼んだのだった。電気屋から走って逃げたあと、その車を必死に呼び止めた。それから、アニーカに電話をかけていた。

テラス席のテーブルから、声があがった。「アジアとヨーロッパの境界」のことを熱く語っている。今どき、何を言ってるんだろう。どうしてまだ、そんなことにこだわる？　世界の列強が発する暴力の言葉が、見えもしない東西の違いなどかき消してしまったのに。二人の少女が通りすぎた。笑っている。屈託がない。その笑い声——喉から全身に響く音——のほうが、ブレスレットや手首より、はっとさせられる。結局は、うわべのために戦っているだけなのかもしれない。彼は見た目ばかりの自由と安全の上に浮いているのが、どんな気持ちかを思い出した。するとそんな気持ちがただただ恋しく、泣きそうになる。

彼はまたうつむき、イスタンブールのガイドブックに目を落とした。頭の上のライトにぼんやり照らされたページに、書かれてあることの意味がわからない。「ニザム通りからハムラジュ通りの小道に折れて海岸のほうに歩くとそのうち、レオン・トロツキー*の家に着きます。草木がのび放題の庭に、朽ち果てててたたずんでいます」なんなんだ――昼下がりに浜までぶらぶら歩いて、どこかの偉い人が昔住んでたぼろい家に立ち寄ってみるような世界に、誘ってるのか。いや、誘ってるんじゃない。この文章は、読者はとっくにその世界にいて――レオン・トロツキーの家に行くことを想定して書かれている。それがお約束で、確実なこととして。今までそういう生活が普通にできるような時期が、ぼくにあったっけ？ ――格安航空券で、ユースホステルを使って？ それもよかった。アニーカと一緒に、ニザム通りから浜までぶらぶら歩けたかもしれない。いや、だめだ。イスマにきっと止められた。「自分のことは二の次にしてクリーニング屋で働いて、わたしはあなたたちを養ったの。今度はそっちの番よ。成績が悪くて奨学金が無理なんだったら、せめて支払いをどれか手伝って」彼はひどいホームシックにかかっていることに気づいた。イスマと会って、いつものくだらない口げんかをすることさえ待ち遠しい。もっとも、帰れればだが――やつらに引き渡されて、法律の目の届かないどこかに監禁されたりせずに。もしかしたら最近は、殺すより生かしておくほうがやつらは得意なのかもしれない。あるいは、死のうが生きようが、気にしないのかもしれない。気にするのは情報だけだ。それもぼくは、ほとんど何も知らない――知らなさすぎて、誰も相手にしてくれないくらいだ。それとも、苦痛を与えることにしか興味がないのかもしれない。「暴力をふるう者が信用するのは、さらなる暴力だ」ファルークは去年の秋にそう言ってた。あのころのファルークの言うことはどれもキレがあって、かっこよかった。彼は足の裏をカーペットにしっかり押しつけた。クールでいろ。見た目だけでもクールでいろ。それだってファルークに教わった。
ちょうどそのとき、叫ばずにはいられなくなることが起こって、胸のつかえが吹き飛んだ。アニーカだ。携帯電話の画面が光っている。

パスポートとチケット、ゲット。三時間後に飛べる。これからダッシュで空港。

太文字入力するの、やめろよ。叱られてるみたいだ。

あたしに命令できると思ってんの。ばか。

きょうだいって、いいね。

またね。泣き虫。

じゃ、また。弱虫。

コーヒーとパンを注文した。アニーカがこっちに着いたら、草ぼうぼうの庭に建つぼろい家を一緒に見に行く時間もあるかも。そのとき店の入り口に、ひげをたくわえた肩幅の広い男が近づいてきた。男の影が店の奥までのびる。誰かがウェイターに道を聞いてる。ロンドンには、邸宅も庭園もいくらだってある。英国領事館。空港。ぼくがイスタンブールで見たいのはそれだけだ。明日の今ごろは、プレストンロードに戻っているだろう。もしアッラーがお望みになれば《インシャーアッラー》。
携帯電話がまた鳴り、彼は思わずにっこりした。アニーカだ。まったく、心配性なんだから。

＊　ソ連の革命家。一時期、トルコで亡命生活を送っていた。

彼は椅子から腰を浮かせて、尻のポケットから携帯電話を取り出し、メッセージを読んだ。

　おまえはあの世行きだ。おれのちび兵士。

＊

男は砂地に膝をついた。微動だにしない。唇だけが動く。

「何か、こいつにかませるものを持ってこい」ラッカにある音響スタジオの責任者アブー・ライースは言った。「声は邪魔になる」

パーヴェイズは走ってSUVに戻った。この車でほんの数分前、アブー・ライースとこの撮影現場に着いた。真っ青な冬の空――この日は風もなく穏やかで、目の前に広がる砂漠の砂はまったく動かない。膝をついた男とその男から数メートル離れたところに座る死刑執行人以外に、生き物の気配はない。死刑執行人が剣をいろいろな向きに傾けると、日ざしに反射してひと筋の踊る光になる。パーヴェイズは車の助手席側のドアを開け、身を屈めて中に入った。人目から隠れると、皮張りのシートに頭を預け、必死に両手の震えを止めようとした。その震えは、アブー・ライースと車から降りて、ここで何が行われるのか気づいたとたんに始まっていた。

三月も終わる。パーヴェイズはシャリーア*の退屈で、暴言だらけの講義に最後まで耐えた。そこでは、これまで彼が愛した人たちはみな不信心者か、背教者だと教えられた。ということは、そのどちらかであれば死んで当然だし、スローガンが入ったTシャツを着たり、誰かを間違った道に引き入れたり、「自分の女たち」が堂々と人前に姿をさらしているのを放っておくのは、アッラーの教えに反する。彼は軍事訓練にも、最後まで耐えた。そこでは、恐怖にかられた人間の体はどんな芸当でもやってのけることを学んだ。それに、父と同世代のボスニア、チェチェン、カシミール地方でジハードを戦った男はみな、冬の数ヶ月間は家族の待つ家に帰っていたことも知った。それを聞いて、パーヴェイズはその晩、枕に突っ伏して泣きじゃくった。父にちっとも愛されていなかったとわかったからではない（それは十分自覚していた）。しょせんは父と同じで、自分よりまともに生きてきた家族をないがしろにしてしまったことに、ようやく気づいたからだ。パーヴェイズはそういうことすべてに耐え抜いた。そのころにはこの、自分がそれまでの生活を捨ててまで飛びこんだ、わびしく無情で残酷な地獄の正体がわかったが、最悪の部分を耐え抜いたと信じていた。メディア部門に迎えられ、仕事を教えられた（新しいことを学べるのは楽しかった）。今ではラッカの音響スタジオのスタッフになり、例のヴィラ風の家でスコットランド人が使っていた部屋を引き継いだ（結婚相談所がスコットランド人に妻を世話した。アメリカ人が狙っていた「フランス娘」は、結局来なかった。これはこの三ヶ月で、パーヴェイズにとって唯一の朗報だった）。音響スタジオで働きだした最初の二週間は、主に雑用をやらされた。人の声のひずみの調整や、無作為に録音したアブー・ライースのサウンドファイルの整理といった作業だ。それが今日、アブー・ライースに――単独作業を好むことで有名な男に、大事な野外録音があるからその準備を手伝えと言われた。認められてうれしかったが、ファルークとのことがあってからは、認めてくれる父親のような存在を自分が求めているかどうかも、疑うようにな

＊　一九三頁の＊参照。

っていた。そのファルークとは、ラッカに着いたあの日から、会っていない。

　呼ばれたら答えるように慣らされた名を、アブー・ライースが呼んでいた。パーヴェイズはそれが自分のことだと気づき、車のグローブボックスから布きれを出した。とぼとぼと現場に戻るその足もとで、砂が動いた。握りしめた両手は、ポケットにつっこんでいた。死刑執行人が剣を高々と振り上げ、膝をついた男の首めがけて一気に振りおろした。パーヴェイズは体を折り曲げ、胃の中のものをすべて吐いた。身を起こし、手の甲で口のまわりをぬぐっていると、死刑執行人は再び剣を振り上げていた。今度は前の位置から数センチほどずらし、男の首に刃をたたきつけた。アブー・ライースはヘッドフォンをつけて、デジタル録音テープの音量レベルを調整していた。死刑執行人がわきのほうを指さすと、アブー・ライースはそちらに歩いた。ほんの一メートルの距離だ。この二人は、首が胴体から離れたらどう転がるかを考えている。マイクで音を拾う位置を決めようとしている。

　パーヴェイズは膝をついた男のところまで行ってしゃがみ、布きれを口に詰めた。男の唇はまだ動いていた。何を言っているか、やっとわかった。祈っている。『王座の節*』だ。パーヴェイズはこの祈りを、祖母に教わった。祖母は苦しいときに唱えなさいと言った。この祈りをパーヴェイズもまた車から降り、膝をついた男のところまで歩く間に消えそうな声で唱えていた。男が上目づかいでこちらを見た。パーヴェイズはこの先、男の顔を思い出すことがなくても、この訴えるような目だけは忘れないだろう。

「ちょっと来て、これを聞いてみろ」アブー・ライースはそう言い、つけていたヘッドフォンを差し出した。パーヴェイズはそれを受け取ろうとして、下に落とした。「おまえ、手をどうかしたのか?」

パーヴェイズは首を横に振り、ヘッドフォンを拾いあげ、やっとの思いで頭につけた。アブー・ライースは顔をしかめて、マイクをパーヴェイズに渡した。ヘッドフォンから聞こえるのは、手に持ったマイクが激しく震えるノイズだ。震えは、ひじまで広がっていた。

「震えが止まらなくて」パーヴェイズはさらに、こう言った。「すごく気分が悪い」

「車で寝てろ」アブー・ライースはそう言って、背を向けた。

パーヴェイズは言われた通りにした。車の窓を閉め切って後部座席で横になったまま、頭の中で繰り返し想像する。剣が宙を切り、肉と骨を断ち切ると、体が前に倒れ、首が砂の上で跳ねながら転がって止まる。両目はまだ、見開いている。その目は恐れてはいない。責めている。

人の首を切り落とすのに、いったい、どれくらい時間がかかるんだろう?

アブー・ライースがようやく車に戻ると、パーヴェイズは言った。「どうしてアッラーがあのようなことをなさったのか、わかりません。ぼくの意志はひとつの方向を向いていたのに、手がついていかなかった。きっとぼくは何かで、アッラーを落胆させたんです」

アブー・ライースは探るような目で、パーヴェイズを長いこと見た。パーヴェイズはアッラーのおぼしめしを引き合いに出して、ふがいなさの言い訳にした。忠誠心が足りない者は特権をはぎとられ、ラッカ市の郊外に飛ばされ、塹壕を掘らされることもある。そこにいたらたちまち、空爆の標的になる。「今晩は寝るな。朝まで祈りを捧げ、赦しを乞え」アブー・ライースは言っ

＊　一二九頁の＊3参照。

た。
「わかりました」パーヴェイズは答えた。この口数の少ない、イラク人の腹の中はわからない。パーヴェイズを信用しているのか、有能なスタッフを手放したくないだけなのか、どっちだろう。ここでは、誰が正真正銘のムスリムで、誰が調子を合わせているだけなのかは、わからない。それらしくふるまう動機は数多くある。恐怖もあれば、打算もある。仮面を脱ぐ代償は高いから、誰もあえてそんな危険はおかさない。

それからというもの、パーヴェイズは来る日も来る日も、スタジオで音声編集をやらされた。素材は斬首刑、はりつけの刑、鞭打ちの刑。これはテストでもあり、罰でもあった。スタジオにいるときは、感情を抑えることはできた。ここでは、音を的確に再現することが、最も重要だったからだ。発見の喜びもあった。人の肉を釘が貫くときと、刃物で突き刺すときとでは音の高さも質も違う。人間らしく悲鳴をあげて死んでいった者もいれば、獣のように死んでいった者もいた。パーヴェイズ――ムハンマド・ビン・バグラム――は自分はもはや、獣のほうだと思った。

だからこそ、スタジオのスタッフになって自分専用のスマートフォンを与えられ、会話が聞こえる範囲に「見張り係」が立っていないところでもようやく電話で話せるようになっても、アニーカに電話をかけなかった。ただ毎日、チャットメッセージを送って生存を知らせたら、サインアウトした。会話をするなど想像もできなかった。今まで何してた？　今日はなんか面白いことあった？　元気にしてる？

ところが四月に入ったばかりのある日、今日もメッセージを手早く送ろうとスカイプにサインインしたら、アニーカから一通届いていた。電話して。うちに帰れるよう、今、作戦練ってるから。

うち。それはパーヴェイズが背を向けた過去の場所だったし、MI5は絶対に帰らせてくれないだろう。

ぼくはこっちで大丈夫だから。パーヴェイズは返信した。

すると、アニーカはこう返した。嘘つき。

＊

彼はカフェを出た。うつむきかげんで、歩き方も変えた。ファルークの白いSUVがないか絶えず気を配り、地面をこするように歩きながらガラタ塔を横目で見て、イスティクラル通りの広々とした歩行者専用道路に出た。そこに、ロンドンでも知っていたアパレルショップがあるのは心強い。その店に入り、ブルージーンズとグレーのTシャツ、店のロゴを刺繍《ししゅう》した黒い野球キャップを買った。新しい服一式に着替えると、ほんの数時間前に買ったばかりの服を試着室に残し、店を出た。

次に入ったのは、携帯電話を売る店だった。ごつい旧式の端末に挿していたSIMカードは居場所を特定される危険性を考えて壊しておいたが、新しいSIMカードを買うには身分証明がいる。あるいは——そこで、彼は気づいた。電気屋で散財したときの、トルコリラの札束の残りがある。彼は新しいSIMカードをごつい端末に挿してアニーカにメッセージを送り、新しい連絡先を知らせた。アニーカの飛行機はもうすぐ離陸する。

ファルークがカフェに入ってきて見つかるのをただ待つより、他のことをしていたほうが、とりあえず落ち着く。そこで二、三分人波にまぎれてぶらぶら歩き回り、通りに立ち並ぶ洗練された建物の外観を眺めながら歩いた。本屋を見るたびに誘惑にかられ、映画館にも入りたくなった。しかし、公共の場所で周りに人がいて、走って逃げられる方向が二つ以上あるところにいたほうが安心に思えた。目の端にちらりと、白い袖が見えて足の力が抜けたが、ゆっくりと視線を袖から顔に移した。知らない人だった。

彼はある店の入り口の階段に腰を下ろした。目を閉じ、アジア人の婚活サイトの話でアニーカと冗談を言いあったあの日、キッチンで流れていた曲を思い出そうとした。チムタとベースギター、ドーラクとドラムが鳴り、男が歌っていた。その歌は、歴史の流れよりもはるか深いところから響いてきた。彼は膝を抱えた。この道を渡ったところに、細い道がある。そこを抜けたら、英国領事館がある。もしかしたら、今、行動すればいいのかも。なぜ、アニーカを待つ？　なぜ、アニーカを巻きこむ？　ぼくが出頭すればいいだけだ。間違ったことをしました。法律を破ってしまったなら、裁きを受けるつもりです。とにかく、ロンドンに帰らせてください。しかし、自分はテロリストの父を持つテロリストだ。頭をがっくり垂れ、膝にのせた。この歴史の流れをどうやって断ち切ればいいのかわからなかった。どうすれば、執拗《しつよう》にあとを追いかけてくる悪魔たちを振り払うことができる？

＊

ミグ戦闘機から爆弾を投下した。スタジオにある共有昼食ラウンジの窓枠と、皿が音を立てて揺れるほど近くだ。

「行け」アブー・ライースが言った。「急げ。これを持って行け」と、ポケットから携帯録音機ZOOMのH2を出したが、パーヴェイズはすでに立ち上がり、ポケットに手をつっこんで、教えられた基本中の基本――携帯録音機をいつも身につける――をちゃんと覚えていることを見せた。「よし！　行け」

もうもうと煙の立つ方角に、パーヴェイズは車を走らせた。片手でクラクションを押し続け、他の車に道を空けさせた。どこよりもどす黒い煙が上がる場所――市場に入る手前でスピードを落とし、エアコンのスイッチを切って窓を開けると、五月の熱風と街の騒音が一気に飛びこんできた。ラッカ市内で発電機のうなる音が聞こえる場所には、ISのメンバーが暮らし、働いている。ところがパーヴェイズはもはや、地元民と彼らを支配する側の格差に慣れすぎ、そんなことは気にならなくなっていた。ほどなく、ある通りから鋭い悲鳴が立て続けに聞こえた。その通りはひどく狭かったから彼はSUVを近くに停め、歩いて行かなくてはならなかった。男たちが曲がり角に立っているが、誰もが顔をそむけ、通りのほうを見まいとしている。みんな地元住人だ。パーヴェイズの顔立ちや白いチュニックをひと目見て、ISのメンバーだとわかったらしく、誰もが彼に注目した。その中の二人組が話しかけてきたが、パーヴェイズは押しのけて先を急いだ。そのときには、女性が英語で「助けて」と叫んでいるのが聞きとれた。

狭い通りに人影はなく、道沿いの店にも客はいない。パーヴェイズは走った。すると壁の崩れたところが見えてきたが、そこで何が下敷きになっているのかまでは見えなかった。

鋭く呼び止める声がした。誰も乗っていないように見えた、ライトバンのドアが開く。その車体の脇に書いてある文字から、それが宗教警察《ヒスバ》の車だとわかった。車からあらわれた、パーヴェイズよりも少し年上に見える男は最初はアラビア語で、それが通じないとわかると英語で話しかけてきた。

「この女は顔のヴェールを外している。おまえは近寄れない。女性部隊を今、こっちに呼んでいる」男は顔の横に手を当てて、ヴェールを外した女の顔をうっかり見ないようにしていた。[*1]

「お願い」女性は叫んでいる。「お願い、助けて」嘘だろ。ロンドンっ子のアクセントだ。声が若い。ぼくやアニーカと同じくらいだ。

「ぼくらが助けてやっても、苦しむ女性を見殺しにするより罪は軽いんじゃないか？」

「見殺しにされて当然だ。顔のヴェールを外したんだから」

「外さないと、息ができないのかもしれない」ぼくの言ってることが聞こえているだろうか？　声を張り上げてみたんだけど。ロンドンっ子訛りがわかるだろうか？「助けて」彼女はまだ声をかぎりに叫び続けている。「お願い、助けて。痛い」そして、彼の心臓がどきっとした。「ママ！　ママ！　ごめんなさい」

そのときある記憶が蘇った。パーヴェイズが物置小屋の屋根から落ちたとき、誰かが両手で抱き上げ、頬ずりしてくれた。母さんだ。でなきゃイスマだ。ここから数メートルと離れていないところに、ヴェールで顔を覆っていない少女がいる。やわらかそうな頬が見える。歯並びが悪いのかもしれないし、わし鼻かもしれない。顔にあばたがあるかもしれない。それでもその少女はこの世で何よりも素敵で、何よりも危険な存在であることに変わりはない。

「兄弟、でかい口をたたくな」

そのときパーヴェイズにはその場で言えることは山ほどあった。だが、そのなかのたったひとつ以外はすべて、命取りになる。「『ジャザー　カッラー　ハイル』（アッラーがあなたに良い報いを与えますように）、兄弟。ご忠告、ありがとう。そしてわれらが姉妹の慎みを、見ず知らずの者たちの視線から守ってくれたことにも、感謝する」

男はパーヴェイズの手をとり、強く握った。「結婚しているのか？　まだか？　結婚すべきだ。われわれが妻を見つけてやる。アルハムドゥ　リッラー」*2

「アルハムドゥ　リッラー」とパーヴェイズは答えた。握られた手をすぐに振りほどきたかったが、失礼にならないほどの間だけ、我慢した。

「お願い、行かないで」少女はパーヴェイズの背中に呼びかけた。「お願い。どうして助けてくれないの？」

ああ、耳が聞こえなければいいのに。アッラーよ、ぼくの聴力を奪ってください。この少女の声の記憶をどうか、消してください。

パーヴェイズのただならぬ表情に、曲がり角にいた男たちがあとずさりした。怖いのか？　十九歳にしてパーヴェイズは、大人の男たちを怯えさせていた。彼はISなのだ。

パーヴェイズは大股で、SUVのほうに向かった。車に乗ると、ドアのハンドルを回して窓を

＊1　敬虔なムスリム女性は人前に出るときは全身を布で覆い、顔も体もさらしてはならないとされている。また、ムスリム男性にも、夫以外の男性が布で覆われていない女性の頭部を直視することを禁じている。
＊2　一九一頁の＊参照。

閉めた。窓を開けたまま車を離れたのは、自分のような立場の男の車には誰も触れられないとわかっていたからだ。パーヴェイズはこういうことを今では当然だと思っていたし、そんなちっぽけな特権を楽しんでいた。祈りの言葉を唱えながら、スカイプにサインインした。アニーカのオンライン状態は「取り込み中」になっていたが、パーヴェイズには関係ない。動画通話ではなく、音声通話にしなければ。でないと窓からのぞかれ、ヴェールをしていない女と話すところを見られるかもしれない。

「Pちゃん！　よかった。ああ、よかった」

アニーカの声を久しぶりに聞いて、張り詰めていた気持ちが緩んだ。パーヴェイズは額をハンドルに押しつけ、誰にも涙を見られないようにした。泣き虫はやめたのに。

「どうしたの？　何かあったの？」

こういう気持ちは、忘れていた。優しく話しかけられたら、こんな気持ちになるんだ。

「ううん、ただ……ぼく、ここにいられない。もう無理だ。パスポートを取り上げられたから、ここにいるしかないんだけど。でも、無理。ここの決まりに慣れたらって思ったけど……でも、無理。できない。とにかくうちに帰りたい」

電話の向こうで、アニーカが大きく息を吐くのが聞こえた。それを聞いてわかった。自分が家を出て以来、アニーカはこの言葉をずっと待っていた。そして自分がこの言葉を言えないことも、アニーカを苦しめていた。パーヴェイズは謝ろうとしたが、さえぎられた。その声には、この家の女たちならではの毅然《きぜん》とした、思い切りのよさがあらわれていた。彼はそれがたまらなく好きで、恋しかった。家から離れるべきじゃなかった。

「イスタンブールに行かなくちゃね。行ける?」

「わからない。たぶん行ける。うん、そのうち。信用してもらえるようになったら、ちゃんとした理由を言えば、通行証がもらえるから」

「理由を見つけて。それから英国領事館に行って、パスポートを発行してもらって」

「アニーカ、ぼくはイギリスの敵だよ。敵はどんな目にあうかわかるだろう。わかる? わかってる? 前に言ってたじゃない、いい考えがあるって。頼む、いい考えがあるって言って」

「父さんのような目にはあわせない」

「それはわからないよ」

「あたし、こっちでいろいろ、確かめてるから」

「どういうこと?」

「会ったら話す。直接会って説明しなきゃならないことってあるでしょ。でも、まかせて」

「何するつもりだよ?」

「自分でも笑っちゃうの。最初はパーヴェイズのためにやってるって思ってた。でもね、結局、あたしに素敵なことが起きた。これは、説明するまで覚えてて。いい?」

「えっ、なんだよ? まさかMI5の上のやつとできちゃってるんじゃないよね?」

アニーカをからかえるなんて、うれしい。こういう声がまだ、出せるのも。

「つべこべ言わないで、帰ってきて」

「わかった」

＊

人がじろじろ、こっちを見るようになってきた。手を震わせ、階段の上に座っていれば、誰もが忙しそうに動いているイスティクラル通りではどうしても、目立つ。彼は立ち上がり、少し歩いて道を渡ったところにある、本や古い地図をウィンドウに飾った店に向かった。中に入ると、カウンターの後ろにいた老人が顔を上げてうなずき、また読んでいた新聞紙に目を落とした。この店には「雰囲気がある」と人々が呼ぶ、一種の静けさがあった。しかし彼にはそれがすべて、カーペットが足音を吸収し、閉じたドアが外からの騒音を遮断し、空調のほんのかすかなモーター音がしているせいだとわかっていた。地図を展示した、木製のキャビネットのほうに行った。引き出しが四つあって、そこにそれぞれ、古い地図が何十枚も入っている。オスマン帝国、コンスタンティノープル、アジアにおけるトルコ、アナトリア半島、エジプトとカルタゴ、ダーダネルス海峡、九世紀のアッバース朝。

彼は片手で地図をめくり、もう片方の手でごつい携帯電話を握りしめていた。そろそろアニーカから返事のメッセージが来てもいいころなのに。あっちで何かあったってことか……。何かはわからない。だが、電気屋からタクシーを飛ばして移動する間にアニーカに電話して今イスタンブールだと伝えると、最初は信じてもらえず、次にキレられた。なんで前もって知らせてくれなかったの？「だめになることもあるから、期待させたくなかったんだ」よりによってなんで、今日なの！「なんでって、今日何かあるの？」なんでもない。忘れて。なんとかする。今日会えるなら最高。とにかく、すぐに手はずを整えるから。きっと大丈夫。「それ、どっちに言ってるんだよ？　ぼく？　それとも自分？　いったいどうしたの？」いいから。ちょっと電話しないといけないから。あとで折り返す。

　ところが数分後に電話をしてきたアニーカは不安げで、手配してくれると言っていたものはできたのか聞いても、歯切れが悪かった。そこで、だったらファルークのところに戻るのが一番安全かもしれないから、また別のときにしようかと言った。だめ。とにかく、領事館に行って。「嫌だよ。何されるかわからない」だめ。待って。あと五分ちょうだい。またかけ直すから。「嫌だよ――戻るんなら、すぐに戻らないとやばい。逃げたって気づかれる前に戻らないと」だめ、だめ、だめ。やめて。あたしがそっちに行く。次の便で行くから。とにかくどっか、あいつに見つからない場所にいて。あたしが着くまでそこから動かないで。着いたら領事館に一緒に行こう。それを聞いたとたん、その方法なら最悪でもアニーカに会えるということしか考えられなくなった。領事館に着いたら最後、どんなことをされるかわからない。それでもせめて、その前にアニーカに会える。なら、他のことはなんだってがまんできる。その前にアニーカに会えるなら。

　頭の片隅が少しだけ、冴えてきた。そっか。アニーカがその飛行機に乗るのを許されるはずは、ない。行き先は双子のきょうだいのぼくが、敵の世界に姿を消した場所なんだから。アニーカはきっとそのことでもめていて、搭乗券をくれるまでは帰らないって言い張っているんだろう。頭の中でイスマの声がする。自分勝手で、無責任だと責めている。もちろん、イスマの言う通りだ。

　彼はアニーカにメッセージを打った。ここに来て、手を握ってくれなくていい。きっと大丈夫。今から領事館に行く。じきに帰れるよ。帰ったらビリヤーニ*、作ってくれる？　レシピ本の一三一ページのやつだよ。

彼は送信ボタンを押した。両手でしっかりと携帯を握っていた。

＊

結局、ファルークがパーヴェイズの脱走の手段になった。ある日の午後、ファルークはスタジオを兼ねた家にいきなりあらわれた。昼の礼拝をすませ、バルコニーの敷物の上に置いた礼拝マットから立ち上がりかけていたパーヴェイズをつかまえてヘッドロックをかけると、こめかみに思いきりキスをした。

「おれのちび兵士は立派になったな。昼は食ったか？」

パーヴェイズの横で祈っていたアブー・ライースがファルークの腕をはたいた。「誰だ？　ここで何してる？」

「おれは戦闘員だ」ファルークは言って、背筋をのばし、胸を張った。かつてパーヴェイズはファルークのこの仕草を憧れの眼差しで見ていたが、今は滑稽《こっけい》に見える。

「そして、こいつの名づけ親だ」

アブー・ライースはそれを聞いてもなんの興味も示さなかった。部下の誰であれ、スタジオの外の暮らしぶりを示唆するような会話には、いつもそうだ。

「おれはもうすぐ車でここを出る」ファルークはさも自分が重要人物であるかのような言い方をした。「明日、イスタンブール入りする新人を迎えに行くんだ」パーヴェイズを横目で見ながら、さらに言った。「いとこたちもリクルーターが板についてきた」

パーヴェイズはぐっとこらえて、感心しているような顔をした。その数週間前、ユーフラテス川を臨むレストランで夕食にケバブ料理を食べているとき、うすうす気づいていたことをスコットランド人がはっきりさせてくれた。パーヴェイズがファルークと出会ったころ、ファルークがロンドンにいたのは、いとこをリクルーターにする訓練のためだった。パーヴェイズは絶好のタイミングにあらわれて「ギニーピッグ」（モルモットのこと）になった。ここでスコットランド人は「ギニーピッグ」とは言わなかった。「豚《ピッグ》」という言葉を口にするのは、ムスリムにはきわめつけのタブーだからだ。代わりにスコットランド人はパーヴェイズが、アッラーの御心の道具になったかのような言い方をした。今にして思えば、ファルークのやり口は、パーヴェイズがまんまと乗ってきそうな方法だったのだ。パーヴェイズは頭の中でファルークの喉に剣を突き刺し、息の音とともに血があふれるのを聞いている自分を思い浮かべた。

「こいつも連れていってくれ」アブー・ライースはそう言って、立てた親指をパーヴェイズのほうに向けた。「スタジオの機材をとってきてもらいたい」

「おれが出発する前に、こいつの通行証を用意できるのか」ファルークは疑わしげに言った。腕時計をのぞきこんでいた。

「もちろん用意する」アブー・ライースは言った。

簡単だった。

＊　スパイスの効いた炊き込みご飯。

＊

彼はメシュルティエト通りの歩道に立ち、石積みの塀を見ていた。塀の上には先の尖った黒い鉄柵が張りめぐらされているので、領事館の正面はほんの一部しか見えない。それでも屋根の上で元気にはためく赤と白と青の旗は、はっきり見えた。オリンピックでユニオンジャックをまとう、モハメッド・ファラー*。ナシームおばさんのところにあるエリザベス女王の即位五〇周年（二〇〇二年）記念のお菓子の缶。

ロンドン。ぼくの帰る場所。

＊　ソマリア出身、イギリス代表のオリンピック陸上競技選手。二〇一六年リオ五輪では金メダリストに。

アニーカ

ANEEKA

I

7

無理。絶対に無理。こんなの、耐えられない。この世界にいる他の誰かなら、耐えられる。この世界にいる他の誰かなら、しかたないとはいえ、耐えるしかなかった。徐々にくるときもある。祖父がそうだった。半身麻痺の状態が何週間も続き、話すこともできなくなり、呼吸もおぼつかなくなった。突然のこともある。母がそうだった。母は職場の旅行代理店の床に倒れて死んだ。母の口紅がついた朝のティーカップを大切にとっておいたのに、ある日あたしたち双子のどちらかがかっとなって立ち上がり、取手を持って振り回して母の唇の跡を割った（あたしは間違いなく自分がやったと思っていた。パーヴェイズは自分だと言い張った）。手品かと思うようなこともある。祖母がそうだった。祖母は病院の検査結果を待っていた。家族は結果が出る前から、余命宣告を覚悟していた。ところが祖母が道を渡ろうとしたとき、酔っ払った運転手が角でハンドルを切るのを早まった。その二週間後、主治医が電話で腫瘍は悪性ではなかったと知らせてきた。実感がないこともある。父がそうだ。父はあたしたちの人生の中で生きた存在だったことはない。

父が死んで何年もたってから、あたしたち二人は「死」という言葉が父に結びつくことを知った。みんな死んでしまった。あたしたち双子を残して。あたしたちは見つめあって、自分たちの悲しみを理解した。

悲しみは、悲しみとまったく違う形であらわれる。悲しみは悲しみ以外の感情をすべて消し去る。悲しみのせいであたしたち二人は何日も同じシャツを着続け、故人がまだ生きていた日の朝のままでいようとした。悲しみのせいであたしたちは天井から星をはがし、光る星くずを指先にくっつけたままベッドに寝ころんだ。悲しみは怒りっぽく、悲しみは優しかった。悲しみは自分のことしか目に入らず、この世のどんなささいな苦しみも目に入った。悲しみはワシのように翼を大きく広げ、悲しみはハリネズミのように小さく身を縮めた。悲しみは仲間を求め、孤独を愛した。悲しみは忘れまいとし、忘れたがった。悲しみは怒り、嗚咽《おえつ》した。悲しみは時を引きのばし、早回しした。悲しみは飢えの味がし、麻痺の感覚がし、無音に聞こえた。悲しみは胆汁の味がし、ナイフの刃の感触があり、世界中のあらゆる騒音の響きがあった。悲しみは常に形を変え、とらえどころがない。悲しみはどちらの瞳にも映った。悲しみが終わりに近づいていることを知るのは、二人で目を覚まし、片方が歌い、もう片方がその歌を聴く朝だった。

生まれて初めてあたしたちがあたしだけになったという知らせを受けたとき、あたしはそれを拒絶した。何それ。それって別の人のこと。あの子じゃない。証拠があったら見せて。あの子をここに連れてきて見せてよ。ね、連れてこれないでしょ？　だって、あの子じゃないから。もしそれがあの子なら、今ナシームおばさんのリビングに座ってるあんな男が、知らせに来るわけない。胸のポケットから、プラスチックの櫛《くし》が飛び出てるようなやつ。弟はあなたたちの管轄じゃないから、とあたしは男にきっぱり言った。あたしたちは違うから。それから男を階下に残して自分の部屋に行き、その日さぼった授業の遅れを取り戻そうと、その部分を読み始めた。授業に出なかったのは、その前に、弟から電話があったからだ。今ごろ、あの子はいじけてる。あたしが行くって約束したのに、行かなかったから。ドアに鍵をかけた。ナシームおばさんが何度もノックし、開けてと頼んでも開けなかった。行けなかったのはあたしのせいじゃない。やつらが行かせてくれなかった。「あなたを守るためです」と言ってパスポートを取りあげて、いつ返すかも教えてくれなかった。ううん、違う。あの子はいじけてなんかない。今、こっちに向かってる。あの子の送ったメッセージが、外国のネットワークのどっかで引っかかってるだけ。そういうことは、たまにある。通信が滞って何時間とか、何日とか外国に繋がらなくて、そのうち通知音が続けて鳴って、メッセージが三通くらいずつ届くようになる。半年前、カラチのおばさんからのメッセージもそうだった。あの子はどこ？　いつ来るの？　せめて電話で説明くらいできるでしよ、イギリスでは礼儀も教わらないの？　パーヴェイズはこっちに向かってる。飛行機で、窓際の席から星を見てる。ふたご座のカストルとポルックスが寒くて暗い夜の間ずっと手を握り合ってるのを。

眠りに落ちるとふと、誰かに抱きしめられた。子どものころ、よくそうしてもらったように。驚きはしなかった。それどころかそれは、体を丸めてあたしたちのひとりのぬくもりになった。悪夢も届かない深い眠りに入りこんでいく喜びがわいてきた。愛にしっかり抱かれた気がして、天にも昇る心地がした。

Ⅱ

目に差しこむ光が、もうすぐ昼だと知らせた。ベッドで寝返りをうつ。眠りと胸騒ぎのせいで、体が重い。誰もいないのに、枕がへこんでいる。ベッドから出て階段を下り、声のするほうに行く。ナシームおばさんとおばさんの二人の娘とその夫たちがそろって仕事を休み、あの子の帰宅を出迎えようと来てくれている。留守だったのはこの半年間身内だけの秘密で、他の人はみな、カラチにいると思っている。ナシームおばさんの上の娘の婿、カリーム・バーイから、パキスタンに行くときによく使っていた携帯端末をもらっていた。あたしはそれを使ってときどきパーヴェイズのふりをして、パーヴェイズの友だちにメッセージを送った。ホームシックだけど、天気はこっちのほうがいい　ラクダがすごく不機嫌に見える　自分のにおいから絶対に逃れられないからだ　連絡しなくてごめん──文明から離れて、自分とひたすら向き合ってた。「そのうちバレるけどね」、とカリーム・バーイは言っていたが、あたしは最初から、わかっていた。弟が長く家から離れているはずがない。

でも、イスマが来るのはなぜ？　イスマは嘘つきで裏切り者だけど、あの子が帰ってきたから、許してあげてもいい。でも、イスマがいつもの優しいハグをしてくれるのはなぜ？　それになぜ、そんな顔をしているの？　その顔は嫌というほど知っている。アマーが死んだ、ダーディーが死んだ*、って言ったときの顔だ。それになぜ、涙ぐんだ低い声で「ナシームおばさんから電話もら

＊　ウルドゥー語で、「アマー」は「お母さん」、「ダーディー」は「おばあちゃん」。

って、一番早い便に乗ったの」とか、「わたしたちにはお互いがいるわ。これからもずっと」なんて言うの？　イスマはずっとだったことなんてない。ずっとっていうのは過去と未来の両方に向かって、母さんのお腹からお墓まで続くってことだよ。ずっとはパーヴェイズしかいない。

　それにこの人、なんでまた戻ってきたの。ポケットにプラスチックの櫛をつっこんでる、パキスタン高等弁務官事務所からきた男が[*1]、あたしが部屋に入るなり両手を上げ、昨日のことをしきりに謝っている。これが、誰か別の人の死を伝えに来たことを謝ってくれてるならいいのに。でも、この人が謝っているのは、昨日、きちんと手を合わせて「インナー　リッラーヒ　ワインナー　イライヒ　ラージウーナ[*2]」――つまり、あたしたちはみな間違いなくアッラーのものであり、アッラーの元に帰るって祈りを唱えなかったことだった。

「いえ」あたしは言った。「あなたたちは弟を別の人と間違えてます。弟はイギリス国民です。そちらのみなさんとは関係ありません」

「遺憾に思います」男は悲しげに言い、イスマをじっと見た。イスマは自分かあたしのどちらかが、助けがないと道も渡れない子どもであるかのように、あたしの手を握っていた。「みなさんは申し分のない、善良で信心深いご家族です。このような扱いをイギリス政府から受けるのは理不尽です。内務大臣は、ムスリムとして行動すべきではありませんか？」

　そのときまであたしはずっと、パーヴェイズからの連絡がないことで頭がいっぱいで、エイモンから折り返しの電話がないことに、気づいてなかった。

III

［クローズドキャプション＊3］

トルコ政府は今朝、昨日イスタンブールの英国領事館の外で走行中の車から狙撃されて死亡した男の身元を確認しました。死亡したのは、ウェンブリー出身のパーヴェイズ・パーシャ。イスラム過激派組織、ＩＳに加入した英国出身のムスリム（イスラム教徒）の最も新しいメンバーです。情報機関の職員は、昨年十二月にパーシャがシリアに渡ったことは把握していましたが、英国領事館に近づこうとした動機については今のところわかっていません。テロリストによる可能性も否定できません。パーシャを狙撃した白いＳＵＶに乗っていた男についてはまだ特定できていませんが、安全保障の専門家は、敵対するジハード戦士グループのメンバーによる可能性があると言っています。

内務大臣が先ほど、当番組の政治記者ニック・リッポンズの取材に応じ、パーヴェイズ・パーシャについてコメントをしています。

＊1　パキスタンはイギリス連邦の加盟国なので、高等弁務官事務所は大使館に相当する。また、パーシャ三きょうだいはイギリスで生まれ、イギリス国籍も持っている。イギリスでは二重国籍が認められており、このきょうだいはパキスタン国籍も保持している。

＊2　お悔やみの言葉。

＊3　音声が聞こえない、あるいは聞こえにくい人を考慮した、視聴者が表示／非表示を選択できる字幕。

――また似たような事件ですね。イギリス国民が――

――ニック、さえぎって悪いが、ご存知の通り、わたしは大臣に就任した日に、わが国を出て敵に加わろうとする二重国籍者の市民権をすべて失効させた。前任者は都合のいいときだけこの権限を行使したが、わたしが何度も述べているように、これは間違っている。

――それで、パーヴェイズ・パーシャは二重国籍者だったんですか[*1]？

――そう。イギリスとパキスタンの国籍を持っていた。

――実際問題として、パーシャは死亡しましたが、市民権失効の件がなんらかの影響を及ぼしますか？

――遺体はパーシャが国籍を有する国、パキスタンに送還される。

――イギリスで埋葬されないんですね？

――されない。われわれは生前、イギリスに背信行為を行った者が、死後、イギリスの地を汚すようなことは絶対に許さない。

――ロンドンの遺族には知らされていますか？

――それは、在ロンドン・パキスタン高等弁務官事務所の仕事だ。すまないがニック。時間がないのでこれで失礼する。

IV

#ウルフ・パック[*2]
トレンド入り
#パーヴィー《変質者》・パーシャ
トレンド入り
#祖国の土をけがすな
トレンド入り
#自分の国に帰れ
トレンド入り

*1　イギリスの国籍法では二重国籍を認めている。つまり、パーシャ家のきょうだいはイギリスのパスポートの他に、パキスタンのパスポートも取得できる。

*2　英語で wolf pack は狼の群れ、または少年暴力団の意。

V

キッチンには弔問客用の料理があふれるほど並んでいたが、誰も来なかった。

グラディスだけが電話をかけてきた。娘が午後うちにきて、無理やり車に乗せられて、ヘイスティングスまで連れて来られちゃったの、あのニュース映像の再生が止まるまで家から出ちゃだめって言われちゃって。その映像では、涙で流れたマスカラで頬を汚した女が、カメラに向かって訴えていた。

「かわいい、優しい男の子だった。あの子のこと、みんなろくすっぽ知らないくせに。わたしはあの子が生まれたときから知ってるの。恥を知りなさいよ、内務大臣。恥知らず！　あの子を返して。埋葬させて。母親と同じ墓に入れてあげて」

VI

@gladysinraqa
ツイート数　2　フォロー中　0　フォロワー　2452

まあ、かわいい男の子たち！　もっとよく見たいから、ヴェールを外させて――あーら、あたし、なにげに#身もだえしてる

ねえ、ぼうやたち。あたしを見て。あの七二人の乙女*だって知らないことも、してあげられる。
#ここは天国じゃないのかも

＊　過激派の解釈では、ジハードで死んだ者は天国で七二人の処女にもてなされるという。

Ⅶ

これは、何？　悲しみじゃない。あたしが知っている悲しみじゃない。悲しみは血のつながっていないきょうだいで、あたしたちは一緒に生きてきた。来てほしくないけど、勝手に押し入ってくる。悲しみはあたしたちの命の羊水。弟が悲しみの向こうに目をやり、その先にある世界の話をしてくれるうちは悲しみを直視することができた。悲しみはとりつく相手に合わせて形を変え、第二の皮膚としてその人の一部になり、人は生き続ける。悲しみは、神が死の天使と結ぶ取り決め。死の天使は渡れない川を欲し、生者を死者から切り離した。悲しみはその川にかかる橋。死者は生者の間を行き交うことができる。その足音は頭上から聞こえ、笑い声はすぐそばで響き、その姿形は見知らぬ人に重なり、人は通りでついあとを追ってしまう。振り向かないでほしいと願いながら。悲しみは、死者への負い目。その人なしで生きていくことへのぬぐえない罪悪感。

でも、これは悲しみじゃない。第二の皮膚になるどころか、あたしの皮膚をはぎとった。この体を外から包むのではなく、毛穴に染みこみ、見る影もなくむくませた。弟の足音も、笑い声も聞こえない。どんなふうに背中を丸めればあの姿形を真似られるのかも、もうわからない。鏡をのぞいてももう、弟の目が見返してくることはない。

これは悲しみじゃない。怒りだ。弟の怒り。どんな感情も顔に出すのに、怒りだけは表に出さなかった少年の怒りだ。弟にはそぐわないものなのに、あたしに残してくれたのは怒りだけ。弟から残されたのはそれだけ。あたしはそれをしっかり胸に抱き、育て、たてがみをなで、星ひとつない空の下で愛をささやく。そして、かすかに光るかぎ爪で、自分の歯をとがらせた。

警察が家に来た。メモ帳を膝の上にのせ、録音機を手に持っていた。ロンドン警視庁での取り調べを強く求められなかったことにイスマが礼を言うと、感謝されて当然という顔で応じた。

「どうして弟を帰国させてくれないんですか？　あの子は帰りたがっていました。帰ろうとしていたんです」

この男たちがやってきた目的は、パーヴェイズのことではなかった。彼らは要人警護部で、内務大臣を担当していた。

「あら。ってことは、エイモンのこと？」

イスマはそのとき警官に紅茶を注ごうとティーポットを持っていたが、何をするのか忘れてしまったらしい。テーブルからほんの少しポットを持ち上げたままの格好で、あたしを見た。あたしの顔はみるみる赤くなった。

「あたし、つき合ってたの。エイモンが助けてくれると思ったから。あの人に聞いて。きっと話してくれるわ。あたしは弟が帰れるようにしたかった。今の望みはそれだけ。なんで隠してたのかって？　なんでだと思う？　そうやってメモ帳とか録音機とかを持ってるあなたたちみたいな人がいるから。エイモンがあたしのためになんでもしたいという気持ちにさせたかったから。わたしが弟のためになんとかしてって、頼む前にね。認めて、悪い？　誰よりも愛している人を助けるためだったら、なんだってする。ずっと変わらないままでなきゃ愛せないなんて、深く人を愛している人の言葉じゃない」

イスマは紅茶を注がないままティーポットを下に置き、あたしをまじまじと見ていた。それまで考えてもみなかったことを疑い始めている。もし、他の感情が入る余地があったなら、イスマは今の話をどう感じただろう？

「警告なんか、いっさいいらない。あたしが今、エイモンに連絡したって、なんにもならないんだから」

警官たちは帰った。イスマは傷つき、ぼうぜんとしていた。

「そんな目で見ないで。エイモンのこと好きだったなら、お姉ちゃんがやればよかったんだよ。なんでそこまで弟を愛せなかったの」

IX

「アニーカ、そっちに上がってもいい?」下から声がする。

「なんで? あたし、お姉ちゃんの顔、見たくない。それにもう、エイモンのこと、ばれちゃったんだから、お姉ちゃんだってあたしの顔、見るの嫌でしょ」

「あなたは、わたしに残されたたった一人の家族なの。あなた以上に大事なものなんてない」

「なに、あの音?」

「引越し業者が家の中で梱包《こんぽう》している音よ」

「もう出てったの、あの『移民の人たち』?」

「出て行ったわ。あの人たち、翌月の家賃の代わりに高価なブラインドと、四段階に温度調節ができる電気ポットを置いていった」

「あの子のせい? お上品な入居者が出てっちゃったのは」

「自分だけが傷ついているみたいな態度、やめて。あの子はわたしの大事な弟だったの」

「じゃ、エイモンは? あの人はなんだったの? パーヴェイズより気になるみたいだけど」

「どうしてつっかかることばかり言うの? あの人は、わたしの人生でちょっと知り合っただけの人。あなたたち二人がわたしの生きがいだったのよ。そっち、上がるわよ」

「あの子がここに座ってたころ、お姉ちゃん、一度もそんなことしなかったくせに」

「ちょっとつめてくれない?」

「あの子、お姉ちゃんにはここにいてほしくないと思う」

「あの子はもう、そんな気持ちを超越したところにいる」

「あたし、いてほしくない。お姉ちゃんはあの子を裏切った」

「そのせいで死んだんじゃない。あの子が死んだこととは関係ない。そろそろわたしを許してくれてもいいでしょ。お願い。ごめんなさい。許して」

「お姉ちゃん、天国と地獄、信じる？」

「たとえ話としてはね。慈悲深い神は、ご自分がお造りになったものはどんなものであれ、永遠に苦しむことを強いたりはしないはずよ」

「じゃあ、死んだらどうなるの？」

「わからない。何かが起こるんじゃないかしら。死んだ人たちは、わたしたちを見守っている。それはわかる。その人たちが今日わたしに話しかけてきて、わたしがアニーカに何をしてあげられるのか、教えてくれようとしている」

「ないわよ、そんなもの。じゃあ、あの子には何をしてあげるつもり？」

「祈る。あの子の魂のためにね」

「肉体のためには祈らないの？」

「肉体はただの殻よ」

「貝殻を耳に当てると、育った海の音も聞こえるんだよ」

「そうね……。じゃあ、アニーカは、人は死んだらどうなると思っている？」

「あたしには、わかんない。お姉ちゃんはわかってる、そういうことが。人の生も死も天国も地獄も神さまも魂も。あたしにわかるのはパーヴェイズだけ」

「あの子は何を望んでいるの？」

「家に帰りたがってる。あたしに連れ帰ってもらいたがってる。殻になってしまっても」

「それは無理でしょ」

「だからって、やらない理由にはなんない」

「どうして？」

「ねえ、手伝ってよ」

「どうしてわたしたちの置かれた状況が理解できないの？　グラディスが言ったようなことも、わたしたちは絶対に口には出せない。そんな自由はないんだから。あの子のことは心の中と祈りの中で覚えておくの。おばあちゃんがひとり息子のことを、そうやって覚えていたように。大学に戻って、法律を勉強しなさい。法律を受け入れるの。法がたとえ、不公平なときがあるとしても」

「お姉ちゃんは正義も、あたしたちの弟も愛していない。だからそんなことが言える」

「あのね、わたしはアニーカのことを愛しすぎていて、今は他のものが見えないの」

「手伝ってくれないんなら、お姉ちゃんの愛情なんか、意味ない」

「お姉ちゃんのあの子への愛情だって、意味ないわ。もう死んでるんだから」

「こっから下りてよ。ここはあの子の小屋なんだから。お姉ちゃんの声なんて、ここで聞きたくない」

「アニーカ。わたしには妹が必要なの。お互い、ひとりこの苦しみに耐えるなんて、とても無理よ」

イスマはあたしの髪をなで、パーヴェイズから引き離そうとした。

「あっち行って」

X

「ショックを受け、恐怖を覚えました」パーヴェイズ・パーシャの実姉、コメントを発表

今朝早く、イスマ・パーシャさん（二十八歳）がウェンブリーの自宅前で報道陣に向けてコメントを読み上げた。イスマさんは、月曜日にイスタンブールで殺害された弟、ロンドン出身のテロリスト、パーヴェイズ・パーシャについて次のように述べた。「弟のパーヴェイズが、イギリスおよびすべてのムスリムが敵とみなす人々に加わるために出国したことを去年聞かされたとき、わたしと妹はショックを受け、恐怖を覚えました。わたしたちがただちにロンドン警視庁テロ対策指令部に通報した経緯は、同警視庁のジャネット・スティーヴンス警視総監が述べられた通りです。在トルコ・パキスタン高等弁務官事務所のみなさまが現在、弟の遺体をパキスタンに移送することにご尽力くださっていることに心から感謝申し上げます。現地で親戚が弟の葬儀を手配しますが、それは亡き母を偲ぶ会として催されます。わたしも妹もこの葬儀のためにパキスタンに行く予定はありません」

パーヴェイズ・パーシャが通っていた地元モスクも公式にコメントを発表し、故人のために追悼の祈りを捧げる予定はないことを明らかにし、逆に「法を遵守するイギリス人ムスリムへのヘイト活動に加担している」という噂をきっぱりと突っぱねた。

遺体は現在、イスタンブールの遺体安置所に保管されている。複数の関係者によると、本国パ

キスタンへの移送が公表されるまでにまだ数日かかるだろうとのこと。

イスタンブール警察によると死亡時、パーヴェイズ・パーシャは武器を所持していなかった。殺害されたときに英国領事館に近づこうとした理由についてはわかっていない。犯人の身元もまだ不明だが、複数の目撃者は、三十代のアジア系の男性だと証言している。スティーヴンス警視総監によると、パーシャはイスラム国（ＩＳ）のメディア部門のメンバーとして活動。戦闘員といわゆる「ジハード戦士の花嫁」の採用を担当していた。ロンドンのタワーハムレッツ区在住のムバシール・ホークさんの娘、ロマーナさんは一月にＩＳの戦闘員と結婚するためにシリアに出国した。ホークさんは記者の取材にこう答えた。「娘はパーヴェイズ・パーシャのような男たちの嘘や宣伝活動にまんまとだまされて、行ってしまった。ただ一つ、内務大臣の施策で残念に思うのは、わたしがテロリストの墓に唾を吐く機会が奪われたことです」

内務省の複数の関係者によると、重大な国益に反する活動をおこなった英国パスポート保持者は例外なく市民権を剝奪《はく》するという条項を次期国会で導入すべく、移民法案を提出する見通し。現行の規定では市民権を剝奪される可能性があるのは二重国籍者か、別の国籍を持つ帰化市民だけとなっている。内務大臣はこれまで再三にわたり、前任者の「市民権は特権であり、権利ではない」という主張を修正し、「市民権は特権であり、権利でも生得権でもない」と述べてきた。人権活動グループ『リバティ』は以下のようにコメントを寄せている。「権利を得る権利を剝奪することは人道上、最悪の措置だ。テロリストの可能性のある者を見限るのは浅はかで危険きわまりなく、国籍を奪うのは独裁者のやり方だ。民主主義国家のすべきことではない」

XI

石を投げつけられて割られたガラス窓から吹きこんでくる雨で、目が覚めた。イスマはこう言っていた。せめてナシームおばさんの家は嫌がらせされなくてすんで、よかったと考えましょう。「ショックを受け、恐怖を覚えた」イスマは、こんな状況でも、善良な市民を演じてる。あの恥知らずな行為に、あたしまで話に持ち出した。イスマは卑怯者。裏切り者。

きょうだいそろって育った家に今、ひとりでいる。家の中は空っぽだ。移民の人たちが家具をみんな持っていったから、家のなかはがらんとしている。今ある調度品は、マットレスが一枚。これは「ここで寝たいってそこまで言い張るなら」、とカリーム・バーイとイスマが向かいの家から引きずってきた、イスマと使っていたダブルのマットレスだ。でもこの家は今、あたしたち双子だけのものだ。大声で叫び、両手をばたつかせたら、イスマは出ていった。まるで頭のおかしい女だけど、そこまでやって、ようやくイスマを追い出せた。下で騒々しく何かをたたく音がする。何？　誰かが押し入ろうとしてる。テロリストに住む家があったという罪で、ここをたたき壊すつもりだ。四段階に温度調節ができる電気ポットを持ち上げる。残ってるもののなかでこれが一番、武器に近い。ドアを開けるとデイヴィッド・ベッカム[*1]とエリザベス女王とワン・ディレクションのゼイン・マリク[*2]がいた。割れた窓に板を打ちつけている。ベッカムは驚いて親

＊1　世界的人気を誇った、イギリスの元サッカー選手。
＊2　イギリスの人気グループのメンバー。父はパキスタン系イギリス人。ムスリムとして育てられるが、二〇一八年に棄教したことを発表。ただし本書は、二〇一四年から一五年の出来事という設定で書かれている。

指をハンマーでたたきそうになった。「誰かいるとは思わなかったよ」マスクの奥からそう言った。アブドゥルの声がした。

「中に入ったほうがいい。まだ記者が隠れてるかもしれん」と、「ベッカム」に化けたアブドゥルの父――ゼイン・マリクのマスクをした男が言った。

「お茶でもいれていただけるかしら」エリザベス女王、またの名を八百屋のナットはいうと、ティアラをかぶった頭をポットのほうに傾けてみせた。

XII

気が遠くなるほど長い録音音源に、あの子の声はまったく入っていない。まるで、ずいぶん前から、いなくなる練習を始めていたみたい。最近は、夢にも出てこない。きっと、かんかんに怒っているんだ。

XIII　あと何人「パーヴェイズ・パーシャ」が出れば、政府は目を覚ますのか？

先ごろ死亡したテロリスト、パーヴェイズ・パーシャの父アーディル・パーシャは家族を捨て、ジハードに加わった――この新事実を聞いてもそれほど驚かなかったと、プレストンロードに住む元同級生は語る。

「噂があったんです。父親はアフガニスタンのジハード戦士で、グアンタナモで死んだって」と、元同級生（匿名希望）は言った。「お姉さんたちはいつも否定し、父親は海外にいる間にマラリアで死んだ、と言ってました。でもパーヴェイズはそんなこと、一度も言わなかった。当時はとくに気に留めなかったんですが、今考えるとパーヴェイズは小さいころに、ジハード戦士は立派だ、かっこいいと思ったんでしょうね」

ロンドン警視庁の関係者によると、アーディル・パーシャは九〇年代にボスニアとチェチェンのジハード戦士グループで戦ったあと二〇〇一年にアフガニスタンに渡り、タリバンと共に戦った。死亡したのは、その直後と言われている。「アーディル・パーシャが戦死したのか、マラリアで病死したのか、あるいは他の原因で死んだのかはわからない。ただ、もしグアンタナモに収容されていたことがあるなら、記録があるはずだが、それがない」と語るのは、二〇〇二年にパーシャの家族を尋問した公安部の警察ＯＢだ。「息子のパーヴェイズのことは覚えている。まだ小さかったが、すでにイギリスの敵側で戦った父親に憧れる環境にはあった。わたしがパーヴェイズから没収したアルバムには、カラシニコフ銃を持った父親の写真が数枚あり、手書きで『いつか一緒にジハードを』とあった。この子をしっかり見張るよう検察庁に申し送ったが、残念ながら無視された」

ジハーディストの子どもの大半はイギリス生まれで、国家による厳重な監視下に置かれていないことは、重大な懸念材料である。はたしてあと何人「パーヴェイズ・パーシャ」が続けば、この状況は変わるのか？

XIV

あの日、パーヴェイズはパキスタン高等弁務官事務所から帰ってくるなり、イギリス国籍の人が支払うべらぼうな金額のビザ手数料を払わずにすんだし、カラチで働くためのお役所的な手続きもしなくてすんだと言った。調べたら、NICOP（在外パキスタン人身分証明書）というものを持っていることが確認できたからだという。

「そうだった」イスマは言った。「家族三人分をとっておいたんだわ。パキスタン旅行を計画していたときにね。結局、行かなかったけど。覚えてる？」

パーヴェイズは屋根裏部屋に上がり、大いばりで降りてきた。こっちはアニーカので、こっちはぼくのだと言って、あたしに手渡した。ラミネート加工したカードだ。「在外パキスタン人身分証明書」と書かれている。あたしはその写真をちらりと見て、思い出した。そういえば、このカードを発行してもらいにイスマと高等弁務官事務所に行ったとき、あたしはひどく不機嫌だった。夏のロンドンにいられず、親戚だらけの国で過ごすのがとにかく嫌だった。親戚はみんな血がつながっているっていうだけで、相手を詮索したり説教したりできると思っている。お姉ちゃんとあたしのヒジャーブを指してパキスタン系イギリス人は「過去にとらわれているね」と言ったかと思えば、あたしたちのはいているジーンズを指して、「ごちゃまぜじゃないか」と言ったりする。この証明書は「父親の氏名」の記入が必須だとわかっても、機嫌は直らなかった。でも結局、旅行費用を出してくれるはずだった裕福な親戚との電話のやりとりで、イスマが何かにかちんときた。それで、三人のカードは屋根裏部屋の整理棚に持って行かれ、出生証明書と国民健康保険カードと折れた骨のX線写真と一緒にしまわれたのだった。

「『在外パキスタン人』っていったい何?」あたしはたずねた。

パーヴェイズは肩をすくめた。「単にパキスタン出身の家系だから、ビザは免除ってことじゃないの。まあ、そこだけかな、ぼくにとって大事なのは」

「あたしたちにとってよ」あたしは訂正した。「あたしだって、そっちに行くとき、必要だから。あたしのお財布に入れといてくれる? そうすれば、パーヴェイズがいなくなったあと、クモの巣だらけの屋根裏に行かなくてもすむし」弟がそのときどんな表情で、言われた通りにカードを財布に入れていたのかは、覚えていない。

今その、ラミネート加工したカードが、高等弁務官事務所の机の上にある。すねた顔の十四歳の自分が写っている。ポケットにプラスチックの櫛を入れた男が悲しげにそのカードに目を落とした。

「お姉さんの言う通りにして、行くのはお控えください」男は言った。「どちらにしても女性は埋葬地には行きませんから、家で祈りを捧げるだけです。それならロンドンで祈るのも、カラチで祈るのも、なんら変わりはありません。アッラーなら、たとえ言葉が不自由な人が世界一深い海の底で祈りを小声で捧げても、聞こえます」

「わたしはパキスタンのパスポートをとれるんですか、とれないんですか?」

「とれます」

＊ ムスリムの女性遺族は通常、家の中で弔問を受ける。

「緊急発給手数料分の銀行為替手形を持っています。誰に渡せばいいか教えてください」

ふしだらなムスリム女！
パーヴィー《変質者》・パーシャの双子の姉はハニートラップ。内務大臣ジュニアを骨抜きに

イスラム狂信者パーヴェイズ・「パーヴィー」・パーシャの双子の姉アニーカ・「パンティ」・パーシャ（十九歳）は弟とグルだった。アニーカの餌食になったのは内務大臣の息子、エイモン（二十四歳）。彼女は色じかけでエイモンを洗脳し、父親を説得させて、テロリストの弟が帰国できるようにしようとした。

「パンティ」はつき合っていたエイモンに正体を隠し続けていた。打ち明けたのは、在イスタンブール英国領事館に双子の弟が侵入しようとした、数時間前のことだ。幸いにも弟は殺害され、領事館は被害を免れた。告白されたエイモン・ローンはすぐに内務大臣である父親に話をし、ベッドを共にした女性から、父親に働きかけて問題児の弟を帰国させてほしいと言われたと伝えた。内務大臣カラマット・ローンはただちにＭＩ５（保安部）に連絡したが、なんらかの対応がとられる前に「パーヴィー」・パーシャは殺された。

これまで過激派に対し、命がけで強硬な態度を崩さなかった勇気ある内務大臣は、警察の捜査中は沈黙を守っていた。今朝、内相の事務所が短いコメントを発表し、この卑劣な事件の詳細を明らかにし、「情報はすべて開示する」と約束した。当該テロリストのはちゃめちゃな姉《トゥイステッド・シスター》につい

ては、違法行為の立証はできないが、内務大臣の息子に接近しないよう命じられている。一方この息子は、複数の友人とノーフォーク州に滞在中とのこと。「この女性のしたことは見当違いもはなはだしい。内務大臣は国家の安全を損なうようなことは絶対に許さない。どんな理由があっても」と取材に応じたローン家に近い関係者は語っている。

本文記事：ムスリムのテロリストの父親と弟を持つ娘の、秘められた性遍歴——「パンティ」パーシャについての独占記事。

XVI

あの人は、ばかにしてるみたいに見えて
別世界みたいな味がして
壁が溶けていく感触がした

あの人は、チャンスに見えて
希望の味がして
愛の感触がした

あの人は、奇跡に見えて
奇跡の味がして
奇跡みたいな感触がした

本当に
存在する
神から直接授かったもの
ひざまずいて捧げよう

弟が去ってから捧げていなかった祈りを
奇跡に。

XVII

スーツケースに荷物を詰め、転がして外に出た。何日かぶりに家から出ると、カメラやマイクは警察が制止していた。イスマが向かいのナシームおばさんの家から飛び出してきた。「どこ行くの」イスマには金輪際《こんりんざい》、返事をする必要はない。

そのまま歩き続けると、「家の中に戻ってください」と警官がかばうように横についたが、無視して待っていた車に乗った。今日のアブドゥルはデイム・エドナに扮《ふん》*している。彼は頼れる支援者であり、協力者になっていた。庭の塀を飛び越え、外にいる報道陣に見られずに家の中まで来てくれた。あたしの代わりに引換券を持って行ってパスポートを受け取り、航空券を予約し、イスマのところにクレジットカード会社からの警告が届かないよう、お金も払ってくれた。

たちまち、警察の車が護衛につき、そのあとをテレビ局のロケバスもついてきたが、気にしない。隠すことなんて何もないし、このほうがいい。

「どうして助けてくれてるの、アブドゥル?」

「ちょっとわけがあってね。アニーカの知らないことさ」

「あたしはアブドゥルがゲイだって知ってたよ。アブドゥルが自覚する前から、たぶん」

「そのことじゃない。けど、ずっと黙っててくれてありがとう。おれがファルークのいとこにパーヴェイズのことを話したんだ。その、おまえの父さんの噂をな。きっとそのせいで、ファル

＊ ドラァグクイーンキャラのコメディアン。男性が女装している。

ークがパーヴェイズに目をつけたんだ」

「あの子が家を出てったのは、アブドゥルのせいじゃない」

「じゃ、なんで出た？」

「よくわかんない。あたし、聞くのをやめちゃったし。とにかく、あの子は帰りたがってた。それが大事なの」

「やつが、ファルークが戻ってきたら、おれがぶっ殺す」

「だめ。殺さないで。生きたまま皮膚を世界一薄いメスではいで、アイスクリームのスクープで両目をえぐって、舌に酸を垂らしてじわじわ焼いてやって」

「そういうの、ずっと、考えてたんだろうな」

「それくらいしか、今、集中できない」

「おれにはそういうことはいっさいできない」

「わかってる。気にしないで」

「もうひとつ、おまえの知らないことがある」

「なに？」

「あんたの弟、めちゃくちゃタイプだったの」とデイム・エドナの声で言った。

「ありがとう、アブドゥル。笑うってどんな気分か、ひさしぶりに思い出した」

空港でまた取調室に連れて行かれる覚悟をしていたが、セキュリティチェックの男性係官はあたしの肩越しに警察を見てから、あたしの新しいパスポートとカラチ行きの搭乗券に目を通し、うなずいて通してくれた。

「どうして行くんですか?」ついたての向こうから記者のひとりが大声で呼びかけた。そのときあたしは、出国ロビーに入ろうとしていた。

「正義のため」あたしは答えた。

XVIII

カラチ。色鮮やかなバス、くすんだ色の建物、グラフィックアートだらけの壁、スマートフォンと清涼飲料水とアイスクリームの広告板。熱気で白くかすむ上空を、鳥が旋回している。パーヴェイズはきっと車の窓を開け、初めての音を片っぱしから聞きたがったんだろうな。でもあたしは黙ったまま、車の座席に深く腰かけていた。静寂を破るのは、空調の送風孔のかたかた鳴る音だけ。静寂を作っているのはあたしではなく、いとこの、例のギタリストのほうだった。いとこは、あたしが空港の職員に付き添われて飛行機から降り、貨物用ターミナルに連れて来られたわけを、説明しようとしなかった。彼はそこにベージュの車で迎えに来ていた。車のフロントガラスには、ゴルフクラブの会員であることを示すステッカーが、貼られていた。ミュージシャンというより、ビジネスマンに似合いそうな車だ。

「ヒジャーブを取って、これをかけて」いとこはそれだけ言うと、やたら大きなサングラスを手渡した。あたしはいらないと言ったけど、照りつける太陽を見て気が変わり、サングラスをかけた。

その静寂は、そびえ立つ白いホテルの車寄せに彼が車を入れ、形ばかりの検問を通過し、車を停め、車のキーを受け取りにきた駐車係に手を振って、断るまで続いた。

「ここで降りて」

「どうして?」

「ホテルの入り口には、あそこから行ける。チェックインはすませてあるから、三日滞在できる。ミセス・グール・カーンという名前になっている。遺体は明日着いて、夜までに埋葬される。墓地も手配した。明日の朝、きみを墓地に送る車を差し向ける。朝九時だ。墓で祈りを捧げたら、帰って。いいね？　ぼくに電話しないで。おふくろにも。わかった？」

「わかってほしいのは、あたしのほうよ。あの子は埋葬されない。わたしが来たのは、あの子を連れ帰るためよ」

いとこは両手を上げた。「そんなの、知りたくない。頭がおかしいのか。ぼくはなんにも知りたくない。うちの姉はアメリカに住んでいて、これから子どもを生む。きみも、きみのサイテーの弟も、少しはぼくらのことを考えたことがあるのか？　世界の他の国から便所紙みたいに扱われるパスポートを持ってるぼくらがどんなふうに生きてるか知っているのか？　ぼくらはビザ申請を却下される理由をいっさい作らないよう、死ぬまで注意してなくちゃいけない。こいつとは並んで立つな、あいつのツイッターはフォローするな、ノーム・チョムスキー*のあの本はダウンロードするな、とかね。それなのにまず、きみの弟がぼくらをかくれみのにしてどっかの殺人集団に加わり、次はきみの国の政府がこの国を自分たちに不都合な遺体の捨て場にしようと考え、きみの家族は家族でぼくらがすぐに快く、「今週のテロリズムの顔」の葬式を手配してくれるだろうと思っている。そして今度は、きみがあらわれた。ミス・ふしだらなムスリム女・パンティ。ぼくはやりたくもないのに裏から手を回して、世界中のマスコミの目をかいくぐってきみを空港から連れ出さなきゃならなかった。それなのにきみは、ここに来たのは、ばかげたことをするた

＊　世界的に有名な哲学・言語学者。アメリカのグローバル主義経済を批判している。

めだとか言い出す。なにを考えてるのかさっぱりわからないが、覚えといてくれ。うちの家族はそのことにも、きみともいっさい関わらないから」

「あなたにも、あなたの家族にも、関わってもらおうなんて思ってない。ただ、教えてほしいの。明日の何時にあの子が着くのかと、あの子の運び先を誰に聞けばいい？」

「待てよ、運び先ってどういうことだよ？　まさか、遺体もチェックインさせて、ホテルの部屋に運びこもうとしてるのか？」

「本当に知りたい？」

「いや、いい、降りてくれ」

「あの子の運び先、誰と話をすればいい？」

いとこは手をのばして財布から名刺を取り出し、あたしにほうった。

「ありがとう。それと、ここからイギリス高等弁務官事務所って遠い？」

「地図でさがせよ」彼は助手席側に身を乗り出し、こっち側のドアを開けた。

XIX

イギリス高等弁務官事務所の敷地は、有刺鉄線や銃で武装したワゴン車、バリケードで囲まれ、よそ者をいっさい近づけないようにしていた。しかしそこからほんの数分ほど歩いたところに、バニヤンツリーに囲まれた公園がある。年輪を重ねたバニヤンツリーの土の上を這う根は、潮風に吹かれて錆びついた鉄線や、ほこりにまみれた銃や、次期選挙をにらむ政治家の計算などよりよっぽど、長く持ちこたえる。

ここで弟とずっと座っていよう。世界が変わるか、二人一緒に崩れて土にかえるまで。

カラマット

KARAMAT

8

テムズ川沿いの歩道に落ちる自分の影に寄り添ってのびる影が、いつになく小刻みに震えている。カラマット・ローンはそれを無視して、二杯目のコーヒーをサーモスの携帯用タンブラーから、紙コップに注いだ。前にも二度、エイモンからこういう断熱タイプのマグカップを、誕生日にもらっている。息子はよかれと思ってプレゼントしてくれる。だが、その手のマグカップではコーヒーは保温できても、人の手は保温できないことまで気がつかない。カラマットは息子のこととなるといつも、「善意」であればそれで十分だと考えた。娘もまた、そんなふうに甘やかしてしまいがちなこの世でもうひとりの候補だったが、これまで一度もその必要はなかった。息子のことをかわいそうなやつだ、とよく思っていた。エイモンと妹とでは、能力も出来も違いすぎる。それにしても、エイモンだけが自分の――こういう言葉をひとり息子に使うのはきついが、他に言いようがない――「いたらなさ」に気づいていないとは思ってもみなかった。これまでカラマットが一番にほめていた朗らかさが、未熟さの裏返しだとわかったとたん、恥になった。「彼女はぼくを愛してる！」息子はいくらそうではないという証拠を突きつけられても、そんなふうに主張し続けた。「どうして、とても信じられないなんて言うの？」それはカラマットが答えたくない問いだった。紙コップを顔に近づけ、鼻から湯気を吸いこんで頬を温めた。コーヒーが飲みごろの温度より低くなるまで、何分ほどこうしていられるかを示す目盛りがコップにはついている。

カラマットはコーヒーを飲み干した。そのやけどしそうな熱さが体に染み渡る心地よさを感じながら、ウエストミンスター宮殿と川面に映るその姿をずっと眺めていた。黄色の石造りの建物が今、明け方のほんのひととき、ピンクゴールドに染まっている。ここが伝統の中枢であることは、誰もが知っている。だが、カラマット・ローンほどイギリスを知り、その伝統の中枢の一番奥にある立法機関が大きな変革の原動力であることも知っている者はいない。ここでイギリスは君主権を制限し、帝政を放棄することに同意した。ここでイギリスは普通選挙権を制定した。そのうち、移民の孫が首相になるのを見ることになるだろう。カラマット・ローンに常に向けられる批判はこうだ――いとも簡単に意見を変え、保守派から改革派、そのまた逆と、急に立場を変える。しかし、批判する人々は、どちらがどちらかを見分ける能力が自分に欠けていることをまったく自覚していない。たとえば、カラマットはイギリス国籍を剝奪する内務大臣の権限を強め、これをイギリス生まれの単一パスポート保持者にも適用しようとしているが*、これははっきり言えば、現在整備中の法律の完成形と言っていい。ある人物が国民としてふさわしいかどうかは行動に基づいて判断するしかなく、この国で生まれたかどうかは関係ない。「当局の権力がいよい

＊　つまり、イギリス国籍を剝奪されたら無国籍者になる者も対象とするということ。

よ強くなる！」と彼と対立するある左派グループは言う。「生粋のイギリス紳士淑女への、移民集団のあらたなる侵略だ」と極右グループは言う。どちらのグループもたぶん、断熱マグカップでコーヒーを飲んでいるのだろう。

また人をばかにして、と妻のテリーは言うだろう。

これは、テリーが夫をまだ理解できていない、数少ないことのひとつだった。侮辱、軽蔑、嘲笑。これらは優越感から生じ優越感に終わる閉じた思考回路の産物であって、そんなものは、カラマット・ローンにはなんの役にも立たない。男に必要なのは、血をたぎらせる、世界を焼き尽くすほどの炎であり、すべてをその場で凍らせてしまう氷ではない。彼はこれまで自分は、そういう炎を御するのはお手のものだと思っていた。ところが昨日、テレビカメラを向けられているときに、あの娘がたったひと言述べた出国の理由を聞き、思わずこうもらした。「正義を探しに行くって、パキスタンに？」この最後の言葉には、移民二世が持つ嫌悪感が強くにじみ出ていた。彼は、両親がどれだけ多くのものを手放したのかをよくわかっている。親族、生まれ育った環境、言葉、慣れ親しんだもの。そうなったのはそもそも、両親が生まれ育った国は国民に尊厳ある暮らしをさせる役割を果たせなかったからだ。どこかのタイミングで彼は、自分のこの発言に関する、外相からの抗議のメッセージに返答しなければならない。しかし首相が沈黙を守るなら、返答はしない。カラマットが心配していたのは、首相みずからが選んだ閣僚である自分を首相が味方してくれるかどうかではない。パキスタンの首相がこの状況を政治的に利用しようとしていることに対し、首相がどれだけいらだっているかだった。パキスタンの首相は聖人ぶって、こう説明していた。パキスタン政府は、自国民を送還する費用は国が負担することにしているが、イギリス政府は、遺族に数千ポンド払わせて最愛の家族の遺体を引き取らせることにしているらしい。

スパンデックスのスポーツウェアに身を包んだ男が走ってきたが、前にいるのが内相だと気づいたとたん、テムズ川の歩道のフェンスに体をこすらんばかりにして方向を変えると、警護の職員に向けて片手を上げ、自分は危険人物ではないことを知らせた。褐色の肌の男だ。カラマットは舌打ちをした。

カラマットはまた断熱タンブラーのふたをひねって開け、容器本体をそっと振り、中に入った液体がガラス製の容器の内側で回転するのを見つめた。昨夜は一睡もしていなかったが、コーヒーがどうしても必要なわけではなかった。アドレナリンは、効く。それにしても久しぶりだ。対立候補の出方をあれこれ考えて、徹夜して以来だ。いつもなら人の行動は、読めるのに。

「大臣」後ろからスアレスが注意をうながした。

「今の男は油断できない感じのムスリムだったか？」

「ラテン系でした」

「おまえはいつも、男前だとわたしのような南アジア系でなく、おまえのいとこだと言うな」*

「本当にもう行きませんと、大臣」

カラマットは後ろを振り向き、自分専属の警護特務部隊のリーダーを見た。スアレスは着任したときから、内務大臣が自分を脅かす存在についてはいっさい知りたくないという姿勢を貫いて

＊　「スアレス」はラテン系の名前。

いることを理解していた。「きみたちはきみたちの仕事をして、わたしにはわたしの仕事をさせてくれ」もちろん、内務大臣私邸の庭木を彼の部隊が何本も切り倒し、警護を配備したときはどう見ても行き過ぎな面もあったが、スアレスは何事においても冷静沈着な態度を崩さなかった。とはいえ今日は、見るからに気をもんでいる。カラマットは新人議員のころから欠かさない徹夜明けの習慣だからと、なんとか川岸でコーヒーを飲むことを押し通したものの、二度目のわがままが通らないことは明らかだった。

カラマットが立ち上がろうとしたとき、スマートフォンが鳴った。画面を見ると、息子の名前が表示されている。彼は一瞬、端末を両手で包み、昔からの癖で思わず、声に出さずに「ビスミッラー*」と唱えてから、電話に出た。

「パパ、おはよう。もう起きてると思ったんだ」エイモンの声は落ち着いていて、愛情が感じられた。あのときの、常軌を逸したときの声とは大違いだ。あのときは力づくで押さえつけて、あの手慣れた売女の腕に戻らないようにしなければならなかった。おい、おまえが恋しいのはあの娘の「腕」なんかじゃないだろう？　とはいえ、カラマットはそんなことを言うべきではなかった。

「大丈夫か？」エイモンと話すのは久しぶりだった。マックスとアリスがテリーに頼まれ、エイモンを遠くに連れ出していたからだ。エイモンがアリスの一族が持っている別荘のひとつに連れて行かれたのは、興奮状態から気が抜けておとなしくなってからだ。マスコミはノーフォークの別荘にいると思っているらしい。いっそフランスのノルマンディーだったら好都合だった。カラマットは妻に、息子の居場所を自分に知らせてくれるなとは頼んでいない。それでも妻は、こういう情報は夫に知らせないほうがいいと、ちゃんとわきまえていた。もし誰かにたずねられたら、夫は正直に答えなければならない立場にいる。妻はつねに、夫がどういう人間で、公人としてどうあるべきかをそつなく判断できる思慮分別を備えていた。だからこそ、カラマットの事務所がエイモンとあの娘の関係を公表したとき、妻がクローゼットにあった彼の服を全部、地下の寝室に移動させたときには、カラマットは戸惑った。「あなたはエイモンを守ってあげられたはずよ」妻は言った。まるで、あなたって本当にばかね。倫理なんか放っておいてもみ消しを図ればよかったじゃないと言わんばかりだ。大方の新聞がいみじくもエイモンはだまされやすい男だと書きたて、なかにはエイモンが娘の目的に気づいたとたんに、激怒して食ってかかったとほのめかしている記事もあったが、妻のかたくなな態度は変わらなかった。

「うん、大丈夫だよ。この間は取り乱して、ごめん」

カラマットは足を組んで、口を開けたチョウザメをじっくりと見た。眼をかっと見開き、すぐそばにある街灯の柱の根元にしっぽを巻きつけたこのオブジェは、いつ見てもグロテスクだ。それが今日、好意的な目で眺めると、愛嬌があって滑稽に見える。「気の毒だが、おまえはこれからちょっとばかり厳しい状況に立たされる。気が向いたら、妹の言う通り、ニューヨークに引っ越すのも悪くないかもしれんぞ」

「ぼくは自分のことより、パパが心配だ」

＊　ムスリムが襟を正すときに言う言葉。「アッラーの御名においてこれからわたしは何かをする」、あるいは「ものを申す」という意味。

カラマットは立ち上がって街灯のところに行き、柱にもたれると自分専属の警護隊に背を向けた。「ありがとう、だが、その心配は不要だ」

「ただ、パパのような立場にいると、見えないこともあるんじゃないかと思って。気に入らないことをした国民を国外に追放する政府って、自分たちの問題を自分たちで処理できないと認めてるようなものじゃない？　それに、家族が身内を埋葬するのを禁じるって絶対おかしいよ。そういうことを、ぼくのまわりの人も言い出してるんだ。パパのブレーンがこういうこと言わないなら、息子が言う」

「うちの息子は、政治のことをわたしに説教するのか。偉そうに。まるで、地主階級にでもなったかのようだな」カラマットはそう言いながら、チョウザメの大きく見開いた目を握りこぶしで押した。

「ぼくがこんなことを言うのは、パパの評判が大事だからだよ。パパが思ってるよりずっと」

「あの娘にこう言えと言われたんだろう？」

「彼女からはなんの連絡もないよ。知ってるくせに。言われた通りにしてる。電話もメッセージもしてない。パパ言ったよね。ぼくが言うこと聞けば、彼女を助けてくれるって。何をしてくれてるの？」

「あの娘の家の外に、警官を常駐させている。あの娘の愛する弟が作っていた動画のたぐいが流出しないよう、手を打った。罪状もなく取調室に一四日間身柄を拘束するような目にも、あわせてない。テロリストを助けるためにうちの息子を誘惑したと、本人が認めたあともだ。あの調書の写しを見たろう？　あの娘は認めたんだ」

「もちろん、そう言うよ。ぼくに捨てられたと思ってるんだから」

「おまえ、自分の言ってることがわかってるのか？」

「パパこそどうなの？　パパは誰かの身柄をむやみに一四日間拘束しないというだけで、その人を助けてあげてると思ってるわけ？」

「まあ、落ち着け。おまえらしくない。あの子の口でイカせてもらったのか、エイモン？　それだけのことか？　そうなら、パパの言うことをよく聞け。世の中にはもっとそういうのがうまい娘がいくらだっている」

一瞬の間が空いた。それから、ひどく冷たくそっけない声がした。「これ以上、話してもしょうがないね、父さん」

電話が切れた。カラマットは体の向きを変え、空の紙コップを手で握りつぶした。スアレスが前に進み出て手を差し出し、コップを受け取ろうとした。その親指に歯型があった。それにカラマットが目を留めたのに気づくと、スアレスは親指を曲げて隠した。エイモンが激しく抵抗して、口を押さえつけていたスアレスの手に嚙みついた跡だ。

カラマットはスアレスに背を向けると、紙コップをゴミ箱のほうに投げた。それはゴミ箱のふちにあたってはね返り、容器の中に落ちた。

ゴミは放り捨てろ。イギリスをいつも、クリーンに。

＊

ロンドン時間の正午前、カラチ時間の昼下がり、@CricketBoyzzzzと称する人物が何枚か写真をネットに投稿した。そこには、喪に服した白づくめの服装で、白いシーツの上で足を組み座る女性が写っていた。シーツは芝生に広げられ、その上にバラの花びらがばらまかれている。太陽がじりじりと照りつける芝生と、彼女の丈の長いチュニックのあちこちににじむ汗を見れば、その場所のすさまじい暑さがわかる。それでも彼女がいたのは、バニヤンツリーの木陰だった。大きく広がった枝と、ひげのように垂れ下がる気根の下に、彼女は腰を落ち着けていた。ハッシュタグは、「#パンティ#ここにいた」

パーシャ家に関する記事担当の記者は、高級ホテル、墓地、親戚の家、空港ターミナルに散らばっていたが、全員が公園に駆けつけてみると、そこにはうつろな目をして一点を見つめ、黙する娘がいるだけだった。この娘は人騒がせなだけではなく、錯乱しているのではないかと、カラマットは思い始めていた。

「遺体がどこにあるか調べろ」カラマットはマーシャムストリートの事務所で、秘書のジェイムズに指示した。目は二つのテレビ画面を行き来している。片方にはパキスタンのニュースチャンネルが、もう片方には国際ニュースチャンネルが映っていた。

パキスタンのニュースチャンネルの画面は、二分割されていた。片方には、公園からの中継映像が映っていた。見物人がどんどん増えて娘のまわりに集まり、まるで事故現場のようだ。もう一方は宗教討論番組のスタジオからの生放送で、あか抜けた格好をした司会者がパーシャ家の事件について、シャリーア(イスラム法のこと。一九〇頁参照)に照らすとどうなるか説明していた。男は黒い髪を後ろになでつけ、額には黒ずんだしみがある。このしみは、信心深さの証だ。毎日祈りを捧げるときいつも必ずひざまずき、床石やざらざらした地面に頭をしっかりぶつけていると、こうなる。カラマットはライオンとユニコーンをあしらったペーパーウェイト[*1]を取り上げ、額に押し当てた。第一に、と男は言った。この少年は現代版ハワリージュ派[*2]に加わったようなものだ。そもそもこのグループはイスラム教にとっては、アメリカやイスラエルより手強い敵だ。だから彼を「ジハード戦士」とは呼ぶべきではない。[*3] 第二に、彼は死亡した日の日没前に埋葬されるべきだった。どれだけ故国から遠く離れていても、それは変わらない。イスラムの教えはそう定めている。第三に、イギリスの警察に娘が認めた内容からすると、この娘は罪を犯している。姦淫者であり、鞭で打たれるべきである。

カラマットは男の名前を書きとめ、今度は国際ニュースチャンネルの画面に目を向けた。その番組ではキャスターが公園周辺のデジタル3D地図を出し、赤い丸のついた「重要」な地点を順番に説明していた。娘のいる場所には「重大な意味がある」と説明したところで地図にいくつか赤丸が表示されたので、男はそれをひとつひとつ説明した。公園の隣にはガソリンスタンド、道を渡ったところには女子修道会附属学校とイタリア領事館、すぐ近くに交通量の多い環状交差点がある。大爆発が起きたかのように立体模型の建物や樹木が一気に地面に崩れ落ちると、あとには、イギリス副高等弁務官事務所の方角を向いている娘の姿が残った。

*1 イギリスの国章。ライオンはイングランド、ユニコーンはスコットランドを象徴する。
*2 イスラム初期の分派。その思想は、現代の過激派に影響を及ぼす。
*3 ジハードを「異教徒との戦い」とする解釈に従うなら。

カラマットはミュートボタンを押した。そして、つぶらな瞳の娘を見た。娘は白づくめで、頭を布で覆い、まわりには血のように赤いバラの花びらが散っている。娘をアップで映すと公園の柵が後ろに映り、刑務所の鉄格子のように見える。すべてを計算し尽くして撮っている。それにしても、こういう受難の象徴のような映像を流すとは、いったいどういうつもりだろう?

ジェイムズが部屋に戻って報告したところによると、トルコ大使館が確認できたのはパキスタンの首都イスラマバードに遺体が到着したところまでで、それがいつ、どうやってカラチに移送されるのか、詳細はわからないという。また、パキスタン高等弁務官事務所が、内務大臣からの謝罪がない限り、パキスタン国民の個人情報を知らせるわけにはいかないと言っているらしい。

カラマットはさきほどの都会人風の番組司会者の名前を書いたメモを彼に渡し、こう言った。

「もしこの男がイギリスのビザを持っていたら、理由を見つけて失効させろ」

「世間には、大臣があの娘の国籍も取り上げようと、その理由を探していると考える連中もいます」ジェイムズはそう言いながら画面の娘を指さした。そのときの話し方にははっきりと、スコットランドと労働者階級の訛りが感じられた。カラマットと意見が対立する話題を切り出すとき、彼はいつもそうなる。ジェイムズ自身はほとんど気づいていない癖だったが、カラマットはいつも、その癖をかわいげがある思っていた。この青年は内務大臣に異を唱えるときには無意識に、自分のマイノリティ的な立場を隠そうとするどころか、目立たせている。

「それで、そのことについてどう思う?」

「まったくひどい話です。誰もが、息子さんとあの娘が親しいからそうしたと思うでしょう」

「みんなわかってない」カラマットはそう言って立ち上がり、二分割された画面に近づいた。

「せめてこの娘が次に何をするつもりか、わかればいいんだが。きみなら、公園にいる連中みたいに、この娘の近くに立つか?」

「大臣はこの娘が、服の下に自爆用ベストを着ているとお考えなのですか?」

「そうじゃない。わたしの考えでは、この娘はまわりにあるものすべてを毒している。ほら、周囲が全部黄色っぽくなっていないか?」

「きっとカメラのレンズの不具合でしょう。申し訳ありません、大臣。自爆用ベストは、言いすぎました」

「ばかを言うな、ジェイムズ。こういうご時世だ」

娘はあぐらを組んだ姿勢からすっと立ち上がり、シーツの外へ出た。バラの花びらが一枚、彼女のほっそりした素足の甲に貼りついていた。花びらが貼りついたその場所に息子が唇を押し当てているところを想像し、カラマットは手を振った。どちらのチャンネルのテレビも同じ場面を、少しだけ違うアングルから映している。空気が明らかに黄色い。砂嵐が迫っている。その公園は――ローン家の庭の広さの倍ほどもなかったが――柵とバニヤンツリーに囲まれている。開いた門がひとつあり、娘はその方向に歩いていった。一台のワゴン車が外に停まっていた。救急車だ。

「まさか。嘘だろ、そんな」

救急車の運転手は後部ドアを開けた。それからまわりの見物人に、手伝ってくれと呼びかけた。必要な数よりはるかに多くの男がなんの飾りもない棺を持ち上げて肩に担ぎあげ、娘の後について歩き出した。娘は青ざめてはいるが落ち着き払った態度でその先頭に立ち、さっきまで座っていた白いシーツとバラの花びらのあるところに向かった――殉教の場面が完成した。男たちが棺を下におろしたが、娘にはまだ頼みたいことがあるようだった。娘が救急車の運転手に話しかけると男は首を激しく振り、もやがかかった空を指さした。全知全能の神に向けているのか、午後の太陽を指さしているのかは、わからない。彼女は棺の横に膝をつき、ふたの隅のほうに両手を重ねて置くと、全体重をかけて下に押した。その勢いで、両膝が宙に浮いた。

「カメラをそらせ」カラマットは思わず、そう言っていた。

棺の木材がたわみ、割れた。

「そんな《ジーザス》」とジェイムズが言った。「そんな《ジーザス》、まさか」

薄手の長いスカーフはすでに頭からすべり落ち、次第に強くなる風に長い髪がなびき、顔を打っていた。この棺の粗末なつくりがあらわになり、木材の裂け目から釘が飛び出すと、娘は素手で棺をばらばらにし始めた。側板を一枚一枚はがすと、棺の底板と一番上のベニヤ板にはさまれた、人の形をしたものが残った。娘はその場に正座をして、まるで今、この瞬間気づいたかのように、動きを止めて考えこんだ——あたし、何をこの目で確かめようとしてたんだろう？　あるいは、その次に起きたことを待っていたのかもしれない。黄土色の風が勢いを増し、ベニア板を持ち上げたかと思うと、はためくような音を立てて空中に飛ばした。

娘は前かがみになって両手を自分の左右の地面につき、身を乗り出した。子どもが庭で見つけた、未知の動物を観察するかのようだ。弟は防腐処理をほどこされ、どことなくおかしい。他になんて言えばいい？　死んでいる。

娘は片手を上げ、次に何をしようか決めかねているかのように、その手を見た。それから自分の手が、かつて双子の弟だった者の額の上に置かれるのをじっと見た。その手を勢いよく引っこめたが、ふたたび元の位置に置き、弟のこめかみまで肌の上をすべらせた。カラマットと中継カメラには傷を縫った跡が見え、それから娘がその縫い目に触れた。そこが、死を招き入れた場所だ。縫い糸に触れたときの娘の表情には、いらだちがあった。雑な縫い方が気に入らないと言いたげだが、それ以外の感情はなさそうだ。片手がまた持ち上がり、死体の手首のほうまで下り、二本の指がかつて脈拍をとった位置を押さえた。娘の口が開き、短い言葉、あるいは何か音を発したようだが、マイクでは何も拾えなかった。

ジェイムズが「報道規制」とだけ言って、黙った。部屋にある電話がすべて鳴っていた。誰かがドアをノックしている。「うるさい」カラマットは叫んだ。すべてが耳ざわりだ。

勢いを増していた砂嵐がいまや、すさまじい突風と化して吹きつけてきた。白いシーツの端をめくり上げた。重しに置いた角材は吹き飛んでいく。バラの花びらが舞い上がり、泥にまみれて落ちてきた。バニヤンツリーの葉が枝からはぎとられる。画面の世界があっちこっちに傾く。女たちは慌ててスカーフを顔に巻きつけ、男たちは身を縮める。ひとつのカメラはひびの入ったレンズでなぎ倒された草だけを映した。別のカメラが全身白一色の娘に寄っていくと、カメラめがけて飛んでくる娘のショールが映り、その白い布にほどこされた小花の刺繍がアップになったところで、画面はいきなり真っ黒になった。

わずかの間、うなるような耳ざわりな音しか聞こえなくなり、その風は猛烈な勢いで公園を吹き抜けた。やがて片手が白い布をひったくる。うなっていたのは、娘だった。その顔は砂やほこりにまみれ、黒髪は泥をたっぷりかぶり、両手の指を組んで弟の顔の上にかざしている。娘から発しているとは思えない太く低いうなりが地面から響いて、娘の体を通って内務大臣の事務所に流れこみ、内務大臣はあとずさった。すると、まさにそれこそがすべての光景がくり広げられた目的だったかのように、風がいきなりやんだ。立体映像の建物が崩れたのと同じくらい、唐突に。娘はうなるのをやめ、組んでいた指をほどいた。カメラがゆっくり向きを変え、被写体をアップにした。この世の終わりのように物が散乱したこの公園で唯一、埋もれずにいたもの――それは死んだ少年の顔だった。

「驚いたな」内務大臣が言った。

*

娘は親指をなめ、その指で自分の口の輪郭をなぞって、ほこりにまみれた顔に唇を描いた。そして、内務大臣のほうをまっすぐに見て、こう語った。

「邪悪な独裁者にまつわる話では、男も女も国外追放の刑に処され、遺体は家族から遠ざけられ、首は大釘に突き刺され、そのなきがらは墓標なき墓に投げ捨てられる。こういったことはすべて、法によるもので、正義によるものではありません。あたしがここに来たのは、正義を求めるため。内務大臣に直訴します。弟を家に連れて帰らせて」

カラマットは机の上でペーパーウェイトをくるりと回し、ライオンとユニコーンが動くのを見て笑みを浮かべた。さんざん世間を騒がせ、ちょっとした見せ物を披露した。だが、しょせんは浅はかな娘だ。

＊

議員が質問し、首相や大臣が答える党首討論会《クエスチョンタイム》はいつも、いたたまれない。幼稚なやじが飛び、嘲笑があがる。相手をこきおろす安直なパフォーマンスを、首相は次々にさばいていく。財務大臣＊――カラマットに言わせれば風見鶏――はカラマットの横に座り、間近で見るとこびているようにも、気取っているようにも見える表情を浮かべていたが、これはカメラに映ったときに、適度に支持しているように見せようと意識してのことだった。議会は子どもの遊び場に成り下がっていた。カラマットはとりわけ今日という日を恐れていた。パーシャ家の騒ぎが始まって以来、初めての党首討論だったからだ。首相は外国にいたので、ここ数日連絡をとっていないし、この件に関しては不安になるくらい沈黙を守っている。それに首相がどんな形であれ、自分が任命した内務大臣の支援発言の機会をいっさい持たないとなれば、この風見鶏の財務大臣が次期首相候補として優勢に立つことになる。こんな状況で、あの娘がマスコミの前で口を開いたのだった。

「首を大釘に突き刺し、なきがらは墓標なき墓に投げ捨てる。そういう慣習に従う輩《やから》がいる。彼女の弟はそういう連中に加わるために、イギリスを去ったのだ」

そう述べて、首相が党略を超えた姿勢を示すと、野党の代表も立ち上がってそれに賛同した。「まさに、その通りだ」という声が両陣営からあがった。そこで内務大臣の労がねぎらわれた。内相はむずかしい決断を迫られ、個人的な苦境に立たされたが、そのことで自身の判断や正しい

＊　首相・外務大臣・内務大臣とならび、四大閣僚と呼ばれる。イギリスの閣僚でも重要ポストのひとつ。

ことをする責任が揺らぐことはなかったのです――これには風見鶏の財務大臣ですら、演壇に立つ首相の空いた席越しにわざわざ身を乗り出し、やったなと言わんばかりにカラマットの肩をたたいた。財務大臣の片方の目元の皮膚がわずかに引きつった。負けを認めたんだな、と言いたげなカラマットの表情を読み取ったのだ。

*

ジェイムズが議長席の裏にあるカラマットの部屋で彼を待ちながら、あるサッカー選手のひどいゴールパフォーマンスの真似をしていると、カラマットが入ってきた。その物真似はそっくりで、皮肉も効いていた。カラマットは、娘がジェイムズとつき合ってくれればいいのにと思った。そう思うのは初めてではない。だが、そのとたん、子どもたちのことや、二人が見つけてきた相手のことを思い出してしまった。アニーカ・パーシャを見れば、なんだってやってのけるタイプの娘だとわかる。そういうふうに見えるし、実際、何をするのもいとわない。世間知らずなうちの息子じゃ、ひとたまりもない。カラマットは椅子にどさっと腰を下ろした。妻のテリーにむしょうに会いたくなった。それは、エイモンくらいの年ごろに抱いた、会いたい気持ちとは違う。自分たちの子どもが苦しんでいるときに、夫婦の一方がここに連れ合いがいてくれたらと願う気持ちだ。

カラマットはジェイムズのほうを見てうなずき、必要なところへ電話をかけさせた。ジェイムズから受話器を渡されたとき、カラマットはウルドゥー語で話すことにした。そうしたのはただ、電話の向こうにいる自己顕示欲が服を着たような男――パキスタンの高等弁務官に、あなたの英語力では不十分だと暗に伝えたかったからだった。

「そちらの国民は、どんないたずらをたくらんでいるんでしょうか?」カラマットはたずねた。

「妙な切り出し方ですね。謝罪とは思えませんが」高等弁務官は答えた。英語だった。

「謝罪するのは、こちらではありません。そもそも遺体が公園に運ばれたのは、パキスタン政府がそれを許可したからでしょう。それともあれは、政府の差し金ですか」

「まさか、ご冗談を」高等弁務官はそう言ったが、説得力がなかった。「故人に最も近い遺族が遺体を運ぶ場所を具体的に指定したのです。運転手に断る理由があるでしょうか? パキスタン政府にすれば、そんなことより大きな問題で手一杯です。遺体の届け先などどうでもいい」

「きっとどなたかが、遺体を公園から撤去なさるんでしょうな? 少なくとも、衛生的な問題がある」

「わたくしはいやしくも、セント・ジェイムズ宮殿で女王陛下の信任を受けてイギリスに駐在するパキスタンの代表です。そのわたくしがわざわざ出向いて、カラチの市議会議員を説得して回るとでもお思いですか? ま、きっとイギリスではご事情が違うのでしょう。でしたら、うちの近所を担当するゴミ収集作業員のかたにどうか、朝、回収に来るときにはもう少し静かにするようお伝え願えませんか」

「ところで、息子さんの学生ビザの申請は順調ですか?」

「ああ、息子はハーバードに進むことにしましたから。オックスフォードではなく。あの娘はいくつか、鋭いところをついてきました。そう思われませんか?」

もはや楽しめる状況ではなくなりつつあったので、カラマットは英語に切り替えた。「いいでしょう、先ほどはわたしの失言でした。パキスタンの司法制度は国の評価を高めるのに、ひと役買っていますからな[*1]」

「ええい、まどろっこしい」高等弁務官は不意に言った。予想外の反応だ。そして、今度は彼のほうが言語を切り替えた――ウルドゥー語ではなく、パンジャービー語[*2]だ。「いいか、わたしだって人の親だ。同じ立場なら、あの娘がニュースから消えてくれと思うだろう」

「いや、そういう問題じゃない」カラマットが言った。

「強がりを言うな。こっちは友人として同情しているんだ」パンジャービー語だとこんなふうにずけずけと言えてしまう。これを聞き、カラマットの全身に張り詰めていた何かが変化し、ゆるんでいくのがわかった。彼はそれに負けまいと、肩に力を入れた。「とにかく、パキスタン政府が、この件に口を出す理由はない」

「良識からいって、介入して当然だろう。この暑いのに、死体を野ざらしにして腐らせている連中をほっとくなんて、どうかしているんじゃないか？」

「愛の狂気だよ。思い出してみたらいい。おたくの故郷にも昔『ライラとマジュヌーン物語[*3]』みたいな恋があっただろう、カラマット？ 美しい恋人を失い、絶望に打ちひしがれた男が狂気にかられ、砂漠をさまよう。砂嵐にさらされているこの美しい娘は見事、この国の者なら誰もが知るライラとマジュヌーンになったのだ[*4]。あるいは地方によっては、サッシーとプンヌーン[*5]かもしれない。同じ悲恋でも、こっちは娘が悲しみから気がふれ、恋人を探し求めて砂漠をさまよう話だ」

「娘にロマンチックなヒロインの役を与えることにしたのか。その国家は、娘に鞭打ちの刑をという国家と同じ国家なのか?」

「それどころか、パキスタン国民はもはや、こう言いはじめてる。イギリス政府はあの娘をおとしめるために、おたくの息子と話をでっち上げたと。もっとも、陰でその糸を引いていたのがおたくなのか、それともおたくの敵なのかについては、見方は半々だ。いずれにせよ、今、わが政府としてはあの娘を止めるのはむずかしい」

「なあ、そんなわけないだろう。そもそも、民話と陰謀論を一緒くたにして、パキスタン政府が判断を下しているなんてこと、わたしが鵜呑みにするとでも思っているのか?」

「評判通り、おたくは筋金入りのイギリス人だな。なら、おたくにもわかる言葉で話そう。パキスタン国民、それに野党も一部、ある大国の政府に歯向った少女を受け入れることにした。それもそんじょそこらの大国じゃない。ムスリムに関する広報活動がひどく下手で、つい昨日もパキスタンを露骨に侮辱した国だ。パキスタン政府が介入するのは、自分たちの首を絞めるようなものだ。おたくとはそのうちまた、うちの事務所主催の断食明けのお祝いでまたお目にかかれればと思っている。そのときまで、アッラー ハフィズ《神のご加護を》」

＊1 汚職や不正が多いことで有名。ここでは嫌味で言っている。
＊2 パキスタン全人口の五〇%を占める人々が母語とする言語。
＊3 中近東に古くから伝わる悲恋物語。
＊4 「マジュヌーン」はアラビア語で「狂人」という意味。
＊5 パキスタンのある地方に伝わる悲恋物語。

ドアが勢いよく開いた。来ることになっていた支持者が、そうでない支持者も何人か含め、会釈をして、帽子を空中に投げ上げる真似*をした。カラマットは手の甲で口を拭った。ほこりの味がした。

*

彼は氷の厚い板でできた棺に収められていた。おとぎ話の王子。カラチで一番大きな製氷工場の経営者が、うちの氷を無料で使ってくれと言ってきた。トラックの運転手は、ムスリムの務めとしてそれを運んできた。公園に集まった人はみな、交代で板状の氷を荷台から下ろし、人から人に手渡して白いシーツのところまで運んだ。シーツは溶けた水がしみ、濡れている。氷から手を離すと、誰もが赤くなった手のひらを顔に当て、凍傷になりそうな冷たさを、火傷しそうな熱に押しつけた。遺体に一番近い者はみな、布で自分の顔を包んだ。氷は半透明なので、ニュース番組は放送コード違反を気にせず、生中継を続けられた。遺体はぼんやりとした輪郭ぐらいしか、見えなかったのだ。溶け続ける氷の棺をひっきりなしに修復する作業を娘は手伝わなかったし、それを止めることもしなかった。こだわったのは、ただひとつ。彼の顔が隠れないようにしておくことだ。夕焼けが空を染めていく今、娘はバニヤンツリーにもたれて立っていた。その目が弟の顔から離れることは決してなかった。

これが邪悪な顔だろうか？　タブロイド紙はその問いかけを、砂ぼこりが舞うなかでうなり声をあげている娘の写真のキャプションに入れた。ふしだらな女、テロリストの子ども、イギリスの敵。こうした言葉が娘を形容するときに使われている。そういうとき、それらの言葉は引用符でくくられている、と記事は伝えている。イギリスの国益に反する行動をとったという理由で、内務大臣は娘の国籍を剝奪するのだろうか？　彼女が現にイギリスの敵に攻撃材料を与えており、明らかに国益に反した行動をとっているという理由で。

内務大臣はいらだちまぎれに音を立てて新聞を脇に置き、アニーカ・パーシャにまた目を向けた。目新しいネタはないが、誰かが常にインタビューに応じてくれる。だから、テレビ局の記者は「市民の声」である人々の顔の前に次々にマイクを突きつけていた。この人たちはみな、弟を亡くした娘を応援しに来ている。そして、刻一刻と夕闇が迫る今、ろうそくに火をつけ始めている。

べつにこの娘の国籍を剝奪するような、派手なことをするには及ばない。そんなことをしたら、個人的な動機をほじくり返されるおそれがある。この娘がパキスタンのパスポートでイギリスに戻りたかったら、イギリスにビザを申請しなければならない。そんなことをしても間違いなく、時間と金の無駄だ。娘のイギリスのパスポートは、弟とイスタンブールで合流しようとしたときに、ＭＩ５に没収されている。それは失くしたわけでも、盗まれたわけでも、失効したわけでもない。ということは、彼女には新たにイギリス国籍のパスポートを申請する根拠がない。つまり、イギリス人ではいられるが、イギリスには入れないということだ。

ろうそくの光が氷の棺を照らす。棺に映るいくつもの連なった炎がゆらめき、何かがその中で

＊　勝利や達成感の喜びをあらわすゼスチャー。

身動きしているような印象を与えている。カラマットは窓際まで歩きブラインドを開けて、午後の光を入れた。外を見下ろし、見慣れたマーシャムストリートの景色を眺めた。いきなり、日常の些末なことすべてに、心打たれた。駐車場に停めた数台の車。買い物袋を両手首にいくつもかけて歩く女性、立ち並ぶ細い木。わがロンドン、あらゆる人のロンドン。ただし、この町に害を与えようとする者は別だ。カラマットは自分の首筋の血管に手を当て、そのぬくもりに心を落ちつかせた。

＊

彼は『ニュースナイト』（BBC2の報道番組）のインタビューを終え、ホーランドパークの自宅に戻った。思った通り質問は手厳しかったが冷静さを失わず、はっきりとこう伝えた。わたくしは遺体の扱いについては、いっさい決定を下していません。決定を下したのは生きている「イギリスの敵」（この表現は三回使った。これくらいがちょうどいい。もっとも、あと一回くらいはとがめられずに使えたかもしれないが）に関してです。そもそも、あの娘が要求している弟の遺体の「本国送還」という言葉は、国籍があるという事実が前提になっています。しかしその国籍は失効しているのです。わたくし、カラマット・ローンが内務大臣に就任した日に消滅しました。その日わたしは、はっきり通告しました。わたくし、イギリス国民としての特権を軽んじ、裏切っても構わないものとして扱った人物に向けて、はっきり通告しました。いえ、いわゆる「ジハード戦士の花嫁」として出国した少女たちにも同じ通告をしたことも、当然と考えています。誰であれ、自分が加わろうと思った組織が殺人カルト集団だとは知らなかったととぼけたところで、いったい誰が信じますか。イギリス国民はわたくしを支持しています。その支持層には、ブリティッシュムスリムの大多数も含まれています。それを聞き、ニュースキャスターは眉をつり上げた。

「本当ですか？　世間の見方はそうでもないようなのですが。つい昨日も、英国ムスリム協会の代表がこの番組で繰り返されていたのですが、大臣はムスリムを心底嫌っていらっしゃると」「わたくしが憎むのは、ムスリムへの憎しみを煽《あお》るムスリムです」彼は落ちついて答えた。

彼は階段をのぼり、自分がずっと閉め出されている夫婦用の寝室に向かった。テリーは番組を見ていただろうし、あの質問に、どれだけ傷ついたかわかってくれるだろう。自分がエイモンを守ってやれなかったせいでテリーがまだ腹を立てているのは承知している。しかし、多少はわたしへの怒りも和らいでいるだろう。ただ、テリーの隣に体を横たえたい。触れなくてもいい。許してもらえていないが、これくらいは大丈夫だろう。そのうちにきっと、妻の足がわたしの足に触れてくる——昔は手間取った仲直りの儀式も、三十年も一緒にいるとこのたったひとつの動作でこと足りるようになった。「わたしたちの愛情もそろそろ、たそがれてきたのね」テリーがそう言ったのは二、三週間前だ。その日は二人が出会った記念日で、テリーは不機嫌だったが、それを表に出すまいとしていた。その日カラマットは事務所から帰るのがひどく遅く、毎年二人きりで祝う日をうっかり忘れていた。結婚記念日はたいがい、家族で祝うか人を呼んでもっと盛大に祝うかのどちらかなのだが、この記念日はそれとは違う。この失念は、とりわけまずかった。なにしろ、妻が自分のビジネスでみずから名誉職に退いたほんの数ヶ月後の、大事な日だったからだ。引退したいとテリーは前々から言っていたが、本当にそうするとはカラマットは思っていなかった。「わたしたちのどちらかが、宇宙の不動の一点にならないといけないと思うの。さもないとわたしたち、これからもすれ違い続けてしまう」テリーは決意したときにそう言った。それが、内務大臣への昇進が間近に迫っていたときに妻が見せた唯一の反応だった。そのお返しに彼にできるせめてものことが、まさにこの出会いの記念日を忘れないことだったのだ。カラマットはたいがい、過ちはその場ですぐに認めて正し（その翌朝、彼はまだベッドにいたテリーに朝食を運び、仕事に出かけるまで、他にも妻が喜ぶことはないかと気づかった）、そのあとは、きれいさっぱり忘れる男だった。過去の失態を引きずっても、ストレスがたまるだけだ。それでなくてもおかしなことは日々、いたるところで起きる。いつもは冷静なスアレスのあせった態度、息子との会話、ムスリムを嫌っているのかという質問、そして、あの娘。あの、いまいましい娘。

「だめ」彼がドアを押し開けると、テリーはそう言った。「だめよ、入ってこないで」

「そこに座らせてくれ」彼はそう言い、妻の化粧台の横にあるスツールを指さした。

「エイモンと話したの。聞いたわ。あなたが言ったこと。口でイカせてもらったとかなんとか。あなた、世間のその手のことに慣れた娘たちについて詳しいの？　世の中にいる、もっとお上手な娘さんのことに詳しいんですって？」

「わたしにも欠点はいろいろあるが、そういう失敗はないってことぐらいわかるだろう」

彼はそう言ってネクタイを緩め、靴を蹴るようにして脱いだ。

「カラマット。わたし、本気よ。入ってこないで」

こういう状態の彼女と争っても、無駄だ。息子があのときの会話のあの部分を母親に話すなんて、信じられない。男同士の暗黙の了解ってものを知らんのか？　カラマットは階段を降り、ばかばかしいほど高価な赤ワインを開けて、気を紛らわすことにした。特別な機会のためにテリーがとっておいた、いただきものだ。この一階はかしこまって来客をもてなす場所で、地下は彼が家族から離れて閉じこもる空間だ――どちらもその状況に応じて、人と距離をおける。彼はワインを庭のテラスに持っていった。そこで人影が動いたのでとっさに身を低くしてしゃがみ、できるだけ小さくなって狙われにくい姿勢をとった。だが、庭にいるのは警護の連中だった。結局、キッチンに行ってカウンターに座り、息子と娘が小さいころよくやっていたように足をぶらつかせた。昔はよく、テリーが出張でいない間、ここに二人を座らせて朝食を作ってやった。そのころのキッチンテーブルはずいぶん前に撤去し、今はよく光る、メタリックなアイランド型キッチンカウンターをしつらえている。おかげでそこには、チーズボードやカナッペ用の大皿、それに、シャンパングラス――子どもたちには悪いがそれもフルートグラス――が前よりもたっぷり置けるようになった。カラマットは両方の袖をまくり、ワイングラスを手に取った。イギリス人に愛された初めてのインド人クリケット選手、ランジットシンジ。彼はいつも、袖のボタンを手首で留め、浅黒い肌を隠していた。高価なワインの入ったグラスを持つとなぜか、この選手の気持ちがわかる。カラマットはワインをしばらく口に含んでから、超高級品の鬱陶しさとともに飲み下した。

庭に通じるドアをそっとノックする音がした。一瞬おいて、スアレスがキッチンにあらわれた。

「今日は非番だったんじゃないのか」

「部下に呼び出されました。この通りを何度も行ったり来たりしている者がいると、連絡があったんです。ジョーンズがなんの用かたずねたところ、この女性は大臣がこの通りに住んでいることまでは知っていたがどの家かはわからなかったので、しつこく歩き回っていれば大臣の警護特務部隊が何か言ってくれるだろうと考えたというのです」

カラマットは好奇心を抱き、ぼそっとたずねた。「誰なんだ？」

「イスマ・パーシャです。あのきょうだいの姉――」

「言わんでもわかる。中に入れてやれ」

「ここへですか、大臣？」

「母にしつけられたんだ。夜中に女性を外にほっぽり出しておくもんじゃないとな。それとスアレス、今夜は男の警官だけだったな？　ボディチェックは最低限ですませるように」

「申し訳ありません。すませました、大臣。大臣の安全が最優先ですから」

彼女は中に入るなり、キッチンをぐるりと見回したので、カラマットはもう値踏みされているような気配を感じた。彼は新しいグラスにワインを注ぎ、それをメタリックなアイランド型キッチンカウンターの上で滑らせるようにして、彼女に差し出した。

「いえ、結構です」彼女は言った。意外なことに、口をきっと結んでお酒は飲みませんとは言わなかった。彼女は、あの娘とは少しも似ていない。それは肌の色や、顔立ちだけではない。雰囲気も違っていた。権力を独占し、それを行使するかもしれない男の前にいることを十分に理解し、わきまえているように見えた。たぶん処女だろうとカラマットは思ってから、ふと考えた。おれはいつから、髪を覆い、なんの苦もなく地味に見せている女性を見て、そう考えるような男になったんだ。

「地獄に堕ちてもいいと思うほどの味かもしれない」彼はワインをゆっくり口に含んだ。

イスマは両手でグラスを持ち上げてにおいをかいだ。「石油みたいなにおいがします」

一瞬、間があった。彼は腹のなかでこう考えていた。彼女はワインに口をつけるだろう。話をきく代わりにワインを飲むのを要求していると思っているはずだ。「なんの用かな?」彼は言った。その声の調子にスアレスは思わず彼女が何かしたのかと、定位置のドアの近くから一歩前に出た。

「カラチに行きたいんです。明日の朝に。そのとき、わたしが空港で誰にも止められないようにしてください」

カラマットは彼女のグラスをとり、中身を自分のグラスに注いだ。「あなたのメディアへの発言、あれはまさに模範的なものだった。あなたは分別がある」

「あの子はわたしの妹です。わが子と言ってもいいかもしれません」

「妹さんのほうは、あなたのことをそれほど気づかってないようだが。違いますか?」

「あなたはお子さんへの愛情が、ご自分への気づかいの度合いによって変わるのですか?」

「言葉を慎しみなさい」ここにいるのは、小娘じゃない。砂ぼこりにまみれて金切り声で泣き叫ぶあの娘よりよっぽど危険な、大人の女性だ。

「エイモンはあなたを尊敬し、愛しています。なのに大臣は、彼を愚か者のように世間に思わせた」

「あれはあいつが自分で招いたことだ。わたしのせいではない。弟のことばかり考えている娘が、弟のことをいっさい話さない。それをおかしいと思うべきだった。あるいは、父親のことも、そうじゃないか?」

彼女が冷蔵庫に寄りかかると、ひじがLEDパネルのボタンに当たり、アイスディスペンサーから四角い氷が二つ、するりと飛び出したので、彼女は慌てて身を引いた。この、音をたてない高性能の冷蔵庫に、カラマットはいつもがっかりさせられていた。子どものころに欲しくてたまらなかったのは、ウェンブリーの親戚の家にあった冷蔵庫の扉に内蔵されていた、騒々しくきしむアイスディスペンサーだ。ウェンブリーの裕福なエリアのはずれ、プレストンロードに住むイスマ・パーシャが、網状のトレイに吐き出された四角い氷をひとつ、つまみあげた。その姿が一瞬、カラマットの子ども時代の憧れの姿、そのものに見えた。きっと、この娘は救ってやってもいい。家族はもう救いようがないが。

「エイモンは父のことを知っていました。わたしが話しました。彼がアニーカに出会う前のことです」

彼女はそこに立ったまま、溶けていく四角い氷を指でつまんでいた。手に取ったもののどうしていいか、わからないらしい。無邪気で、不器用そのものに見える。羊の皮を着ているが、中身は狼だ。

「これまであなたには、良識があった。その良識を忘れないように」彼は言った。ワインが入ったグラスを回しながら、物思いにふけるように小さな血の海をのぞきこんでいる。

「え？　いえ、そういうつもりじゃないんです……」彼女は氷を空のワイングラスに入れた。氷はグラスの底に薄く残っていたワインの赤に染まった。「もしかして、内務大臣であるあなたに、わたしが逆らおうとしたのだと思われたのですか？　それとも、エイモンの立場をさらに悪くしようとして、そう言ったと思われたのでしょうか？　わたしはただ、大臣が思われているよ

り、息子さんはしっかりしていると言いたかっただけです。今、大臣が弱さだと思われていると
ころが、あの人の強みです」
「あなたは息子の話になると、妙に力が入る。残念だな。うちの息子が妹さんではなく、あな
たを選んだらよかったのに。あなたなら、わたしは認めただろう」
「あの人は、わたしを選びたいとは思いませんでした」彼女は答えた。その声には何の感情も
こもっていなかった。
カラマットは眉をつり上げ、ワイングラス越しに彼女を見た。「その可能性はなかったと？」
「ええ」
「その『ええ』には興味深い『いいえ』の含みがあるように聞こえる。この続きはまたいずれ、
聞かせてもらうことになるかもしれない。だが、まずは、われわれのこの状況を整理しよう。あ
なたがここに来たのは、頼みごとがあったからだ。よろしい。ではあなたにどれだけ良識がある
か、試させてもらおう。遺体をカラチに埋めるよう、妹さんを説得できるかどうか。それを聞き
たい。いずれにせよ、どこの航空会社も、今の状態では遺体を運んではくれない」彼はグラスの
中の氷から目を離せなかった。氷は薄赤く、溶けている。
「妹を説得するのは無理です。わたしは妹のそばにいたい。それだけです」
この科白はエイモンの言ったことと、ほとんど同じだ。「ただ彼女のそばにいたい」。軟弱な青
年の、無意味な科白だ。カラマットは息子についてこの「軟弱な」という言葉をこれまでずっと
心の中で繰り返していた。彼はほとんど空になったグラスをメタリックなアイランド型キッチン
カウンターから取り上げ、しびれるほど冷たい水を飲み干した。ほんの少し、別の味が混じって

いた。異国の氷の中の死体が頭に浮かんだ。

「スアレス、息子はどこにいる？」

「ノルマンディーです、大臣。ミス・アリスの別荘に」

「監視は？」

「いいえ、大臣。ご指示の通り、息子さんの……アニーカ・パーシャを見張って二度と接触させないようにすればいいと思ったものですから。では、監視を――」

「いや、いい。その判断は正しい。いや、礼を言うぞ、スアレス。こんな遅くに仕事をさせて悪かった。あとはこの女性と二人にしてくれ。わたしのほうが包丁スタンドに近いから、心配ない」

スアレスがキッチンを出て行きドアが閉まると、イスマ・パーシャは言った。「エイモンのユーモアのセンスは、お父さまゆずりなんですね」

「あいつのほうが面白い」

「ええ」

カラマットはポケットからスマートフォンを取り出し、ジェイムズにメッセージを打った。息子がここ数日のうちに、パスポートを使ってないか調べろ。こっそりやれ。

カラマットは腕を組み、椅子の背にもたれた。イスマ・パーシャの小さなため息が聞こえたのでそちらを見ると、彼女も自分と同じポーズで、冷蔵庫に頭をもたせていた。興味深い女性だ。エイモンに惚れていることははっきりわかるが、それでも、妹への愛情は変わらないらしい。

「なぜ社会学を？」カラマットは言った。ワインをあけるべきではなかった。テリーをよけいに怒らせるだけだが、こんなもの、出し惜しみをしてどうする。

「理解したかったんです。世の中がどうしてこんなに不公平なのか」

「あなたたちの神が答えてくれるはずでは？」彼はそう言いながら、自分のからかい気味な口調に驚いた。

「わたしたちの神は答えてくださいました。遠回しなやり方で」

「どんな？」彼女は募る不安をぬぐっておだやかな顔をしていると美人に見える。

「まず、神はマルクス*をお造りになりました」

「なるほど。あなたもユーモアのセンスがおありだ」

「わたしが冗談を言ったとしかお思いにならないんですね」彼女は真正面からカラマットを見た。すると、何かが二人の間で交わされた。性的なものではない、それよりもっと危険なものを感じさせる何かだ。カラマットは彼女のような人間をよく知っていた。自分が失った世界を思い出させる。

彼は凝りをほぐそうと肩を動かし、電子レンジについている時計を見て、まだ日付が変わっていないことに驚いた。「あなたは弟さんに起きていることを見ていたはずだ。どうして、何も言ってやらなかった？　わたしはいったいどうすれば、あなたのような人たちが、手遅れになる前に声をかけられるようになる？」

「何かが起きている——それは、わたしも妹も気づいていました。わたしたちはそれを、秘密

＊　経済学者のカール・マルクスは無神論者。

にしたい恋愛とか、その手のことだと思ったんです――弟に初めて好きな人ができたのだろうと。ある意味、そうでした。だって他に、ほんの数週間でまったく人が変わってしまうなんてことがあるでしょうか？　大臣は息子さんに何が起きていたか、気づかれましたか？」

　彼は自分の顔がこわばるのがわかった。「これだけは言っておく。もし、あなたが正しくて、わたしが間違っているとわかったとしても、変わらない。もし全能の神というものがいて、その神が大天使ジブリール[*1]に命じて弟さんを――妹さんも――両腕に抱えて、炎の翼で二人をロンドンまで連れ帰ってきたとしても。わたしは絶対に入国させない。わかりますか？　ジブリール自身もだ」

「二人とも十九歳です。ひとりは死んでいます」彼女はそう言って口をつぐんだ。

　イスマの穏やかな口調のせいで、カラマットの天使と炎の翼――彼の両親から受け継いだ言い回し――の比喩がひどく滑稽に聞こえた。[*2]カラマットは舌で犬歯に触れ、イスマ・パーシャと自分がわかり合えたかに思えた瞬間を否定するような返答を考えようとしたが、そのとき、ジェイムズからの電話が割りこんだ。彼はそれに出て、「ああ」「ありがとう」と言った。スマートフォンを切ると、ワイングラスに入っていた中身をボトルに戻した。一滴も無駄にしなかった。朝には、頭がしっかり働いていなければならない。

「明日、わたしを出国させてもらえますか？」

「明日にはどうでもよくなる。勝手にすればいい」

　彼はキッチンを出て、地下に向かった。その途中で、飾り棚の脇を通った。そこには、ほほえみかけるエイモンの写真が置かれていた。彼はその写真を取り上げ、息子の頬にキスをした。わたしのかわいい息子。このあとは、きっぱりと忘れよう。だが今だけは、息子を持つひとりの父親としてのぜいたくをかみしめよう——その息子は今、家から正反対の方向に行こうとしている。もう、二度と戻らない覚悟で、空にひと筋、炎をたなびかせて。

＊1　大天使ガブリエルのアラビア語名。イスラム教の創唱者となるムハンマドの前に現れ、神の啓示を伝えた。
＊2　コーランの一節に、アッラーが、ムハンマドを夜間飛行させた、という記述がある。ムハンマドがジブリールや天使たちに導かれて夜間飛行をする様子を描いた細密画は有名。

9

カラマットはこれまで、いくら夢を見てもかけらも覚えていなかった。だからその晩、夜中に目が覚めたときにまず思ったのは、何か望ましくないものが部屋にいて、そのせいで心臓がひどくどきどきしたから、体の他の部分も全部目覚めてしまったのだろうということだった。ところが、半地下にある予備の寝室は静まり返っていた。しばらくの間、静寂を破るようなものなどいなかったのは明らかだ。日よけが下がったガラスの引き戸の向こうは、吹きぬけの中庭になっている。そこでは頭上の天窓から射しこむ光が入念に角度を調整した鏡に反射して、謎めいた冷たい光を寝室に投げかけていた。彼は寝巻きのまま、寝室から吹き抜けの中庭に出た。月は満月で、手をのばせば届きそうなところにある。そして木のベンチに横になった。このベンチは、暖かい場所にいたがる息子の強い希望で壁に作りつけたもので、息子はここをサンルームとして使っていた。だが今は、ひんやりしている――月の光も、彼の皮膚も、ひと気のなさも冷たい。彼はベンチの上に立ち上がり、つま先立ち、手のひらを天窓に押し当てた。地下に棲む生き物が、月をつかもうとしている。彼は身ぶるいをした。どうしようもなく寂しい。「テリー」と彼は言った。

子どものころに、この世の闇を遠ざける祈りを唱えたときの言い方だった。

その少しあと、二階に上がって妻が眠るベッドに入ると、二枚のシーツの間にはさまって横向きになって眠る彼女に体をぴったり寄せた。妻の太ももの内側のぬくもりに手を置きたくて（彼はそこがとくに好きだった）、彼女のナイトドレスの裾をたくし上げると、妻の寝息が変化し、夫がそばにいることに気づくほど、目が覚めかかっているのがわかった。「追い出さないでくれ、わたしの宝《ジャアン》」と彼はささやいた。妻は折れた。夫にそんな声で求められると、だいたいいつもそうなる。夫の腕に背中をあずけ、ぴったりくっつけるようにわずかに姿勢を変えた。彼女の足が彼の足に押しつけられる。明日になったら、妻に伝えなければならない。エイモンがカラチに発ち、自分にも気骨があることを父に示そうとしていることを。彼は妻の香りを吸いこみ、妻の体を熱くする源へ片手をすべらせた。今夜を逃したら次はいつ、こんなことをさせてもらえるだろう？　彼はあらわになったテリーの肩に唇をつけると、体の向きを変えた。妻が不満げにくぐもった声を出しても、無視してベッドから出た。だめだ。気が散ってしまう。頭がしっかりはたらくようにしておかなければいけない。

＊

カラマットはもう一度、地下の寝室に戻って眠った。そして次に目を覚ますと、今度は本当に望ましくないものが部屋にいた。ジェイムズだ。コーヒーの入ったマグカップを持っている。カラマットは身を起こした。外はまだ暗かった。

「エイモンは現地に着いたか？」

「乗り継ぎの便に搭乗したところです」ジェイムズは答えながら、カラマットにコーヒーを手渡した。「搭乗ゲートで息子さんに気づいた人がいて、写真をツイッターにあげました。ですからメディアがもうすぐ、気づくでしょう。現地の英国大使にお話をされましたか？」

「何を？」

「てっきり、息子さんが現地に着いたら飛行機に戻してイギリスに送り返すよう、パキスタン側に頼んだものとばかり思っていました」

「あれが息子でなかったとして、わたしがそんなことをすると思うか？」カラマットはふと、エイモンがそれを当てにしているのだろうかと思った——父が自分に目を配り、事態が行き過ぎないように手を回してくれると思っているのか？

「お言葉を返すようですが、大臣。エイモンはあなたの息子さんです」

「わたしも言葉を返すが、ジェイムズ、あいつはイギリス国民で、自分で判断を下した以上、その責任をとらなければならない。他のイギリス国民と同じだ」

「もうひとつ、そのうちメディアに知られることがあります。つい先ほど、これがインターネットに公開されました」。ジェイムズが小脇に何かを抱えていた。小さなファイルだとカラマットは思っていたが、タブレット型端末だった。ジェイムズがそれを差し出すと、カラマットは首を振り、ベッドから出てナイトガウンに手をのばした。深刻な事態が起きているのに、男が寝間着姿で横になっているわけにはいかない。ジェイムズはカラマットについて書斎に入った。そこには大画面につないだデスクトップＰＣがあるのに、持っていたタブレットをわざわざカラマットの机の上に置いて、立てかけた。

「ひどすぎて大画面で見せられないのか？」カラマットは言った。ジェイムズは目を合わせなかった。

こういう場合、人はささいなことに注意を向け、これから直面せざるを得ない重大な事柄から目をそらそうとする。カラマットは動画の最初の数秒間、腹立たしくてしょうがなかった。それは息子が、ひとりの記者を相手に話をするのではなくカメラに向かって語りかけ、その動画をそのままインターネットにアップロードしたものだったからだ。誠実で率直な印象を与えたくてその方法を選んだのだろうが、実際には単に、ひとりよがりにしか見えない。あるいは、不精なだけだ。

「ここ数日、ぼくの所在についていろいろな憶測が飛びました」エイモンは言った。男前で、なかなか落ちついている。クローズアップで撮っているので、周囲のものは何も映ってなく、後ろには白い壁しかない。肩幅が広く、ネイビーブルーのボタンダウンのシャツを着ているところは誠実に見える。エイモンの視線が動いて――誰を見た？　またカメラ目線に戻った。「正直に言います。これまでどうしていいかわからず、宙ぶらりんの状態でした」まるでそういう病気があるみたいな言い方だ。「板挟みだったのです。かけがえのない二人の、どっちをとればいいのかがわからなかった。その二人とは、ぼくの父と婚約者です」

「ああ、だめだ」ジェイムズが言った。ショックで言葉も出なかった。「婚約者」という言葉には決定的な破壊力がある。

「ぼくは、父がこの件について、考えを変えてくれたらいいのにと心から願っていました。しかし、今はそんなことには決してならないとわかっています。ここで、みなさんにはっきりお伝えしておきたいことがあります。アニーカ・パーシャは、ぼくを目当てに近づいたわけではありません。ぼくのほうが彼女の家まで行って、彼女に会おうとしたのです。アニーカのお姉さんからエムアンドエムズのギフトを預かっていて、それを届けに行ったのです。このお姉さんとはアメリカでたまたまのご縁で知り合い、お世話になっていました」

なかなか、うまいじゃないか。エムアンドエムズのところなんかとくに。カメラの後ろにいるのは誰だ？　エイモンがまた、ちらりとそちらを見た。

「たしかに、ぼくが弟さんのことを知ったのはその後です。ですが、彼女のお父さんがジハード戦士だったことや、アフガニスタンに行ってタリバンと共に戦い、バグラムで拘束され――そしておそらく拷問を受け、グアンタナモに移送される途中で亡くなったことは、間違いなく知っていました。イギリス国民ならたいがいの人が思うように、ぼくはアーディル・パーシャ氏のしたことはあってはならないと思うし、その死にざまもあってはならないと思う。ですが彼の人生と死についての弁護の余地のない事実が、アニーカとお姉さんのイスマをたぐいまれな女性にしたのです。二人は幼いころに母親を亡くすなど、大変な困難に直面しながらも……」

カメラに映るエイモンはひたむきで、感じがよく、パーシャ姉妹の試練や優秀な履歴を話し続けた。人を信じる姿勢がエイモンからあふれ出ていた。あきれるほど能天気で、まるで、今だけは誰もが人を信頼するという理想を信じてくれると疑っていないかのようだ。

「ぼくたちは恋に落ちました。こう言うと、友人からいっせいにひんしゅくを買いそうです――普通、いきなり公の場に出てきてそんなこと、言ったりしませんから。しかし、ぼくたちはそうします。それがぼくの真実です」

いつから、こんな言葉づかいがウケるようになったんだ。「ぼくの真実」だと？　虫酸が走る。自己陶酔もいいかげんにしろ。それでいてどこか人をなめている。それに、世間のあらゆる絶対的な真実に対しても。

「どういうわけか、幸運にも彼女はぼくに同じ気持ちを抱いてくれましたが――父は――ぼくのことをよく知っている父は、あんなに素晴らしい女性がぼくのような人間を好きになるわけがないと思い、彼女は惚れているふりをしていたんだろうと言いました――」

「なんてことを」ジェイムズはかすれ声で言った。

「ですが、ぼくらの間に計算などというものは一度もなかった。だからこそ彼女は、弟のことを打ち明けてくれた。ぼくがプロポーズをしたときです。ですからあのときは、見ていてどれだけ不愉快だったか。彼女のあの告白を……勇気をふりしぼり、ぼくをそこまで信じてくれたあの告白を、世間は彼女をまるで……とても口に出せない言葉で誹謗《ひぼう》しました」

いい恥さらしだ。そうとしか言いようがない。「あとどれくらい続くんだ、ジェイムズ？」

「わかりません、大臣。先に拝見するのは気が引けて、見ておりません」ジェイムズは言い、一心に絨毯の模様を見つめていた。

「たしかにぼくは父に――内務大臣に、すぐにパーヴェイズ・パーシャのことを話しに行きました。それは婚約者に頼まれたからではありません。そうではなくて息子として、伝えるのが筋だと思ったからです。ぼく自身の人生と、父の政治家としての人生がこのままだと衝突してしまうと思ったからです。みなさんもご存知のように、パーヴェイズ・パーシャは在イスタンブール英国領事館に行こうとしていました。ですがそれは、テロ行為をするためじゃない。帰国できるよう、新しいパスポートが欲しかったからだということを、ぼくは知っていました。そしてこの情報を、テロ対策担当官に伝えています。アニーカも同じことをしたはずです。ですから、ぼくにわからないのは、殺害されたとき――やったのは彼がもう少しで逃げ出せた組織であることは間違いないと思います――彼があの場にいたのはテロが目的だったからだと、なぜイギリス国民はいまだに思っているのかです」

やめろ、息子。あの少年を英雄にするな。国民は、それだけは絶対に許さない。

「ですが、パーヴェイズ・パーシャはぼくにとってはどうでもいい存在です。会ったこともありませんし、正直、ぼくは彼が何をしたのか、シリアにいる間、どんな犯罪に関わっていたのか知りません。しかし、彼の姉のことはよく知っている。みなさんがご自宅のテレビ画面でずっとご覧になっているその女性は、過酷な試練に耐えてきた。家族を亡くすという深い悲しみに直面したとき、国も、政府も、未来を約束した男も彼女に背を向けました。彼女は、ヴェールで頭を覆いながら恋愛をするなど罪深いとののしられ、運命の人と生きる権利があると信じたせいで悪者にされ、対立する境遇にある相手との人生を望めると信じたことを非難され、実の弟を母親の隣に埋めてやりたいと望んだことを責められ、内務大臣の個人的な憎しみによる決定に対し、どこまでも法にのっとった抗議行動を貫いているのに批判されています。イギリスは本当に、無条件に人を愛することで、その人を嫌悪の対象にする国なのでしょうか？　無条件でいちずに人を愛するという理由で？　弟が生きている間は、彼女の愛は弟を説得して帰国させることに向けられました。彼が亡くなった今は、政府を説得して弟のなきがらを帰国させることに向けられています。そのどこがいけないのでしょうか？　父さん、教えてほしい。そのどこが罪なのか？」

そうか。これが、胸が張り裂けるような痛みか。カラマットはその痛みを受け入れ、両手を力なく体の脇に落とした。個人的な憎しみ。それは、毒をたっぷり含んだ矢だ。その矢は、カラマットにごく近い者しか使えない。カメラの後ろにいるのが誰だろうと、エイモンの語る言葉に手を加えたのが誰だろうと、自信と信頼を相手に印象づける色だと色彩心理学者が口をそろえるあの特別な色合いのブルーを選んだのが誰だろうと、関係ない。その毒を混ぜ、矢を放ったのはエイモンだ。エイモンはその言葉が、嘘だとわかっている。しかも、嘘のなかでもとりわけこの嘘が、父を一番傷つけると彼にはわかっている。しかも、これを言ったら最後、カラマット・ローンの政敵はこぞって、好き勝手にその言葉を繰り返すこともわかっている。息子以外に、この「個人的な憎しみ」に気づく者がいるだろうか？　父と息子、息子と父。あるアジア人一家のホームドラマが、議会に持ちこまれたのだ。カラマットは両の拳を握りしめ、椅子のひじ掛けの上に置いた。背中と肩の筋肉が張り詰めた。体の変化に、心は自然とついていく。彼はゆっくりと息を吸い、その呼吸のペースに合わせて思考をめぐらせた。相手のさした手を見た彼のなかのチェスプレイヤーが、盤全体を眺めて先を読んでいる。

ジェイムズは何も言わず待っていたが、内務大臣が振り返ってこちらを見たのでこう言った。

「これからいかがいたしましょう、大臣？」

「何もせん。あいつは――たとえは悪いが――墓穴を掘った」カラマットは腕時計を見た。「事務所に行って、成り行きを見守ろう」

「出る前に少し、奥様と過ごされるお時間をとられますか？」

「ジェイムズ、この件が終わるまでわたしには息子もいなければ、妻もいない。わたしは国家の重要な職責を担っている。わかったな?」

「かしこまりました。大臣、失礼しました」

カラマットは地下の寝室に戻ると、クローゼットを開き、ネクタイをかけたラックを見た。さまざまな青がある。他のどの色よりも多い。しかし今日は、落ちついた色味の赤に手がのびた。インパクトがあるが、さりげない。自分の力を確信している男のネクタイだ。

*

カラマットはマーシャムストリートの事務所に着く前に、朝刊の第一版を手に入れていた。今でも紙で読むことにこだわっていた。自分の顔、それも半分に光が当たり、残り半分は影になった漫画の悪役のような顔が、ちょうど新聞紙の折り目の上に載っている。その新聞はかなり、カラマットの政党寄りだった。**国益か、それとも個人的な憎しみか?** と見出しは問いかけていた。

「誰かがきっと、いち早くメディアに動画を送ったんでしょう」とジェイムズが言った。余計なひと言だった。

「ドアの外に立っていてくれ。誰も中に入れるな。女王陛下だろうと、入れるんじゃないぞ」

建物にはひと気がなく、ロンドンの大半がまだ眠っていた。彼はとにかく、ひとりになりたかった。

最初の段落に「匿名の閣僚」という言葉があった。この記事を書いた記者の名前と併せて考えるとこれはほぼ間違いなく、風見鶏の財務大臣だ。その匿名の閣僚が、内務大臣がこうむる再起不能なダメージについて考察していた。もし、内務大臣の息子がテロリストの葬儀に出席するところを世間に見られたら――「もちろん大臣はありとあらゆる権力を行使して息子の出席を阻止するでしょうが」じつにストレートな攻撃だ。もっとも、一番効き目がある攻撃は、いつだってストレートだ。

記事は、信念を持った行動力ある男のこれまでをひとつひとつ解体し、新たな人物像を作り上げていた。野心を抱いた移民の息子。金と社会的地位とコネと結婚し、影響力ある政党資金供与者に変貌をとげた。おかげで、なみいる有力候補をおさえて初の選挙に立候補できた。ムスリムというアイデンティティを利用して選挙に勝ち、やがてそれが足を引っ張り始めると、あっさり投げ出した。いまだに謎なのは、モスクをめぐるスキャンダルで有権者から見放された彼がなぜ、補欠選挙で当選確実な選挙区から立候補する機会に恵まれたのかだ。そのスキャンダルのせいで、党内で辞職した者も出たというのに。彼は自分が通っているモスクで有名テロリストたちと関わったことについてきちんと対処することなく、自分を落選させた地域を率先して批判するという新しい役割を担った。労働者階級なのか、富裕層なのか。ムスリムなのか、元ムスリムなのか。移民の息子である出自を誇るのか、反移民派なのか。現代派なのか、伝統派なのか？　本物のカラマット・ローンさん、ご起立願えますか？　最後の一撃はまた、匿名の閣僚のものだった。「彼は誰でも――たとえ自分の息子でも、売り飛ばすでしょう。それで、首相官邸に近づけると思えば」

そこからはもう、暴走あるのみだ。イギリスに朝が訪れたとたんいっせいにあがったツイートも、あたふたと寄稿されたネットコラムも、朝のインタビュー番組もすべて、内務大臣をめぐる議論一色に染まった。「個人的な憎しみ」という表現の持つ意味に誰もが気づき、それをある人がもじった#個人的なウマみ、というハッシュタグも登場した。

その手のプロが組織的にしかけたのは、間違いない。すべてにそつがない。どうしてもっと早くカメラの後ろにいたのは誰か、見抜けなかったのだろう?

「アリス、きみはずっとわたしのことが苦手だった、そうだろ?」例のヒラメ女がありがたいことに五回目の呼び出し音で電話に出ると、彼は言った。

「ローンさん、あなたの息子さんがうちの一族のPR会社に依頼したんです」アリスは愛想はいいが、声は冷ややかだった。「これはれっきとした仕事です。『個人的な憎しみ』ではありません」

カラマットは電話を切った。声をあげて笑いながらカフスボタンを外した。「ここがふんばりどころだ。おまえの部下を集めてくれ」とジェイムズに言った。まだ朝の八時にもなっていない。一日はこれからだ。それに、ヒラメがいくら暴れようが、たかが知れている。

カラマットはデスクトップPCにある動画ファイルを、クリックした。砂漠にひざまずく男の影。その頭上で三日月のように反った剣。じつに見事に作りこんだ動画だ。カメラアングルや照明、それに――ここで彼はキーを連打し、神を称えその名を唱えているところで音を大きくした――音響にもこだわっている。これを手がけたのは、パーヴェイズ・パーシャが生前働いていたISのメディア部門だ。カラマットはこれを、イギリス国民に公開したくなかった。むごたらしい、悪夢を見そうな代物。公開するには及ばない。もし、今の状況を正しく把握できているなら――彼は把握できていると信じていた――あの公園でのおよそイギリス的でない見世物に姿をあらわすエイモンをひと目見たとたん、世間の話題は「個人的な憎しみ」から、エイモン・ローンの明らかな良識のなさに移るだろう。だが万が一、そうならなかったときのために、次善策もあったほうがいい。国民に、これは、祖国を捨てたひとりのイギリス国民の話にすぎないのだと気づかせるのだ。そこでその人物が選んだのは、はりつけ、断首、鞭打ち、さらし首、少年兵、奴隷、レイプがまかり通っている場所だ。カラマット・ローンはこのことに、怒っているのか？　もちろん、怒っている！　彼は片手で机を乱暴にたたき、答える練習をした。砂漠に首が転がる映像を見ながら「バイ・ゴット《バイ・ゴット》」という言葉はまずいだろうかと考えた。

カラマットが初めてこの動画を見たとき、その週はずっと、肉が食べられなかった。ひげを剃るたびに、首に食い込むあの刃を思い出さずにはいられなかった。その動画が今、自分の対抗手段になった。彼はパソコンの画面から目を上げ、テレビを見た。テレビのスイッチは、この部屋に入ってすぐに入れていた。あの娘が氷の棺の横で足を組んで座っている。髪にはまだ泥がこびりつき、白かった服も汚れ、娘のすべてが前よりも古び、くたびれて見える。カラマットは心の中でこう問うた。おまえが死を嘆いている男のことを、おまえは本当にわかっているのか？

スマートフォンの着信音が鳴った。テリーからのメッセージだ。すぐに帰ってきて。さもないと次にあなたの名前が出るニュースは、妻が家を出てホテルで暮らすって記事になるわよ。

彼は手で髪をかきあげた。とまどっていた。父親でも夫でもなく、政治家としての自分に宛てて妻がしたためたこのメッセージをさすがと思うべきか、残念と思うべきなのか。ここで首をはねる動画を流したとしても、アジア人一家のホームドラマから世間の関心をそらすことはできないだろう。しかもそれが、テリー・ローンが——セレブなインテリア・デザイナーでファッションアイコン、最近の世論調査で「ウェストミンスターの妻」、つまり政治家の妻のなかでもダントツの人気を誇るテリー・ローンが、「個人的な憎しみ」という息子の話の肩を持つなら、なおさらだ。

「負けたよ、テリー」と彼は返信した。「今から帰る」

＊

テリーが美学とする抑えた色調、シンプルなフォルムの家具、フローリングの床が、この家のどの部屋にも使われている。しかし、夫の半地下の穴蔵と家族用のリビングだけは別だった。リビングの壁は赤く、毛足の長いカーペットの上にソファセットを置き、白い本棚は家族のお気に入りの本であふれていた。カラマットが帰宅し、そのリビングに入ろうとすると、思いがけない人物の声がした——内務大臣になると、足音もよけい偉そうに聞こえるね。

彼は大股で急いで近づき、二番目の子に両腕を広げた。「手のかからないエミリー」だ。こういう息子は持てなかった。

「来ちゃった。人種差別的で女性蔑視の、『ふしだらなムスリム女』なんてばかばかしいことを言い出したのが、パパの事務所じゃないか確かめたかったたし、もしそうだったら、発言した張本人をクビにしてやろうと思って」エミリーは言うと父から体を離し、こぼれるような笑顔を見せた。美しいエミリー。外見は母そっくりで、明るい栗色の髪に茶褐色の瞳、そして華奢《きゃしゃ》な手が忙しく動く。

「なんだ、パパの応援に来てくれたんじゃないのか」彼はふざけて娘の鼻をつまんだ。

「パパは大丈夫でしょう。いつだってそうだもん。でもお兄ちゃんはちょっとおかしくなってない？」エミリーはソファに身を投げ出し、食べかけのクロワッサンにまた、かぶりついた。

「でも、エイモンはわたしのお兄ちゃんだし。それに、パパの息子でしょ。だったらわたしが帰ってきて、パパに親の気持ちを思い出させてあげようと思ったんだ。そのあとは、わたしがお兄ちゃんをニューヨークに連れてっちゃおうかなって。ほとぼりが冷めるまで、あっちにいたらいい」

　彼はテリーが気になっていた。ナイトガウンを着て、こちらに背を向けている。子どもの本の背表紙をなでながら、ピアノを弾くみたいに指を動かしている。ずるいやり方だが、エミリーを介して話すほうが気は楽だ。彼は娘の隣に座り、娘が飲んでいたティーカップの紅茶をひと口すすったが、砂糖が入ってないので顔をしかめた。

「聞いたか？　あいつが何をしたか」

「ママに今、動画を見せてもらったところ。ばかなことしたよねえ。パパ、どうするの？」

　驚いたことに、エイモンがカラチに向かっていることはまだ世間に知られていなかった。誰だかわからないが、出発ゲートにいたエイモンの写真をあげたツイッターの投稿者はその後、その投稿を削除していた。ＭＩ５のどこの部署の担当かは知らないが、ありがたい。忘れずに、ジェイムズに礼を言わなければ。あのツイートに気づいたのは、彼だけだ。なにしろ、自分の新着情報通知サービスのキーワードの設定に、間違った綴りの＃EamonLone[*1]も含めようと思いついたんだから。もっとも、息子の情報がまだ知られてないこと自体は、さほど重要ではない――そのうちみんな、知ることになる。だが今なら、自分の口からテリーに伝えられる。妻がようやくこちらを振り返ると、その顔から、今朝、先に彼女を起こさずに家を出たことがどれほどまずかったかがはっきりと見て取れた。「自分の部屋でちょっと休んでらっしゃい。ママはパパとお話があるから」テリーはエミリーに言った。

エミリーは身を起こし、両親を交互に見た。「じゃ」と彼女は言いながら、父の頬にキスをした。

娘がいなくなるとテリーはテラスに出るドアまで行って、開け放った。テリーの換気へのこだわりは、早朝の寒さもものともしない。ストレスには結婚生活で解消するものもあれば、たまっていくものもある。

「忘れているときもあるんだけど。あの子、あなたにそっくりね」

「兄と比べたら、だろう。エイモンはおれたちのどちらにも似ていない」

「違うわ。エイモンは昔のわたしにそっくりよ。あなたに出会う前のね。出会ってからはわたし、あなたにふさわしい女になることばかりを考えて、生きるようになったけど」

これにはカラマットも、吹き出さずにはいられなかった。「それは逆じゃないか、東海岸育ちの名家のお嬢さま。覚えてるかい？　初めてきみを、ディナーに連れ出したときのこと」

ところが妻は首をふった。二人で歩んできた人生における覚え違いは、そのままにしておくつもりらしい。カラマットはエミリーの紅茶の飲み残しを観葉植物の入った鉢に捨て、自分が飲むぶんを注いだ。砂糖が見当たらなかったので、ジャムをひとさじすくい入れ、乱暴にかき混ぜた。しかしそんな荒々しい態度にも、妻はたじろがなかった。まだ部屋の隅にいて、すっかりぼろぼろになった親指の爪を嚙んでいる。

「昔はよく、わたしの意見を聞いてくれましたね。選挙や法案や演説があるたびに」

またその話か。妻がこの話を持ち出すたびに、彼はこう説明したいのをぐっとこらえてきた。駆け出しのころおまえに相談していたのは、他に頼れる人がいなかったからだ。若いころブラッドフォード[*2]出身で巨万の富を築き、財力にものを言わせて、彼のような人間が入れるとは誰も思わない政党に入ったのだから。「自分の家を政界の雑音の届かない、安らげる場所にしたいと望むのが、そんなにひどいことか?」

「それってまるで、わたしがこの家の専業主婦で、あなたが仕事から帰ったらスリッパを用意するのが役目みたいな言い方じゃありませんか。一度でも考えてくださったこと、あるの? わたしがあの男の子の件を、どう思っているのか」

ジャムのかけらが紅茶の中で浮いているのを見ながら、彼はややむっとしていたが、紅茶に口をつけてやりすごした。「おまえは息子を守りたい。もちろんそうだろう。それが母親だ。だが、わたしはそうはいかない。この状況では無理だ」

「わたしが言っているのはエイモンのことじゃない。あなたはご自分のことしか見えてない、大ばかものよ。わたしが言っているのは、十九歳の男の子のこと。その子が野ざらしになって腐

＊1　n がひとつ足りない。正しくは、EamonnLone

＊2　繊維産業が栄えた町。アジア系、とくにパキスタン移民が多い。

っていくのを、お姉さんが見ている。悲しみのあまり、どうにかなってしまっている。男の子は死んでいるの。もう十分じゃない?」

家族。どうにもやっかいな家族。自分の家族が一番理解できない。「今、話すべきはあの少年のことじゃない。あの娘のことでもないし、エイモンのことでもない。もう、おまえの意見は聞かないほうがよさそうだ。おまえの政治的なものの見方はもう前ほど、鋭くはないからな。それから、その庭に出るドアを閉めてくれ。紅茶がすっかり冷めてしまった」こう言えば、ジャムの浮いた液体を飲まずにすませられるし、妻のせいにできる。言いたいことを言えて、すっきりした。なのに、妻は窓のことも、夫の紅茶のことも、まるで耳に入っていないようだった。

「今だって鋭いわ。あなたには見えてないものが、見えるくらいにはね。だから、党内にいるのはあなたのライバルというより敵だってことも、後援者ではなく資金面でのパトロンだってこともわかる。その褐色の肌はテフロン加工じゃない。わたしが自分のビジネスから退いた本当のわけ、わかっていらっしゃる?」

こう聞かれるとは思わなかった。そこで彼は話をさかのぼり、なぜそう聞いてきたのかを理解したが、だからといってそのまま受け入れる気はなかった。そういうことだったのか。「それは——この表現を思いついたのは、どっちだったかな?——わたしの『黒い、闘志むき出しの筋肉を隠すシルクの服』になれるよう尽くすためだろう。最初のころのように」彼は彼女に手を差し出し、相手を立てることにした。「たしかに、おれが今この地位にあるのも、おまえがいてくれたからだ。そのことは忘れない」

彼女はようやく、テラスに続くドアを閉め始めたが、どうやらそれはただ、何かに八つ当たりしたいからそうしているようだった。「あなたは傲慢な愚か者よ。山のふもとに着いたところで、いきなり山頂にいる気分になってしまった。あなただけよ、気づいてないのは。今朝の記事は、雪崩の始まり。もう、止めようがないの」彼女はやっと彼のほうへ来たが、それはリモコンを取り上げてテレビに向けるためだった。テレビにはあの娘が映っていた。今もまだ足を組んで座っている。彼が事務所を出たときと変わっていない。彼はマントルピースの上にある時計を見た。エイモンはそろそろ現地に着くころだ。

「ほんの数日前なら、あなたの最大の敵は大富豪の上流階級の出で、長年政治に携わっている党内の人たちだった。それが今はこの、親を亡くした大学生よ。この娘は父には与えられなかったものを弟に望んでいる。お墓よ。それがあればそばに座り、ひどくみじめでどうしようもない自分の家庭を嘆くことができる。この娘を見て、カラマット。あなたが自分の敵にまで引き上げたこの、悲しみにくれている子を見て。そしてご自分がなさったことで、どれだけご自分をおとしめたか、気づいて」

氷の棺はぴったりと閉じられていた。厚板を数枚、死体の上に渡しているので、顔はもう隠れて見えない。娘が弟の顔を隠すのもしかたがないと思ったということは、腐敗がどれだけ進んでいたのだろう？　朝見た映像では近くに人が大勢立っていたが、今は遺体のそばには娘しかいないように見える。娘がいるのは、バニヤンツリーの下の乾ききった草地で、周囲にまかれたバラの花びらは干からびていた。においのせいか、とカラマットは想像した。そのせいで、みんなできるだけ遠ざかっているのか。もうすぐ息子はこの公園に来る。この死臭のなかに。愛する女はその真ん中にいる。

「なんてことを」彼には見えていた。息子が腐敗臭漂う恐怖に包まれるところが。

「そしてあなたは、息子も失った」テリーが言った。彼女が片手で彼の両目を覆うと彼女に触れられたことでカラマットの内にある何かがせき止められ、別の何かが動きだした。彼は額を前に傾け、妻の手のひらにその重みを預けた。昔、ある昼下がりに雨が窓にたたきつけているときにも、彼はここに座り、息子の肩を両手で抱き、息子の初めての失恋を慰めていた。エイモンはまだ十三歳。父が抱きしめようとすると嫌がる年ごろになっていたが、傷心のこのときは違った。外で風雨が荒れ狂うなか、カラマットは自分のシャツに顔を押しつけ、涙を流す息子が愛おしくてたまらなかった。頭では男らしく耐えろ、と言ってやるべきだとわかっていた。だが、ただ、息子を抱き寄せた。エイモンが助けを求めたのが母でも妹でも親友でもなく、父である自分だったことに心からの喜びを感じた。最愛の息子だ。これからもずっと。

テリーはカラマットの顔から手を離した。「人として、どうなの。どうにかして」

シルクの裾をひるがえして、妻は立ち去った。今この部屋には、カラマットしかいない。それと、手をのばし、氷に触れようとしている娘。彼は両手を合わせて握り、かじかむ指先に息を吹きかけた。カラマットの母が亡くなった夜、彼は眠らずに朝まで遺体につき添い、コーランを声に出して唱えた。それが生前の母の望みだったからそうしたものの、彼の心には何も響かなかった。すべて、しっかりと献身的に行うことがとても大事な気がした——それは、どっちにしても、母の何かが残っていて自分のすることを見守っていると信じていたからではなく、それが息子として母のためにできる、最後のことだったからだ。

上着のポケットに手を入れて、スマートフォンを取り出した。ジェイムズにかけるのがひどく億劫に思えた。

「エイモンのことを書いたツイートを削除してくれて、助かった。ところで、カラチのイギリス高等弁務官事務所の電話番号を教えてくれ」

「削除したのは、われわれではありません、大臣。番号はメッセージですぐ、お送りします」

電話を切ると、彼は妻のところへ行こうか迷った。いや、なんとかするのが先だ。息子のために。あの娘のために。そのあとで、テリーに伝えよう。彼はソファーの上で体をのばした。腕を組み、目をしっかりと開いていた。おれが死んだら、誰が寝ずの番をしてくれるのだろう。この世を去るとき、誰が手を握ってくれるのだろう?

＊

家の中で、騒々しい物音がした。玄関ホールの階段だ。カラマットが立ち上がって見に行こうとしたとき、警護特務部隊の男が三人、部屋に飛びこんできた。男たちはカラマットをとり囲んで人間の壁を作るとそのまま急かして階段を降り、彼が妻と娘を探しに行こうと向きを変えそうになると、彼を担ぎ上げてマネキンのように運びだした。彼は二人の名前を呼んだ。「テリー、エミリー」この世で大事なものはその二つの言葉しかなかった。「後ろにいるわ」妻の声だ。慌ただしい足音があとをついてくる。「お二人をお連れしています、大臣」さすがだ、スアレス! サイレンの音が外でいくつも鳴り響くなか、警護に守られたカラマットたちは正面玄関ではなく、地下に向かった。銃が取り出される。トランシーバーからいろいろな声が聞こえる。スアレスが指示を出す。「ドアをロックしろ。安全が確認できたという合図が出るまで誰も中に入れるな」緊急避難室に入ると、妻と娘も続いて中に入り、ドアを内側から閉めた。テリーは何重にも施錠できるマルチポイントロックをかけた。

「なんでわたしたち、バスルームにいるの?」エミリーが言った。

カラマットは一瞬考えてから、自分が内務大臣になって以来、娘がこの家に帰っていなかったことを思い出した。娘は過去からの訪問者だ。かつての生活が懐かしい。

「ここは今、緊急避難室《シェルター》なんだ」

「やだ、わたしたち死んじゃうんだわ」

娘の顔を正視できず、カラマットは両手をドア枠にあてて探るふりをした。まるで、壊れやすい場所を探し当て、修理できる父親だと言わんばかりに。「スアレス」彼は声を張り上げ、ドアを強くたたき続けた。「いったい何が起きている?」

ドアの向こう側から声が——ジョーンズか?　——した。「できるだけ早くお出しします」まるで、内務大臣夫妻と娘が故障したエレベーターに閉じこめられているみたいな言い方だ。イングランド人はたまに、そういう目にあう。ウェールズ人も同じだ。彼はポケットに手をのばしたが、スマートフォンはない。リビングのテーブルの上だ。ジェイムズからのメッセージを待っていたんだった。エミリーもテリーも自分の携帯を持ってきていなかった。ドアをまた強くたたいた。「このままでは困る」

「大臣、通信を傍受したんです。襲撃を企てていました」

「ここじゃ、心細いわ」テリーは言った。娘を抱きしめている。彼もそばに行って二人を両手で抱き、安心させるような言葉を何か言ってやりたいと思った。だがそうせず、その場で腰を下ろし、タイル張りの壁にもたれかかった。なんて言えばいい？　大丈夫、とか？

「すまない」彼はそう言うと、妻か娘のどちらかが、あなたのせいじゃないと言ってくれるのを待った。

テリーは夫から顔をそむけ、はっきりとした、てきぱきした声で娘に警護上の手順や、このシェルターの安全装備についてや、通信を傍受したからといって何も起こらない可能性もあることを説明した。だって、本当に実行するつもりのテロ攻撃計画をわざわざ電波に乗せるなんて人、いると思う？　耐爆……防弾……給気設備。そうした言葉で、テリーはわが子を安心させようとしていた。

素晴らしい。妻も娘も。世の中には彼の敵がいて、あの手この手で彼を潰そうとしている――密告、皮肉、あら探し、英国議会の名を汚す行為で。そんななか、彼はテロリストに命をねらわれ、妻と娘と一緒に強化鋼でできた箱の中にいる。彼は胸の前でボウルの形にした両手をそろえた。これから祈ろうとする男のように、あるいは、まだ幼い赤子の頭を優しく支えている父親のように。あるいは、自分の手相を読もうとしている政治家のように。彼は、うさんくさいまじないのようなことはいっさい信じなかった。だが、昔誰かにこう教えられた。手相占いでは、左手の手相はもって生まれた運命を、右手の手相は自分が切り拓く運命をあらわすのだと。以来、彼は左右の手相が大きく違うことを思い出しては、喜んでいた。感情線も、頭脳線も、運命線も、生命線も。いつからおれは、娘が父に安心を求めているときに、政治生命を守ることを考えるような男になった？　彼は横の床を手のひらでたたいた。娘がそこに座り、頭を肩にもたれかけると父は娘の手を握った。娘の指をひとつひとつ数えてやった。娘が生まれたばかりのころやっていたように。長男のエイモンが生まれるまでは、そういうことをするのは育児における迷信で、実際にやる人なんていないと思っていたことだった。

「ママの言う通りだ。やれるやつは、やれ。やれないやつは、ネットを使え」小さな笑いが起きた。「きっとこれは、スアレスが大げさに騒いでいるだけで、じつは予防訓練なんだ。あいつはそういうやつだ。部下の男たち——と女たち、おまえたちに言われる前に訂正しなくちゃな——が、緊迫した状況でもちゃんと動けることをしっかり確認しておきたいだけだ」

「そんなこと言って、わたしを安心させようとしてるんじゃない？」

「パパはかの有名な『ローン・ウルフ《一匹狼》』だぞ。気休めなんて言うもんか」彼は歯を見せ笑ってみせると、娘は父を信用してほほえみを返した。

二十歳すぎたって、まだ子どもだ。なにしろ、今の子だ。おれがエミリーくらいの歳にはもう、社会の醜い部分とずいぶん闘っていた。ときには楽しんでもいた。それに反ナチ同盟は政治的にかなり偏屈だったが、おれたちは勝った。それをおれは、身をもって証明したじゃないか？「白人至上主義のやつらは下手くそ」バッジをつけてうろつき、一発ぶん殴るか、一発ヤらせてもらうか、手っ取り早いのはどっちか、鼻息ばかり荒かった——そんなおれが、この地位にのぼりつめるなんて、誰が予想した？　もしおれがそう考えていたとしても、当時誰かに「あなたは将来内務大臣になり、命を狙う連中が外をうろつくなか、緊急避難室《シェルター》にたてこもることになる」なんて言われたらおれはすぐさま、命を狙う連中はネオナチのスキンヘッドだと思っただろう。それにしてもなんだって、おれはよりによってわが国民に命を狙われるのだ。おれたちの世代が、この国を国民のためによりよくしようと手を尽くしてきたのに、どうしてその国民がこんなことをする？　個人的な憎しみ――そうとも、悪いか！

「パパ？」エミリーに言われ、彼は力いっぱい握りしめていた手を緩めた。

やつらはいったい、何をたくらんでいるんだ？　ダイナマイトを山積みにしたトラックをこの家沿いの通りにつけて、あたり一帯を吹き飛ばすつもりか？　下水道にでも潜んでいるのか？　それともおれの警護特務部隊にスパイを送りこんだのか？　彼は妻を見た。

「息をして」声を出さずにテリーはそう言い、娘の向こう側に座った。

そこで彼は、言われたことに集中した。息を吸い、吐いた。娘の手を握り、悪党だからといって有能とは限らないことを思い出し、どうやってこの事態を切り抜けてヒーローになり、党の実権を握れるかを考える。それからまた呼吸に集中し、娘の手を握ることに集中した。

永遠とも思えるほど長い沈黙のあと、エミリーは言った。「エイモンが今ここにいたら冗談を言ってるね」

カラマットは腕時計をちらりと見た。息子はもう現地に――カラチに着いている。

彼は咳払いをした。「テリー、じつは話がある――」

そのときドアを強くたたく音がした。このたたき方は安全を確認できたことを知らせる、スアレスの合図だ。続けて、もう出ていらしても安全です、というスアレスの声も聞こえた。カラマットはすばやく立ち上がったせいで、一瞬めまいがした。鍵を回すと、ロックのかかっていたボルトがすべて、解除される音がした。娘が安心してわっと泣き出すのが聞こえてきた。カラマットが振り返って立つのに手を貸そうとすると、テリーも娘に手をのばし、少しの間三人で体を寄せ合った。やがてお互いが体を離すと、そこにはスアレスがいた。ほっとして、笑顔を見せている。

「ただのいたずらです、大臣。ですが、われわれ警護の者にとってはいい訓練になりました」

「なぜいたずらだと思うんだ?」

「通信を傍受した連中が、あなたをとらえたと宣言したからです、大臣。そうではないのは、明らかです」

そのとき無線機が雑音を発し、誰かの声がした。せっぱつまり、震えていた。

*

どのテレビ局もこの場面を繰り返し再生し、それはいつまでも繰り返された。

ネイヴィー・ブルーのシャツを着た男が、公園にあらわれる。男が誰だかわかると、記者たちがわれ先に駆け寄ろうと動き出すが、男は片手を上げてそれを制し、会いに来た女の名を大声で呼ぶ。カメラが女に向けられる。女だけが気づかないまま、溶けて透明に近い棺のふたに頬を押しつけている。記者はあとずさり、彼が彼女のほうに行けるよう道を空けてやる。その道に、二人の男があらわれた。ベージュ色のサルワール・カミーズを着ている。「やっと来たな」片方の男が言い、両手を大きく広げる。ネイヴィー・ブルーのシャツの男は、向こうにいる女のほうを見る。しかし、ここは初めての土地だから失礼なことをしたくないと思い、男に抱きつかれてもさからわない。片方の男が彼を自分の胸に抱き寄せ、両腕を押さえ動けないようにしている間に、もうひとりの男が彼の腰に何かを巻く。二人は彼から離れ、背を向け、走り去る。二人が柵をよじ登って公園を出ようとするころに、ネイヴィー・ブルーのシャツの男は自分の腰に固定されたベルトの意味に気づく。

彼はそれを力まかせにひっぱり、わめく。ナイフをくれ、なんでもいい。何か、これを切れるものを。だがそこにいた人々はいっせいに逃げ出し、あっちの出口、こっちの出口へと向かっている。口々に叫び、声をはりあげて神の名を呼ぶ。神以外に今、誰が彼らを救える？　血生臭い現場には慣れているあるベテランのカメラマンが、公園のはずれで立ち止まる。ここなら、彼の判断できる範囲では、爆発半径の外だ。彼がレンズを向けると、さっきまで人がいた場所に、今は誰もいない。女はすでに立ち上がっていた。爆発物を腰に巻きつけた男は両手を上げ、近づこうとする彼女を止めている。逃げろ！　彼は声を限りに叫ぶ。近づくな、逃げろ！　彼女は駆け出し、彼に思いきり抱きつく。画面が激しく揺れた。カメラを肩に担いだカメラマンがとっさに爆発すると思い、身じろぎしたからだ。最初、ネイヴィー・ブルーのシャツの男は彼女を離そうともがくが、彼女が彼を抱きしめたまま何かをささやくと、動かなくなる。彼女は彼の頬に自分の頬を押しつける。男は頭を垂れ、彼女の肩にキスをする。ほんの一瞬、二人は公園にいる恋人になる。二人は大樹の下、木漏れ日を浴び、美しく、穏やかな気持ちだった。

訳者あとがき

パキスタン出身のイギリスの作家、カミーラ・シャムジーの小説『帰りたい（*Home Fire*）』（二〇一七年）はこんなふうに始まる。

このままだと、予約した飛行機に乗り遅れるだろうとイスマは思った。航空券はたぶん、払い戻してもらえない。出発時刻の三時間も前にヒースロー空港に着いて、取調室に連れて行かれた客のことまで航空会社は責任をとってくれない。取り調べられるのは、わかっていた。しかし、その前に何時間も待たされ、スーツケースの中まで調べられるような屈辱的な目にあうとは思ってもいなかった。（八頁）

二〇一四年の暮れ、場所はヒースロー空港。この章の主人公イスマは、ロンドンに住む二十代のムスリム（イスラム教徒）。社会学の研究者になるためにこれから、ひとりアメリカに発つのだが、飛行機の出発を前に出国審査で別室に連れて行かれ、取り調べを受けている。イスマは三人きょうだいの長女。下のふたりは双子の姉弟。パキスタン系のブリティッシュムスリム（ムスリムのイギリス人）である父親の記憶は、ほとんどない。父親はイスマがまだ幼いころにジハードのために家族を捨て、旅立った。何年も帰らず、ジハード戦士として紛争地を転々としたあげく、最後はキューバの米軍基地にあるグアンタナモ収容所に移送される途中で病死した。母親は七年前に死んだ。イスマは学業を中断して働き、まだ幼かった双子の妹アニーカと弟パーヴェイズを育てる。この二人がようやく高校を卒業したので、イスマは晴れて、研究生活に戻ろうとしていた。

アメリカのマサチューセッツ州で大学院に通い始めたイスマはある日、エイモン・ローンという青年に出会う。エイモンは裕福な家庭の生まれだが、同じロンドン出身ということで、二人は急接近する。エイモンの父親カラマット・ローンは著名人だった。パキスタン系移民の子孫でイギリスの国会議員という地位にまでのぼり詰めたその父のことは、じつはイスマの親族はみな、「ある事情」から目の敵にしていた。だが、イスマはそのことを隠し、屈託のないエイモンにひかれていく。

一方、アニーカとロンドンに残るはずだったパーヴェイズは、パキスタンの親戚に会いに行くと嘘をつき、シリアのラッカに旅立っていた。ジハード戦士だった父親に憧れ、イスラム過激派組織イスラム国（ＩＳ）に参加したのだ。イスマ、アニーカ、エイモンは、それぞれの家族の絆を守り、それぞれの正義を貫き、パーヴェイズを救い出そうとするが——。

その後、舞台はロンドン、シリアのラッカ、トルコのイスタンブール、パキスタンのカラチと転々とする。舞台も次々に変わるが、語り手も変わる。イスマたち三きょうだい、エイモン、そしてエイモンの父カラマットの視点で、五つの章が語られる。

物語前半では、謎めいて見える登場人物の行動が、章が進むにつれ謎が明かされ、欠けていた絵のピースが少しずつ埋まっていく。ストーリーはときに軽やかに、ときに荒々しく、ときに重苦しく、調子を変えながら後半、一気に加速して衝撃の結末を迎える。

作者のカミーラ・シャムジーについて、簡単に紹介しておこう。一九七三年、パキスタンのカラチに生まれ、母も大おばも有名な著述家という、インテリの上流家庭で育つ。イスラム圏初の女性首相で、のちに暗殺されたベナジル・ブットを輩出した名門校で奨学金を得て、アメリカのハミルトン大学に進む。同大学創作科卒業後、マサチューセッツ州立大学アマースト校でファインアート修士号を取得。九八年に *In the City by the Sea*（未邦訳）で作家デビューを果たす。二〇〇七年にイギリスに移住。二〇一三年にイギリス国籍を取得する。

この本が生まれた経緯について、カミーラ・シャムジーはこのように語っている。きっかけは、国籍だった。イギリス国籍を取得する以前は、アメリカに渡航しようとするたびに空港の別室に連れて行かれて、取り調べを受けていた。それが、イギリス国籍のパスポートが取れ、これでもう、イギリスにおける法的立場が保証されたと思った矢先、ふとあることに気づき、自分の身分がまだ安全とは言い切れないことにショックを受けた。

イギリスの国籍法では、二重国籍が許されている。だから、カミーラ・シャムジーはパキスタン国籍も保持する二重国籍者となった。ところがその法律には、政府は二重国籍者のイギリス国籍を剝奪できるという規定がある。この規定は、二〇〇五年の七月七日にロンドンで起きた、五六人が死亡し七〇〇人以上が負傷した同時爆破テロ（本文、四九頁）を受け、二〇〇六年に設けられた。内務大臣が治安維持の観点から国籍剝奪の判断をし、なおかつ当事者が無国籍にならない場合（世界人権宣言では、すべての人に国籍を持つ権利があると謳《うた》われている）、イギリス政府は市民の国籍を剝奪できると定められたのだ。

「国籍」や「国境」という概念が為政者の裁量ひとつで、ある日突然くつがえされる。そのことに、カミーラ・シャムジーはあらためて違和感を覚えた。そこで「国籍」や「国境」をテーマに作品を書こうと決めた。

同じ頃、アフガニスタン出身でイギリス国籍を持つ青年が国籍を剝奪され、大きな話題になった。ISに参加したことを問題視して、内務大臣が判断を下した初めてのケースだ。カミーラ・シャムジーはこのニュースを知り、ISについてもリサーチを始める。世界でも有数の監視社会であるイギリスでは、国民のあらゆる行動が見張られている。とりわけ、ムスリムの作家は当局にマークされやすい。通信の盗聴や傍受、インターネット閲覧履歴の監視もあり得る。だから、ISについて調べるときは危険人物と思われないよう、関連サイトにアクセスする前には必ず、芸能ゴシップ関連のサイトを二つは閲覧するように心がけ、慎重にリサーチを続けた。本作品に登場する『ムスリムがググる（GWM：Googling While Muslim）』（八〇頁）というイスマの妹アニーカの言葉は、この経験から生まれた作者の造語だ。

調べていくうちに、ISの主張がみえてきた。たしかに、初期のプロパガンダは暴力に訴えて、ジハード戦士になる若者をリクルートしていた。自分には力があると実感したい若者に、武器を与えて先導したのだ。そのメッセージが、あるときから変わった。国家創生を前面に出し、共に立ち上がろうと、若者の帰属感と目的意識を煽るようになっていく。その点がカミーラ・シャムジーには意外だった。若者が新しい理想に魅せられていく様子は、この作品では次のように描かれている。

パーヴェイズは画像を次々に見た。美しい日の出を背に、釣りをする男たち。遊び場のブランコで遊んでいる子どもたち。毛並みのよい雄馬の背にまたがって街中を駆け回る男。通りには、箱に入った新鮮な野菜が並んでいる。老いてはいるが力のありそうな男が生い茂る緑のブドウの枝葉の下で手をのばして、その実をひと房もぎ取ろうとしている。野原に絨毯を広げ、身を寄せ合って座るさまざまな人種の若い男たち。（一七四頁）

こんなふうに、人種の壁を超えた絆や、宗教を実践に移す自由を謳った理想郷《ユートピア》のプロモーション動画を見せられたら、自分探しに夢中なパーヴェイズのような若者はたちまち洗脳されてしまうだろう。

カミーラ・シャムジーはこれまでの作品でも、国家とアイデンティティ、移民や紛争問題などをテーマに取り上げている。作品には常に、西側世界で生きる南アジア人作家としての歴史観や政治的意見がちりばめられている。その優れた時代感覚は、こんなところにも現れている。

ここが伝統の中枢であることは、誰もが知っている。だが、カラマット・ローンほどイギリスを知り、その伝統の中枢の一番奥にある立法機関が大きな変革の原動力であることも知っている者はいない。ここでイギリスは君主権を制限し、帝政を放棄することに同意した。ここでイギリスは普通選挙権を制定した。そのうち、移民の孫が首相になるのを見ることになるだろう。（二五九頁）

これは、現実になりつつある。この作品が発表された翌年、二〇一八年には、四大閣僚の一つである内務大臣に、まさしくパキスタン移民の子孫で、保守党所属のサジド・ジャヴィドがアジア系イギリス人として初めて就任したのだ。また、二〇一六年には、ムスリムでパキスタンにルーツを持つサディク・カーンがロンドン市長に選ばれた。労働者階級出身のパキスタン移民の子孫であるイギリスの政治家には他に、ムスリムとしてイギリス初の女性閣僚になったサイーダ・ワルシがいる。カミーラ・シャムジーは自身が描いたフィクションの世界に近いことが現実に続けて起きていることをどう思うかあるインタビューでたずねられ、こう答えている。「そういうことが起きるのが一度なら、例外。二度目は、偶然。三度起きたら、変化の兆し」

イギリス人作家ジャネット・ウィンターソンは、カミーラ・シャムジーを次のように評価している。「彼女の作品はアジアと西欧文化の間にかけられた橋だ」

世界の分断を埋めるのは、このような作家の作品だと思う。

二〇一七年に発表された本作品は、この作者の初の邦訳作品になる。原書は二〇一七年にブッカー賞最終候補作となり、二〇一八年に女性小説賞を受賞。過去三〇〇年間に書かれた英語の小説の中から英国放送協会（ＢＢＣ）が選ぶ『わたしたちの世界をつくった小説ベスト一〇〇』の政治・権力・抗議活動部門で、一〇作品のひとつにも選ばれている。本作品を執筆するにあたり、作者はソフォクレスの悲劇『アンティゴネー』を下敷きにした。家族をつなぐ掟と国家の法律の対立を描いたギリシア悲劇の登場人物とストーリーをなぞり、見事に現代版『アンティゴネー』としてよみがえらせた。

二〇二二年には五年ぶりの新作 *Best of Friends* が発表された。五月現在、すでに各方面で二〇二二年の最優秀書籍のリストに挙げられているこの小説の舞台は、独裁政治の暗闇から、ベナジル・ブットという若い女性リーダーを得て明るい未来へ歩み始めた一九八八年のパキスタンだ。運命に翻弄される二人の少女の物語だという。

この作品を訳すにあたり、登場人物の人名表記については、イギリス英語の発音を優先した。また、これから述べるたくさんの方々のご協力なしには、この作品の翻訳作業は成り立たなかった。細かい疑問点に丁寧に答えてくださった作者のカミーラ・シャムジーさん、アラビア語のカナ表記やイスラーム文化について多くの助言をくださったアジア・アフリカ語学院の石黒忠昭先生、同じくアラビア語のカナ表記や主にコーランの引用部分について丹念にご教示くださった亜細亜大学名誉教授の新妻仁一先生、ウルドゥー語のカナ表記や意味について教えてくださった東京外国語大学の萬宮健策先生、トルコ語の固有名詞について教えてくださった通翻訳者の大曽根納嘉子先生、音響機材について助言をくださった小島ケイタニーラブさん、原文と訳文を丁寧につきあわせしてくださった松山美保さんと小林みきさん、そしてコロナ禍、タリバンによるアフガニスタン制圧、ロシアのウクライナ侵攻と、混迷が続く世界情勢の中でこの作品を今、日本の読者に届ける意義を訳者とともに考え続けてくださった白水社編集部の杉本貴美代さんに、心からの感謝を。

二〇二二年五月

金原瑞人

金原瑞人（かねはら　みずひと）

法政大学教授。翻訳家。80年代後半より新聞、雑誌などでヤングアダルト向けの書評を執筆。訳書に、ペック『豚の死なない日』、ヘス『イルカの歌』、マコーリアン『不思議を売る男』、グリーン『さよならを待つふたりのために』、ウェストール『ブラッカムの爆撃機』、シアラー『青空のむこう』、クールマン『リンドバーグ　空飛ぶネズミの大冒険』、ヴォネガット『国のない男』、モーム『月と六ペンス』、サリンジャー『このサンドイッチ、マヨネーズ忘れてる／ハプワース16、1924年』、バーサド『文学効能事典　あなたの悩みに効く小説』など。著書に、『サリンジャーに、マティーニを教わった』、『翻訳エクササイズ』など。ブックガイドの監修に、『今すぐ読みたい！ 10代のためのYAブックガイド150！』、『金原瑞人監修による12歳からの読書案内　多感な時期に読みたい100冊』、『13歳からの絵本ガイドYAのための100冊』などがある。

安納令奈（あんのう　れいな）

英日翻訳者。大学卒業後、アメリカン・エキスプレス日本支社や国際NGOなどで、広報・ブランディング・マーケティングに携わる。訳書に、ソルター『世界で読み継がれる子どもの本100』（金原瑞人と共訳）、シュワブ他『グレート・リセット　ダボス会議で語られるアフターコロナの世界』（共訳）、リベット『マインド・タイム 脳と意識の時間』（共訳）、ロビンソン『ビジュアルストーリー 世界の陰謀論』、ケリガン『いつかは訪れたい 美しき世界の寺院・神殿』などがある。

帰りたい

2022年6月15日　印刷
2022年7月　5日　発行

著者　　カミーラ・シャムジー
訳者　　© 金原瑞人
　　　　© 安納令奈
発行者　及川直志
発行所　株式会社白水社
〒101-0052
東京都千代田区神田小川町3-24
電話　営業部　03-3291-7811
　　　編集部　03-3291-7821
振替　00190-5-33228
www.hakusuisha.co.jp
印刷所・製本所　株式会社三陽社

乱丁・落丁本は、送料小社負担にてお取り替えいたします。
ISBN978-4-560-09074-9　Printed in Japan